语类视角下的网络时评修辞潜势研究

A Generic Perspective: the Rhetorical Potential of the Web News Commentary

陈明瑶 著

国防工业出版社
·北京·

内 容 简 介

本书通过针对网络时评这一新颖语类的交际目的，展开对其语类结构和语义资源的分析，揭示其修辞潜势，从语言学的角度解析该语类迅速发展并产生较大影响的原因。

图书在版编目(CIP)数据

语类视角下的网络时评修辞潜势研究/陈明瑶著. —北京:国防工业出版社,2008.12
ISBN 978-7-118-06034-8

Ⅰ.语...　Ⅱ.陈...　Ⅲ.互联网络—应用语言学
Ⅳ.H08　TP393.4

中国版本图书馆 CIP 数据核字(2008)第 174696 号

※

国防工業出版社 出版发行
(北京市海淀区紫竹院南路 23 号　邮政编码 100048)
天利华印刷装订有限公司印刷
新华书店经售

*

开本 850×1168　1/32　**印张** 9¼　**字数** 234 千字
2008 年 12 月第 1 版第 1 次印刷　**印数** 1—3000 册　**定价** 20.00 元

国防书店:(010)68428422　发行邮购:(010)68414474
发行传真:(010)68411535　发行业务:(010)68472764

前 言

语类一词源于法文 genre，原意为种类，语文中引申指各类文学作品体裁，如小说、散文、诗歌等。巴赫金首先将该词扩大到非文学领域，用来指各种语篇形式，如促销话语、学术报告、法律文件等。中国学者将其译为语类、文类、体裁等。马丁从功能语言学的角度出发，把语类定义为有一定结构、有特定的目标的社会活动，在一个特定的文化内运作，并通过利用语言资源达到语类的交际目的。语类以社会交际功能为指向，是人类社会活动模式和交际共同作用而形成的语言图式结构。

网络时评是一种新近崛起的语类，是网络传播媒介代表个人或机构，将其认为重要的某些新闻事实置于网络平台上进行评析，并做出相应的价值判断的论说性新闻语类。网络时评具有话语社团约定俗成的语类结构，作者通过在结构的各个部分策略性地利用语言资源实现其交际目的。

关于网络时评研究的当前成果主要来自于新闻学和传播学的学者。他们的关注焦点是网络时评的选题与编辑、传播与组织管理等。目前我们似乎还不能找到从语言学角度开展的对网络时评语类的研究。本论著选择这一空隙作为研究的焦点，通过运用系统功能语言学理论和话语分析理论，借鉴新闻学与传播学的研究成果，来剖析网络时评语类，试图为填补这一研究空隙做出贡献。

本研究认为：语言存在于社会现实，同时又建构社会现实。语篇与文化密切相关并受制于语境与社会功能。由此，我们提出，网络时评作为一种新兴语类是网站作者与网友读者的语篇社团所共同拥有的交际事件，其主要特征是他们在当前的意识形态背景下拥有某些共同的关注焦点、价值取向等，因而具有共同的交际目的。这些目的提供了语篇形成的因由，决定了语篇高效的、约定俗成的结构及语言资源选择策略。随着当今网络交流的日益频繁，该语篇社团及其所拥有的语类越来越具有相对稳定的特点。语篇社团追求的共同目标及交流的规范制约了网络时评这一语类的结构和语言体现。

本研究的主要工作包括：(1)借鉴系统功能语言学理论的最新发展，总结网络时评的语类结构，发现该结构的必要元素与可选元素、各元素的排列顺序，并透视该语类结构的功能。(2)分析网络时评的语体特征，发现网络时评的标题结构、及物性资源、衔接手段等有助于协助网络时评作者更好地实现交际目的。(3)通过分析网络时评的评价资源，发现评价选择的模式韵律般地贯穿于整个语篇之间，构成了评价者的“姿态”或“声音”。作者的主体间立场在语类结构之间的转换有赖于评价价值受到挑战的程度，从而判断出自己与读者之间的潜在认同和质疑，不断调整自己的评价姿态，在不同的阶段和读者建立不同的关系，通过策略性的调整，吸引读者、争取读者、联盟读者，促进良性互动，构建新的社会意识形态。

本书的第一章为导论部分，概述了网络时评以及语类研究的发展现状；提出了研究问题与研究意义；描述了研究方法与步骤以及研究语料；介绍了研究的基本理论框架。第二章综述并评析了本研究的理论基础，包括系统功能语言学关于语言作为社会实践的理论、语篇分析与语类研究理论、评价理论及国内外媒体语言研究现状。正是在上述研究成果的指导下，我们考察与分析了网络时评语类。第三章通过单篇抽样分析，得出了语篇的结构，并对该结构的各功能部分的语言特征进行了充分地描述和分析，概括出该语篇作者实现交际目的的手段。第四章在抽样分析的结果引导下，通过统计语料实例，运用所得数据分析了该语类的标题特点、及物性结构特点以及衔接与连贯特点，以解释其对网络时评交际属性的影响。第五章借鉴评价理论来分析网络时评语类中的评价资源，以发现单声与多声介入的手段及功能、态度资源在该语类中的分布阵态及功能、级差资源的协调作用等。对语类的评价分析更能体现语篇的人际意义，显示作者协调主体间立场的策略，从而影响读者的世界观与社会意识形态。在第六章结语部分，对当前的网络时评语类的交际属性提出了新的观点：网络时评语类产生于意识形态，又反过来影响意识形态。时评中语篇语义与语篇组织模式之间的关系、语篇的构建意义的潜能以及构建作者/读者与语篇价值关系的潜能，共同促成了该语类的修辞潜势，即语篇影响、加强或挑战读者的假设、信念、情感、态度，并最终使作者的观点在意识形态中逐渐趋向自然化的潜势。

本书通过针对网络时评这一新颖语类的交际目的，展开对其语类结构和语义资源的分析，揭示其修辞潜势，从语言学的角度解析该语类迅速发展并产生较大影响的原因。研究结果有助于发现文化语境对语篇建构的影响以及语类对社会的反作用；有助于社会和媒体机构更明确地意识到网络时评语类的社会影响力，并对其产生与发展予以适当的关注或调控；有助于提高语言学者对时评语类研究的重视以及新闻界对新闻作品中语篇语义资源影响力的重视。

陈明瑶

Perface

The French word "genre", originally meaning "kind" or "class", is used in Chinese for different kinds of literature works, such as novel, prose, and poetry. Bakhtin is the first to introduce this word to non-literature areas, referring to all text types, such as promotional discourse, academic reports, and legal documents. Chinese scholars translated genre as Yulei, Wenlei, Ticai, etc. James Martin, from the perspective of functional linguistics, defined genre as a staged, goal-oriented social process, realized through strategic utilization of language resources. Each genre has its social function, and it is the schematic structure formed through communication and social activity.

The web news commentary is a newly born genre. It is a news genre that analyzes and comments on the important news and puts forward judgments on behalf of the news institution or the writer.

The current research findings on the web news commentary mainly come from journalism and media scholars. Their major focus is on the topic selection, editing, web interactive technology, web forum management, and so on. So far, it seems unlikely to find any research results concerning the generic study of the web news commentary from the linguistic perspective. This dissertation intends to fill this gap with the help of the systemic functional linguistics theory and discourse analysis theories, and the research results in the field of journalism and communication.

The major contributions of this research include: (1) In the light of the newest development of Systemic Functional Grammar, it works our the generic structure of the web news commentary, the ordering of the compulsory and optional elements, and their functions. (2) It describes and analyzes the headline structure, the transitivity resources and the cohesive devices of the genre for finding how they help realize the communicative goal. (3) The evaluative resources are found to be prosodic throught the texts, and they contruct the stance or the voice of the writer. The writer strategically mediates intersubjective relationship with the readers by adjusting the evaluative resources for better interaction with the reader, and for modifing ideology.

The first chapter is an introduction, which summarizes the current development of the web news commentary and the generic research. It also introduces the research focus and research significance. It describes the research model, the procedures, and the data. The second chapter focuses on the theoretical foundations of the current research, including systemic functional linguistics on language as social practice, the theory of discourse and discourse structure, genre analysis theory, the appraisal theory, the inter-textuality theory, and the domestic and international media language research. In the light of these theories, this dissertation observes and analyzes the web news commentary and probes into its rhetoric potential. The third chapter, based on the systemic functional linguistics theory of generic structure potential, puts forward the generic structure of the web news commentary. By means of a pilot study of a random sample, the researcher describes the main features of each semantic section of the text. The fourth chapter discusses the generic features of the web news commentary. Based on data statistics, the researcher analyzes the title, the transitivity structure, and the coherence and cohesion. The fifth chapter studies the appraisal resources of the genre based on the appraisal theory, since both obligatory and optional elements are functional in realizing the goal of the text by the strategic use of lexico-grammatical resources. The researcher focuses on the function of monogloss and heterogloss, the distribution and function of the attitude resources, and the coordination of graduation resources. The sixth chapter is the conclusion. The researcher puts forward the communicative property of the web news commentary: it comes from ideology and influences ideology in reverse. The rhetorical potential of the genre is formed by the discourse semantics, the discourse structure and the discourse potential in constructing meaning and the value relationships of the writer/reader and the text. The dissertation finally concludes that the text has potential in influencing, strengthening or challenging the assumption, belief, affect and attitude of the reader, and finally naturalizing the writer's view in the ideology.

The current research intends to explain the reason for the current rapid growth of the web news commentary from a linguistic perspective, by analyzing the generic structure, and semantic resources, and revealing the rhetorical potential. This research is significant in finding the influence of social context on the construction of texts and in probing into the counter impact of the web news commentary on society. The research results will lead the media to a better awareness of the social impact of the genre, and a more appropriate control of its development. It will also arouse more attention to genre analysis from the language researchers, and to the semantic power of lexico-grammatical resources in news genres from the journalistic experts.

Chen Mingyao

目录

图表目录

第一章　导　论

1.1　研究缘起

1.1.1　网络时评界说

互联网以其独特的传播特征被公认为继报刊、广播、电视之后的第四媒体。它兼容了传统媒体的特点，打破了传统的地缘文化的观念，形成了以信息传播为主的全新的虚拟空间，并日益成为意识形态的重要阵地。

网络时评依托新兴媒体，历时短暂，发展迅速。它的产生、传播、互动也随之日趋个性化。网络时评是新闻评论的一个分支。新闻评论曾拥有报纸的灵魂和旗帜之称。随着新闻事业的发展，报刊、广播、电视的新闻评论成为传统媒体必不可少的新闻宣传手段。网络媒体作为媒介新锐，以前所未有的开放性和交互性为公众提供了一个比前三大媒体更为广阔的信息空间和公众话语平台，网络时评站在新的高度，在宣传与舆论导向方面发挥着重要的作用。

那么，既然网络时评是新闻评论的一个分支，就首先要界定什么是新闻评论。翻检相关著述，具有代表性的界说如下：

"新闻评论是针对现实生活中新近发生的、具有普遍意义的新闻事件和迫切需要解决的问题而发议论，讲道理，直接发表意见的文体。"[1]

"新闻评论是一种具有新闻性、政治性和群众性等显著特征的

---

① 胡文龙，秦珪，涂光晋．新闻评论教程[M]．北京：中国人民大学出版社，1998：1.

评论文章。”[①]

“新闻评论已成为各类大众传播媒介以传播意见性信息为主的载体，它针对新近发生的新闻事件、普遍存在的社会问题或公众关心的社会话题发表议论，做出分析，表明态度，是大众传播媒介评论类体裁或节目形态的总称。”[②]

综上所述，可以认为，新闻评论是大众传播媒介中运用理性思维将新闻事实置于社会背景中进行剖析，并进行论证与评判的新闻体裁。它具有新闻性、政治性、理论性、时效性、报刊广电传播性。而网络时评，不仅将新闻评论的传统媒体传播方式代之以网络媒体，更突出了评论的时效性（在新闻发生后的极短时间内即可出现网络时评）、互动性（在网络时评发表后的极短时间内即有网友回应）、导向性（网络时评作者的导向欲望更为强烈，试图尽快促发互动，影响意识形态）、平等性（网络时评作者与逐渐增多的网民以真名或昵称的方式在同一平台交流）。由此，本研究对网络时评的定义为：网络时评是网络传播媒介代表个人或机构，将其认为重要的某些新闻事实进行剖析，并作出相应的价值判断的论说性的、导向性的、强时效性的、新兴的新闻体裁，其传播方式是借助网站平台发表，并在语篇发表后与网民通过论坛发帖交流。

1.1.2 网络时评的发展

现在，时评已成传媒上的一种重要文体，它能包容不同观点的交锋、能承载百姓的声音、能让各种声音都有表达渠道，追根溯源，我国最早的“时评”，大致相当于现在报纸上的“短评”或“编后”，是言论中的轻骑兵。它抓住当天报上的一则新闻，题目具体，一事一议，开门见山，长则二百来字，短则几十字。“时评”大量且集中地出现，是在 1904 年 6 月 12 日由狄楚青创办于上海的《时报》上。这张近代有影响的全国性日报，独树一帜地配合新闻，专设“时评”

---

① 范荣康．新闻评论学[M]．北京：人民日报出版社，1988：5.

② 涂光晋．广播电视评论学[M]．北京：新华出版社，1998：5.

栏，每日数篇，短小灵活，驰骋自如。狄楚青有言："时评者，《时报》之评论也。"但时评并非《时报》首创，亦非独此一家。据复旦大学教授李良荣考证：从历史渊源上说，时评是把《史记》中每一篇传记后面的一段评论即"太史公曰"、《聊斋志异》中有些故事后面的一段评论即"异史氏曰"单独划出来，并加以改造，使之独立成篇。它十分清楚地显示出报纸文体对中国传统文学的扬弃过程。在《时报》之前，梁启超先后在日本横滨创办并主编《清议报》、《新民丛报》，创时事短评栏目。《清议报》自第26期起，就创设了时评性的"国闻短评"专栏，一直维系到《新民丛报》，专门刊载针对当前时局或某些热点问题发表见解的短评、时评。这种应时而发、短小精悍、冷隽明利的时评，很受读者欢迎。

"时评"的问世，使报纸找到了一个新闻和评论相配合的好形式，顺应了报纸业务改革的要求，各报竞起模仿，风靡一时。当时无论大报小报，绝大多数有时评或类似时评的专栏。一直到新中国成立前夕，不少报纸还设此专栏。

关于时评出现的深意，《人民日报》范荣康概括得好："'时评'的兴盛是对'论说'的一种挑战。有了时评，那种坐而论道的长篇论说文章就很难再照老样子做下去了。"著名学者胡适先生在《十七年的回顾》一文中是这样评价草创阶段的时评的："用简短的词句，用冷隽明利的口吻，几乎逐句分段，使读者一目了然，不消费工夫去点句分段，不消费工夫寻思考索。当时报人的程度正在幼稚时代，这种明快冷刻的短评正合当时的需要。"

新时期拉开"时评热"大幕的，是《中国青年报》。在1998年11月，中青报隆重推出"冰点时评"；一年后又添"青年话题"专版，刊发不同观点的时事评论。按照人民大学新闻学院教授涂光晋的说法，自2002年始，我国报纸言论版步入一个新的快速发展期。党报、机关报等大报率先进行探路式的创新，但热情最高、发稿及版面数量最多的不少为都市类报纸。《南方都市报》在2002年3月4日，将报纸版面增至88版，其中的"新面孔"之一便是位于A2版上的"时评"版；同年4月2日，该报又在A3版上新增了一个

“来论”版。其中质量高、影响大的有《人民日报》、新华社等“国家队”的相关名专栏、上好篇章，还有老牌报纸《文汇报》等及《中国青年报》、《北京青年报》等新锐报纸的时评类精品力作。以新华社专栏“新华时评”为例，新华时评作为国家通讯社的一个新闻品类，有着新闻性、时效性、思想性、针对性等鲜明特点。新华社国内部评论室主任赵鹏指出：较基本的采写注意事项一要选题好，二是在立论方面须立足点高、针对性强、观点新颖、精当准确，三要分析说理强，四是须语言精练，标题生动。简言之，作者应该做到，既提示出真相，又提出立意较高的观点，最后写出逻辑严密的文章。

“好言论是从采访中产生的，是有价值信息和有价值观点的结合体。”华中科技大学新闻学院教授赵振宇如是说。瞻望报纸时评，它的发展趋势似有如下三点：(1)由大型为主向大与小结合，逐步向小型化方向发展；(2)由少数专业人员主持笔政，开始向专群结合、注重吸引读者参与的开放搞活的方向转型；(3)在说理论述上，由以往形象思维与逻辑思维互相割裂，向相互结合方向发展。纵观广播时评的走势，可以看到信息化社会的发展，使新闻与评论的融合程度进一步增强，体裁间的界限正逐步被打破，广播时评的形式将更多地服从于内容的需要。电视时评的发展趋势和广播时评的走向趋同，在相关电视评论性节目中，主持人或评论员的作用进一步强化，个性化特征通过人格化特征得以充分地展现。

网络时评无疑更令人关注，其理由可以举出很多，它花样繁多、具交互性特质，题材更广泛、时效性特强、形式更灵活、行文多自由式、论战色彩更明显，甚至“良莠不齐”也可称为其一个显著特点。当下，每十人中有一人是网民。网络时评应势如日中天，其发展趋势主要有品牌专栏彰显个性、选题立论贴近生活、说理平和语言生动。被称为“网上第一评”的“人民时评”栏目在上述三方面是标杆。该名牌专栏在新闻角度、题材的选择上，从平民的立场出发，倾向于针对同平民利益密切相关、现实意义突出的问题加以评论；在论述方式和语言表达方式上，采用一种更通俗易懂的形式，贴近平民生活，以平民百姓的口吻，完全站在平民的立场上“代民者言”。越来越多的网络时评呈“紧跟新闻现场同步直播”之态，更具不可替代性和拥有传媒最宝贵的影响力。[①]

“人民时评”的作者陈家兴指出：“网络时评已成为当下炙手可热的一个言论品种。它不是引经据典、讲究讽刺和文采的杂文，也不是传统意义上的讲究章法、过于规矩的评论。它是就刚刚发生的新闻事件的快速的评头论足。”[②]网络时评的出现，是媒体新闻竞争日趋激烈的一种表现。网络媒体对某一新闻事件的快速评论，对舆论产生巨大的影响与作用，有助于奠定媒体的社会地位；与此同时，通过网络上的广告收入、点击流量等增强其经济实力，进而扩大其影响力。这一点对于竞争激烈、瞬息万变的网络媒体来说尤为重要。1963 年，美国政治学家科恩说：“报纸或许不能直接告诉读者怎样去想，却可以告诉读者想些什么。”[③]网络时评在这一点上有充分的发挥余地，它有意识地，快速、及时地为公众提供思考问题的角度及对问题的关注程度，并策略性地利用语言资源，从而引领公众，促进互动，形成舆论，影响意识形态。

网络时评也是公众话语权寻求表达的一个重要突破口。对于每一个关注国计民生的公民，自由表达自己观点的权利往往成为其生活乃至生命中的一个重要部分。就每一个作者个体而言，他的观点有时也许是偏激的，但就整体而言，网络时评各种观点互动交流，不仅使事物、现象背后的本质趋于明晰，也在交流中逐步反映出公众的看法和意见。显然，这种观点的表达和沟通，在现代的和谐社会中对建立良好的社会秩序是至关重要的。

网络时评目前已经是各大门户网站，尤其是新闻网站的关注点和生长点。仅仅依靠即时滚动新闻已经不能满足网民的需要，

---

① 邓涛：时评的起源、现在与未来[EB/OL]. http://www.cddc.net/shownews.asp? Newsid =11951

② 陈家兴. 快速反应中坚守理性[EB/OL]. http://opinion.people.com.cn/GB/8213/ 50661/3535488.html. 2005.

③ 转引自闫翠萍. 媒体议程设置的几个误区[EB/OL]. http://media.people.com.cn/ GB/22114/52789/78787/ 5429579.html. 2007.

网络时评正伴随着动态新闻迅速发展。为了吸引更多的注意力和点击率，众多网站纷纷推出了自己的品牌评论，如人民网的“人民时评”、新华网的“新华视点”、新浪网的“每日评论”、搜狐网的“在线时评”、东方网的“今日眉批”、千龙网的“千龙时评”等。

1.1.3 网络时评研究

网络时评是一种新近崛起的新闻形式。关于网络时评研究的当前成果主要来自于新闻学和传播学的学者或新闻工作者。他们的关注焦点是网络时评的选题、写作与编辑，如《网络新闻编辑学》[①]；时评的传播特点和时评的舆论导向作用，如《网络新闻导论》[②]；时评网站的互动技术、论坛的组织管理策略，如《网络传播学新论》[③]，《网络新闻实务》[④]。目前我们似乎还不能找到从语言学的角度开展的对网络时评这一新颖体裁的研究。选择这一研究空隙作为本研究的焦点既令人兴奋又富有挑战。本研究认为网络时评是一种语类，是目标明确、结构明晰的语言交际事件。我们将借鉴系统功能语言学理论和话语分析的理论以及新闻学与传播学的研究成果，来剖析网络时评语类，为填补这一研究空隙做出一份贡献。

因此，下文将谈谈语类的概念界定、语类研究的现状以及网络时评语类研究的焦点与研究意义。

1.2 语类与语类研究

1.2.1 语类定义

语类一词源于法文 genre，原意为种类，语文中引申指各类文学作品体裁，如小说、散文、诗歌等。巴赫金首先将该词扩大到非

① 秦州. 网络新闻编辑学[M]. 上海：复旦大学出版社，2007.
② 沃尔克. 网络新闻导论[M]. 彭兰等译. 北京：中国人民大学出版社，2003.
③ 毕耕. 网络传播学新论[M]. 湖北：武汉大学出版社，2007.
④ 金梦玉. 网络新闻实务[M]. 北京：北京广播学院出版社，2001.

文学领域，用来指各种语篇体裁，用来指各种语篇形式，如促销话语、学术报告、法律文件等。中国学者将其译为语类、文类、体裁等。书面语类因其具有较为明确的功能而受到广泛的重视，如合同、新闻报道、推荐书等。

理查兹等在《朗文语言教学及应用语言学辞典》[①]中把 genre 定义为：(话语分析中)一类特定的言语事件(speech events)，这些言语事件被言语社团认为属于同一类型。早在 1970 年，福勒(Fowler)[②]便把语言运用中的语类看作是社会交际活动的类别。关于语类的术语解释与定义各有说法，从目前接触到的文献来看，多数学者都从"交际事件"或"言语事件"的角度考察语言运用中的语类问题，语类是生成特定语篇结构的符号系统；语类能体现社会交往过程；或语类是交际事件的一种分类。语类的范例可以随其原型(prototype)发生变化。语类的理据对语篇的内容和形式起着制约作用。

马丁[③]从功能语言学的角度出发，把语类定义为有一定结构、有特定的目标的社会活动，在一特定的文化内运作，并通过利用语言资源达到目的。所以说，语类首先是文化语境的产物，它具有强烈的社会文化属性，如东西方的书信结构就有区别。但是，在同一个社会文化背景下，同一语类有相同的语类层次结构，它是人们为达到某一交际目的所使用的约定俗成的语言模式。语类还是社会交际的产物。从古至今，按时代的需要，不同的实用语类有发展或新生，如电子邮件；也有衰退或消亡，如大字报、传单。每一种语类，都有其社会交际功能，是人类社会活动模式和交际的共同作用而形成的语言图式结构。

近年来，随着话语分析与篇章语言学等领域研究的深入，人们

---

① (英)理查兹(Richards C. J.)等. 朗文语言教学及应用语言学辞典[M]. 管燕红译. 北京：外语教学与研究出版社，2000.

② Fowler R. Language in the News: Discourse and Ideology in the Press [M]. London: Routledge, 1991.

③ Martin J. R. English Text [M]. Beijing: Beijing University Press, 2004.

不再局限于对语言本身的描述，而逐渐转向对语篇的宏观结构及其交际功能的探讨，以期发现语言背后的社会文化、历史习俗等因素，从而从更深的层面上对语言运用进行阐释，对交际目标的实现手段进行解读。在人们探讨语篇的宏观结构与语篇功能关系的同时，语类的研究也成为语篇分析等领域中的热门话题之一。

1.2.2 语类研究现状

近三十年来，文体学、篇章语言学和话语分析等领域的研究已从对语篇的语言平面的表层描述转向对语篇的宏观结构和交际功能的深层解释，并试图从语篇的语类角度解析特定语篇所具有的特定认知结构。于是就出现了文体分析和语篇分析中的一个新课题：语类分析(genre analysis)。在语言学与应用语言学研究中，帕尔特利奇认为研究语类有三种方法：(1)系统功能语言学的研究方法；(2)专门用途英语的研究方法；(3)应用语言学的研究方法(详见第二章)。系统功能语言学从多层次的角度研究语类，包括文化、社会、情景、意义、词汇语法和音系等层次。然而，在系统功能语言学内部对语类的认识并不完全一致。韩礼德没有专门研究过语类，但他在讨论话语方式时包括了修辞方式，如劝说、说教等与语类相似的范畴。韩礼德据此将语类归为话语方式的次类别，即一种语篇意义组织形式。哈桑研究了主导语类变化的各种元素，提出了语类结构潜势理论，认为语类结构包括必要元素、可选元素和重复元素。必要元素及其顺序决定语类的类型，而可选元素和重复元素则表示同一语类内部语篇的不同。语类结构由情景构型决定，而情景构型由语场、语旨和语式组成。从这个角度讲，语类与语域在同一个层次上，或者说，语类结构反映语域在语篇内的模式。马丁的观点则有所不同，他认为语类是体现意识形态(ideology)的，是文化的组成部分。他提出的是“意识形态－语类－语域－词汇语法”的模式，认为语类体现意识形态，而自身由语域体现。本研究认同马丁所发展的语类思想。

马丁还认为语类与文化密不可分。他提出的文化语境概念对我们的研究提供了启示。这一概念包含两个层次:意识形态和语类。意识形态对语类的选择具有制约作用。语类不仅取决于某个文化中存在的社会行为的种类,而且还会随着文化内容的变迁在内容和形式上发生变化①。马丁的观点与陈望道的修辞也有相合之处:“写说本是一种社会现象,一种写说者同读听者的社会生活上情意交流的现象。从头就以传达给读者为目的,也以影响到读听者为任务的。对于读听者的理解、感受乃至共鸣的可能性,从头就不能不顾到②”。网络时评作为来自于意识形态的社会语类,其语类结构的产生、发展与逐步成形受到了意识形态的制约,我们对它的研究就需要关注其交际目的及其在语类结构上和语言资源利用上的体现手段。

总之,语类不同,交际目的不同,组句成篇的模式各异,语篇中的语言体现也不同。“修辞所利用的是语言文字的习惯及体裁形式的遗产,就是语言文字的一切可能性。”③语类分析能帮助我们解析语篇的组织模式,从而挖掘特定语篇所具有的特定的宏观认知结构。

通过网络时评的语类分析,将可以发现特定语言运用的社会交往程式及其交际目的、网络时评语类对语篇建构的制约作用、该语类在词汇与语法层面上的特殊表现形式等。

1.3 网络时评语类研究

1.3.1 研究问题与研究意义

网络时评是一种交际事件,这种交际事件出现在特定的专业语篇社团范围内(a. 网络时评作者;b. 作者同盟,指发表前参与

① 转引自方琰. 浅谈语类[J]. 外国语,1998,(1).

② 陈望道. 修辞学发凡(第四版)[M]. 上海:上海世纪出版集团,2006:6.

③ Ibid.:8.

修改、指正的编辑；c. 指涉读者，指在语篇中被表扬或批评的对象，最感兴趣、最敏感的读者；d. 大众读者），其显著的特点是具有能被该社团确认和理解的一整套的交际目的、语类结构以及实现手段。

网络时评的写作和发表，其目的是宣传作者、党派或机构对新闻事件的观点、态度与评判，并通过快捷的读者点评与多重互动，逐步扩大受众面，加深读者印象，得到尽可能多的受众，在社会秩序上引发一种意识形态性争议，并最终使其观点趋向自然化，调整或改变原意识形态。

与传统媒体相比，无论是网络时评的主体、结构、语言还是受众的接受方式、接受效果都呈现了自己独有的特点。本研究针对网络时评这一新颖语类的交际目的，展开语类结构和语义资源的分析，揭示其修辞潜势，从语言学的角度解析该语类迅速发展并产生较大影响的原因。

本研究旨在回答下列问题：

➢ 网络时评语类是否具有一种约定俗成的语类结构，形式如何。

➢ 网络时评如何通过语类结构各部分的语言资源策略性选择实现交际目标。

➢ 络时评语篇如何运用态度资源和介入方式表达立场，呼唤互动，致力于改变意识形态。

国内外文献显示，对网络时评语类的研究相对缺乏。本研究以网络时评为对象，对汉语的语类研究具有理论意义和实际价值。本研究将有助于发现社会语境对语篇建构的影响，并透视网络时评语类对社会的反作用。因此，其分析结果将揭示网络时评语类的社会影响力，有利于社会和媒体机构对网络时评语类的产生和发展投入适当的关注。本研究提出网络时评的语类模式，并通过语义资源分析和语类模式研究，发现网络时评的修辞潜势。研究成果将可能提高语言学家对语类研究的重视以及新闻界对新闻作品中语义资源影响力的重视。

1.3.2 研究模式与步骤

首先,本研究将借鉴系统功能语言学家哈桑的语类结构潜势理论(GSP: Generic Structure Potential)和马丁的纲要式结构理论(Schematic Structure)。在韩礼德的理论框架内,哈桑[①]于1985年提出了典型语篇语类的理论框架GSP。该理论认为:(1)语类服务于社会的某个特别的目的;(2)语境配置(CC, Contextual Configuration),即"实现语场、语旨、语式的值",可以预测语篇的结构成分、成分出现的次数与顺序;(3)每个语类都有语类结构潜势,包含语篇的必要元素和非必要元素(本研究认为"非必要元素"的译法不符合表达的习惯,容易引起"不必要"歧义,拟译"可选元素",以突出说话者对某些元素的选择),其结构遵循一定的次序。CC的三个变量在很大程度上可以预测语类结构潜势;(4)语类是由语篇的必要成分来定义的,具有相同必要元素的语篇属于同一个语类。可选成分决定属于同一个语类的语篇变异现象。

本研究认为,网络时评是一种语类,具有特征鲜明的内部结构。该结构的每一个必要元素与可选元素都具有实现语篇目标的功能,其主要途径就是通过不同的词汇语法资源选择与调用,见图1。

在马丁的纲要式结构理论中,语域是语类的表现形式。语类通过语域配置得到实现,认为语场、语旨、语式三个变量在确定语类时都起了作用。功能语言学家通常把语篇划分为几个不同的功能部分,每个功能部分都有语言资源的策略性选择,为语篇语义的建构做出贡献。

马丁[②]认为,在语类之上决定语类的是整个文化背景和文化氛围,马丁的"意识形态"属于这个层次(图2)。文化决定所使用的交际符号以及交际的类型、交际意义的类型等。不同的文化偏

---

① Halliday M. A. K. and Hasan R. Language, Context and Text: Aspects of Language in a Socio-Semiotic Perspective [M]. Geelong: Deakin Univeristy Press, 1985.

② Martin J. R. English Text [M]. Beijing: Beijing University Press, 2004.

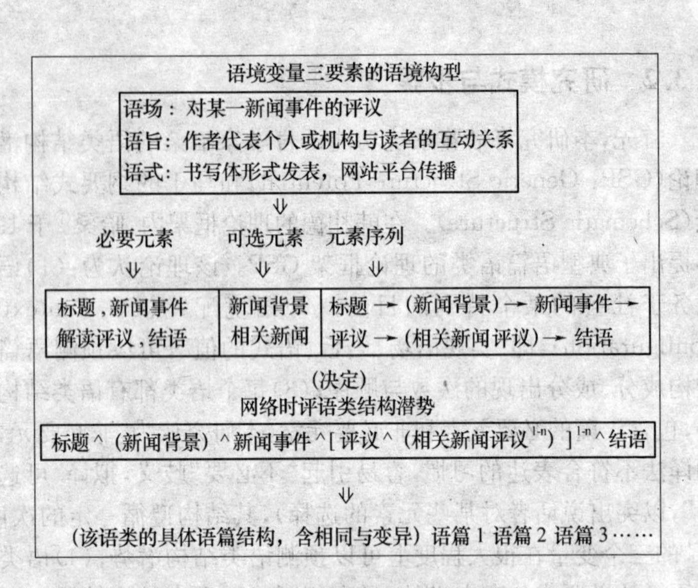

图1　网络时评语类的修辞结构潜势

重不同的交际符号系统，并在语类中得到体现。交际者受到社会文化和专业文化与社团文化的双重影响，其语言资源选择对语篇语义建构有重要意义。

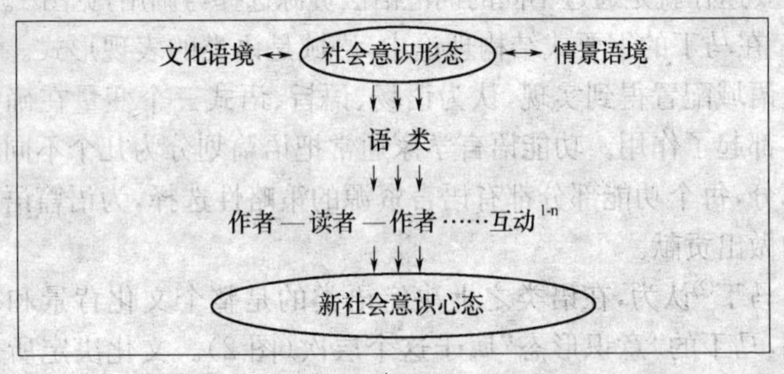

图2　语类的位置

基于哈桑和马丁的语类研究理论，结合网络时评的语境要素特点，本研究将主要从网络时评的第一语篇实体（即网络媒体发表的第一篇时评，而非后续的互动语篇）出发，讨论语篇的词汇语法特征及其构成的语篇语义系统，同时根据网络时评语类的结构，讨论其形式结构功能所产生的意义构型，着重从语言的角度解析网络时评的语言特征以及语篇语义资源的选择策略，以试图发现三者所汇聚的修辞潜势如何帮助作者实现交际目的。研究模式见图3。

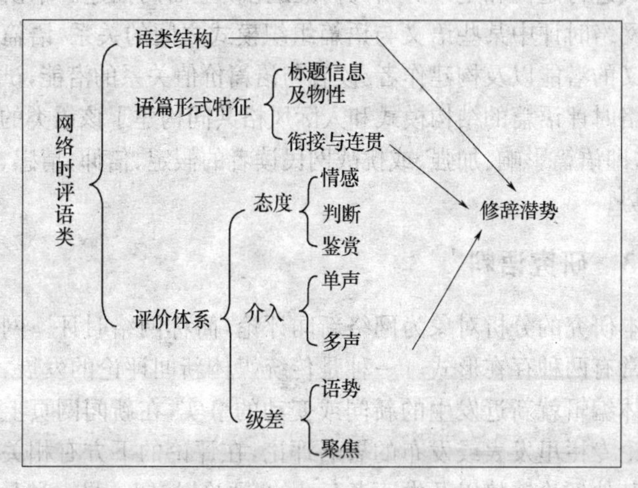

图3 网络时评语类研究模式

首先，本研究通过网络时评语篇的抽样分析，发现该结构如何协助网络时评语篇实现交际目的。

其次，借鉴系统功能语言学理论来讨论网络时评的语类特征，发现及物性结构、衔接手段等语义资源如何协助网络时评语篇实现交际目的。

最后，借鉴评价理论来分析网络时评语类的评价资源分布，以发现单声与多声介入的方式与功能、态度资源在该语类中的分布阵态与功能、级差资源的协调作用等。

修辞学专家陈望道曾经指出，文本"到了写说发表的时候，便已成为与政治立场、世界观，与社会实践的经验、自然社会的知识，与见解、识力、逻辑、因明，与语言文字的习惯及体裁形式的遗产等无不有关的条件复杂的景象。而语辞形成的过程，始终离不开一定社会实际生活的需要。”①

我们认为,网络时评语类产生于意识形态,又反过来影响意识形态。本研究的目的就是对当前的网络时评语类的交际属性提出新的观点。通过研究,对时评语类的语篇结构、人际风格和意义表达方式进行定性和定量分析,并做出比较全面的描述。本研究将分析网络时评中某些语义与语篇组织模式之间的关系,语篇的构建意义的潜能以及构建作者/读者与语篇价值关系的潜能,试图证明网络时评语篇的结构模式和人际风格共同构建了该语类的修辞潜势,即语篇影响、加强、或挑战网民读者的假定、信仰、情感、态度的潜势。

1.3.3 研究语料

本研究的分析对象为网络新闻评论,简称网络时评。网络时评通常有两种存在形式。一种是传统媒体新闻评论的发展,指网络媒体编辑就新近发生的新闻或变动的事实,在新闻网页上所设的言论专栏里发表或发布的署名评论,在评论的下方有相关该新闻的其他评论链接以及供读者互动的“评论”按钮。另一种是网络媒体论坛,是网络媒体在互联网上为网民提供的就新闻和社会问题发表和交换意见的场所,言论的形式多样,参与者自由度极大,其匿名性与责任模糊性导致了话语分析的复杂性。因此,本研究将仅局限于分析第一种网络时评。

提供网络时评的网站非常多,有新闻媒体网站,也有商业门户网站。本研究的语料选自新闻媒体网站中的“人民网”和商业网站中的“新浪网”,主要基于以下原因:(1)人民网(http://people.com.cn)是公认的网络新闻评论做得最好的网站。被誉为“网上第一评”的“人民时评”(http://opinion.people.com.cn/GB/8213/50661/index.html)是人民网创办的我国目前最具影响力的网络时事评论。它围绕舆论关注的焦点、百姓关心的热点发表

① 陈望道. 修辞学发凡(第四版)[M]. 上海:上海世纪出版集团, 2006:5.

评论，评述权威、有力，语言明快、犀利，具有极强的冲击力和感染力，因而点击率最高，转载率最高，网友反馈率最高①。该网站的时评将作为我们研究的主要语料来源。(2)新浪网(http://www.sina.com.cn/)是商业网站，它本身没有采写新闻的权利，所载的时评大多来自其他权威媒体，如全国知名的报刊。因此，该网站的时评语料将作为我们研究的一个辅助性参照对比语料。

本文共采集200篇网络时评，其中100篇来自人民网，100篇来自新浪网。100篇人民时评采自政治版(http://opinion.people.com.cn/GB/8213/50661/ 50662/index. html)。100篇新浪网评采自新浪每日评论时事版(http://news.sina.com.cn/ opinion/shishi /index.html)。上述页面上的评论每一篇都可以点击、显示、下载，并进行标注和统计。在分析的每一个阶段，抽取的样本有一定的针对性，具体在第三章、第四章和第五章的统计分析之前都有详细说明。

1.3.4 基本研究框架

我们认为，网络时评语类是一种内部结构特征鲜明、相对约定俗成的交际事件。该语类有其惯例和制约性，作者在语类规定的框架内传递交际目的。网络时评语篇中的词汇语法资源所体现的人际风格，传递了作者的立场；因此，网络时评的语篇结构和语义特征共同构建网络时评语类的独特的修辞潜势。网络时评的价值就在于：作者和读者对社会意义和道德秩序的判断都是受到意识形态影响的，而具有独特语篇特征的网络时评又使这种判断趋向自然。

本研究着重从语言的角度解析网络时评的语类结构及其语篇语义资源的选择策略，具体的进展框架见图4。

论著首先定义了网络时评及语类两大概念，简述了两者研究

---

① 吕凤霞. 国内网络新闻评论初探[J]. 新闻爱好者，2005，(1).

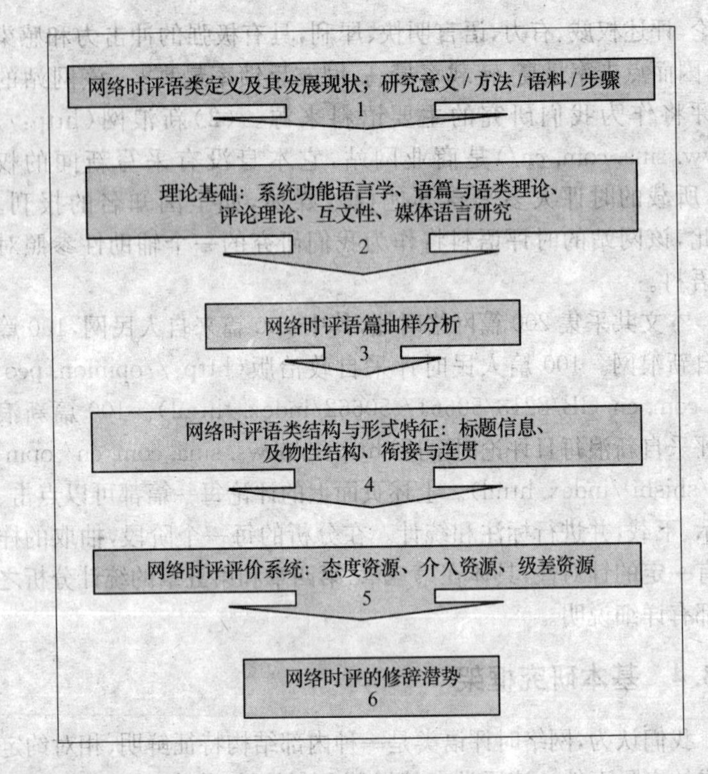

图 4　研究的进展框架

的发展现状，介绍了本研究的主要问题与研究意义；提出了研究模式；描述了研究步骤以及研究语料；纵览了研究进展的基本框架。

鉴于研究的系统性和承接性，论著在第二部分介绍并评析了相关的理论基础，包括系统功能语言学关于语言作为社会实践的理论、语篇与语篇组织原理的理论、语类研究理论、评价理论、互文性与话语的社会建构理论及国内外媒体语言研究现状。正是在上述理论的指导下，本研究考察与分析了网络时评语类，并探究其修辞潜势。

本论著的第三部分是尝试性的单篇抽样分析，对语篇结构各功能部分的语言特征进行了充分的描述，并发现了该语类较突出的结构特点与词汇语法现象，以揭示该样本作者的交际目的与语篇中的实现手段。

在抽样分析的结果引导下，论著的第四部分通过统计百篇语料样本，运用所得数据分析了该语类的标题特点，及物性结构特点以及衔接与连贯特点，试图发现这些语法现象对网络时评交际属性的影响。

论著的第五部分着重讨论网络时评语类的语言资源，尤其是评价资源的选择策略；认为语类结构的每一个必要元素与选择元素都具有实现语篇目标的功能，其途径就是通过选择与调用不同的词汇语法资源来构建语篇语义。由此，本研究借鉴评价理论分析网络时评语类的评价资源，以发现单声与多声介入的手段及功能、态度资源在该语类中的分布阵态及功能、级差资源的协调作用等。对语类结构的评价分析更能体现语篇的人际意义，显示作者是如何策略性地协调主体间立场，从而影响读者的世界观与社会意识形态。

最后，论著对当前的网络时评语类的交际属性提出新的观点：网络时评语类产生于意识形态，又反过来影响意识形态。网络时评中语篇语义与语篇组织模式之间的关系、语篇的构建意义的潜能以及构建作者/读者与语篇价值关系的潜能，共同促成了该语类的修辞潜势，即语篇影响、加强、或挑战读者的假设、信念、情感、态度，并最终使作者观点在意识形态中逐渐趋向自然化的潜势。

本研究将针对网络时评这一新颖语类的交际目的，展开对其语类结构和语义资源的分析，揭示其修辞潜势，从语言学的角度解析该语类迅速发展并产生较大影响的原因。

第二章　理论基础

2.1 引　言

本研究以系统功能语言学的理论框架①②③和马丁等的评价理论④⑤⑥⑦⑧为指导，吸收了很多关于功能语言学研究的成果，尤其是关于语篇的语类结构研究和语篇如何演绎作者态度与观点的模式的研究。本研究关于当代网络时评的语篇的建构涉及广泛的语言学理论：关于语域（register）与社会语境（social context）的理

---

① Halliday M. A. K. and Hasan R. Language, Context and Text: Aspects of Language in a Socio - Semiotic Perspective [M]. Geelong: Deakin Univeristy Press, 1985.

② Halliday M. A. K. An Introduction to Functional Grammar [M]. Beijing: Foreign Language Teaching and Research Press, 2000.

③ Matthiessen C. M. I. M. Lexicogrammatical Cartography: English Systems [M], Tokyo: International Language Sciences, 1995.

④ Martin J. R. 英语语篇[M]. 北京：北京大学出版社，2004.

⑤ Martin J. R. Beyond exchange: Appraisal systems in English [A]. S. Hunston and G. Thompson (eds). Evaluation in Text: Authorial Stance and the Construction of Discourse[C]. Oxford: Oxford University Press, 2000.

⑥ Martin J. R. & D. Rose. Working with Discourse: Meaning beyond the clause [M]. London: Continuum, 2003.

⑦ Martin J. R. & White P. R. R. The Language of Evaluation [M]. New York: Palgrave Macmillan, 2005.

⑧ White P. R. R. Appraisal: the Language of Evaluation and Stance [A]. J. Verschueren, J. Ostman, J. Blommaert and C. Bulcaen (eds). The Handbook of Pragmatics Online [C]. Amsterdam: John Benjamins. 2003.

论、关于评价(evaluation)与主体间立场(intersubjectivity)的语法、篇章衔接与连贯(textual cohesion/coherence)、互文性(intertextuality)与语篇的社会建构、语类模式等。本章的文献综述将以功能语言学理论和话语分析理论为重点，同时涉及其他语言学研究的相关成果。

2.2 系统功能语言学理论

系统功能语言学研究语言选择的过程和结果，是对语言结构在语篇中的功能的研究。黄国文在成功地应用系统功能语言学的框架分析了广告语篇之后指出，这种语法比其他任何语言学框架“更适合用来分析语篇”①。因为系统功能语言学本身就是一种语篇语法，其“语法范畴可以被解释为对语义范式的实现”，也就是说“其语法形式与所编码的意义自然相关联”②，这一语篇语法清晰地描述了语言各个层次及它们之间的实现关系，可以说明语言是如何使用的，提供了“洞察语篇的语义和语篇有效性”的方法，系统、清楚地描述了语言的三大纯理功能网络系统以及它们的子系统的概念和应用的可能性，更明确勾勒了语篇分析的层次和步骤，应用这个语法框架分析语篇可以使我们避免对语篇只作出主观的“随意的评论”③。

2.2.1 语言与社会

人们的社会交际手段很多，比如手势、灯光、鼓声等，都可以成为特定条件下的交际工具，但是在交际场合，每日每时最大量使用的语言是人类社会中最重要的交际工具。语言属于社会现象，这

---

① 黄国文. 功能语篇分析纵横谈 [J]. 外语与外语教学. 2001 (12).

② Halliday, M. A. K. An Introduction to Functional Grammar [M]. Beijing: Foreign Language Teaching and Research Press, 2000 XⅦ

③ Ibid.: XⅥ.

意味着语言是为社会及其成员服务的工具，社会语言与社会的关系是相互影响和相互融合的关系。社会决定了一定社会条件下的语言体制，语言也在相应的体制当中对社会的发展产生影响。

语言属于社会现象。因此，一定的社会体制决定了其体制下的语言。远古时代，社会生产力水平极低，文字未发明之前，人们最重要的交际手段是贝壳、结绳、口头的语言和记录的简单符号。社会生活的重要内容就是打猎——获取食物和衣物，征战——获取领土和更多的食物、衣物。因此语言也就仅仅围绕这些被发明和使用。例如原始部落以“实物信”表达意向，奴隶社会用甲骨文，进入封建社会以后又有具有严格格式要求的八股文成为重要的语言工具，这和社会生产力发展的要求有重要的关系，当然也是反映了统治阶级的统治愿望，语言服务于社会，不免也服务于这一阶级。于是，语言成为了体现封建社会意识的语言，贴上了社会的标志。“三纲五常”、“三从四德”，再到“科举”、“国丧”、“普天之下莫非王土”等都是社会体制下的产物。等到封建体制被打破，进入资本主义阶段，丰富多彩的语言被发明和创造出来，具有鲜明时代特色自由不羁的语言正是自由民主社会下的产物。

由此，我们认为，语言是一定社会体制下的语言，反过来语言正是在同等程度上反映着社会意识形态，具有社会意识形态的影子。语言能够反映一段时期的社会即静态的社会现象，也能够反映动态的社会即社会变革。语言具有反映社会的功能的同时，流传和记录下来的语言也就具有了反作用于社会意识形态的功能。语言在一定程度上影响着社会，比如规范制度和大量的成语、俗语、前人教训对社会及其成员的指导作用。这种指导作用和意识形态反作用也是殊途同归的，因为规范制度是在经验积累和社会生活的基础上制定的，有约定俗成的一些传承的东西在里面，也有一些将要继续传承下去。成语俗语以及圣贤的教训就更是语言对意识形态作用的体现了。再比如，“瓜田李下”的故事告诉我们，维持良好的人际关系，尽量不要去做明显会被误解的事情。这正是简单的俗语对人类社会指导作用的体现，从另一个角度讲也是在营造良好的意识形态环境。

客观世界的一切事物都是不断发展变化的，语言的发展也符合这一哲学原理，它处在不断的发展变化当中。社会发展推动语言的发展，社会进步推动语言的进步，两个不同的社会、不同的国家接触也能使语言发生一定的变化。信息革命的迅速发展，推动了网络文化的日新月异，网络时评语言的社会作用同样不可低估。

明朝的陈第说："时有古今，地有南北，字有更革，音有转移，亦势所必至。"这正说明人类语言随着时空变迁，具有不断地变化发展的特性。网络时评语言形成于网络空间，也同时与现实社会的变化紧密相关。

系统功能语言学认为语言是一种社会行为的模式，试图通过语言运用来解释语言现象。它认为，语言和社会是密切联系的。人类在探索社会环境中学习语言，同时又通过语言来认识社会。语言和社会两者相互依存、相互作用。语言在一定的社会语境中运用，并且要受到语境的制约。它认为语言及其社会语境是意义系统，并把两者的关系解释成体现（representation）。语言是一种有规律的资源，用来说明语境中的意义。语言是自然存在的，必须在语境中研究。语言学要研究人们通过运用语言来交流意义，把语言看作一种意义潜势系统，而不是所有合乎语法的句子的总和。语言实现了社会语境，但同时反过来解释社会语境。也就是说，任何语言交际的社会语境实际上是由交际本身组成的。

系统功能语言学认为语境可以分为文化语境和情景语境。文化语境是社会结构的产物，是整个语言系统的环境。具体的情景语境则来源于文化语境。情景语境共包括三个变项：实际发生的事、参与者及其关系、语言的组篇作用。

系统功能语言学派认为语言是人类交际的工具，它所承担的经验功能就是指语言对人们在现实世界（包括内心世界）中的各种经历的表达，就是反映客观世界和主观世界所发生的事情、所牵涉的人和物以及与之有关的时间地点等环境因素。经验功能主要是通过及物性（transitivity）和语态（voice）得到体现的。及物性是一个语义系统，其作用是把人们在现实世界中的所见所闻、所作所为分成若干种“过程(process)”，即将经验通过语法进行范畴化，并指明与各种过程有关的参与者和环境成分。本研究在分析过程中也将讨论小句中的及物性现象，以发现网络时评中及物性现象的特征及其对交际属性的影响。

胡壮麟等认为：从语言对社会的影响来看，首先，语言能够反映社会。语言的变异能够直接表现社会系统的基本特征。我们可以根据某个人或某个言语社团的语言特点和他们共同的语言态度，来研究这个人或者这个社团的社会属性。其次，人们的社会交流都是在一定的社会环境中进行的。语境从某种程度上决定了我们要讲的话。我们可以根据语言来预测讲话者所处的社会环境及其文化背景，也可以根据语言中语域的范围来预测社会文化的特点及其发达的程度。再者，语言不但具有反映社会现实的功能(概念功能)，而且还能积极地作用于社会(人际功能)，能够创造社会现实，使人们能有策略地运用语言创造社会意义。最后，语言作用于社会还表现在语言在人的社会化过程中所起的作用。[①] 本研究正是借鉴这一观点，从评价体系的角度分析了网络时评的人际功能，从及物性的角度分析了网络时评的概念功能、从衔接与连贯的角度分析了网络时评的语篇功能，以最终揭示网络时评语类策略性地利用语言资源，实现交际目的，作用于社会的交际属性。

2.2.2 语义的多元化与分层化

系统功能语言学发展了一个意义多元化模式，在语言和社会语境两个层次上产生作用。这一模式提出了三种功能，或谓意义潜势系统，即语言的元功能(metafunction)：概念功能(ideational)、人际功能(interpersonal)和语篇功能(textual)。它们构成一个由参与者、参与过程和各种参与关系组成的现实。概念资源包

---

① 胡壮麟，朱永生，张德禄，等. 系统功能语言学概论[M]. 北京：北京大学出版社，2005.

括经验和逻辑，既反映主客观世界的过程和事物，又可以表现为并列关系和从属关系的线性的循环结构的形式；人际资源在语言交际中突出了说话者或参与者的社会角色、关系和态度；语篇资源组织着人际意义和概念意义在语篇中的展开与推进。任何一个语言片段都以此方式同时传递概念意义、人际意义和语篇意义。元功能的多样性投射到语境，语境也就有了三个相应的功能模式：概念意义对应于语场（field），人际意义对应于语旨（tenor），语篇意义对应于语式（mode）[①②③]。语场包括发生的行为及其目的；语旨指参与者的角色及他们之间的社会距离，语式指语言的作用（主导/辅助）、渠道（文字/语音）和媒介（笔头/口头）。

系统功能语言学认为语言是由三个纯理功能组成的意义潜势系统构成的，而这三个纯理功能又受制于情景语境和文化语境[④]。语言和它的语境有五个层次，它们之间的关系是一种体现的关系，即上一层次由下一层次来体现：文化语境由情景语境来体现，情景语境由词汇－语法来体现，词汇－语法最后由音系系统或拼写系统来体现。[⑤⑥]

系统功能理论在对于社会语境的模式上是意见不一的。韩礼德建议的是单层语境，即情景语境；马丁则建议多层模式。马丁借用了巴赫金的术语，提出了“意识形态（ideology）”层次，认为它在

---

① Halliday M. A. K. Language as Social Semiotic: The Social Interpretation of Language and Meaning [M]. London: Edward Arnold, 1978.

② Halliday M. A. K. and Hasan R. Language, Context and Text: Aspects of Language in a Socio-Semiotic Perspective [M]. Geelong: Deakin Univeristy Press, 1985.

③ Martin, J. R. Intrinsic Functionality: Implications for Contextual Theory [J]. Social Semiotics. 1991(1): 99-162.

④ Halliday M. A. K. An Introduction to Functional Grammar [M]. Beijing: Foreign Language Teaching and Research Press, 2000.

⑤ Martin J. R. 英语语篇[M]. 北京：北京大学出版社，2004.

⑥ Eggins S. An Introduction to Systemic Functional Linguistics [M]. London: Pinters, 1994.

语类之上决定语类，包括整个文化背景和文化氛围，"是组成文化的以编码为取向的系统"。[1] 文化决定所使用的交际符号、交际类型、以及交际意义的类型。不同的文化偏重不同的交际符号系统。所以说，马丁多层模式包括四个层次：意识形态——语类——语域——语言。本研究认为马丁的模式具有合理性，因为社会活动是文化语境的一部分，其下是意义系统。语类正是由意义系统的部分（即语域）体现，组成一个意义构型，是概念意义、人际意义和语篇意义的组合，是整个意义系统的一个部分。在语言系统中，意义由词汇语法体现，语类语义特征由体现不同类型意义的词汇语法结构来体现。

2.2.3 语域与语类

正如韩礼德[2]所指出的，语言理论在试图解释语言现象时需要在很多方法中作选择。有些人会以心理学为基础，也有的人会尝试心理分析。系统功能语言学试图通过语言赖以运作并解释的社会结构来解释语言。关于这方面，系统功能语言学可以追溯到英国语言学家弗思（Firth）[3]和英籍波兰人类学家马林诺夫斯基（Malinowski）[4]。弗思对索绪尔（Saussure）的语言单一体系提出了挑战，认为语言行为是多系统的，这些系统随着语言的社会语境和语言的目的而变化。所以对于弗思来说，语言是系统的系统。弗思关于社会语境决定语言现象的思想来自于马林诺夫斯基。早在 80 多年前在马林诺夫斯基对南太平洋新几内亚特罗布兰德群

---

① Martin J. R. 英语语篇[M]. 北京：北京大学出版社，2004.

② Halliday M. A. K. and Hasan R. Language, Context and Text: Aspects of Language in a Socio-Semiotic Perspective [M]. Geelong: Deakin Univeristy Press, 1985: 4.

③ Firth J. R. Papers in Linguistics 1934—1951 [M]. Oxford: Oxford University Press, 1957.

④ Malinowski B. The Problem of Meaning in Primitive Languages [A]. Ogden C. K. & Richards I. A. (eds). The Meaning of Meaning [C]. International Library of Philosophy, Psychology and Scientific Method. London: Kegan Paul, 1923.

岛进行实地调查时发现，脱离了语言活动的具体环境，要理解或翻译当地人所使用的语言是不可能的。他于1923年提出了情景语境(context of situation)的概念，指的是与语言活动直接相关的具体环境。

韩礼德的语域理论发展了弗思关于语言多系统的思想，对语言系统因语境不同而产生的变化做出了解释。他提出了一个理论框架以解释当说话者经过不同的社会语境、追求不同的交际目的时所作的系统的、有预见性的说话方式变化。根据这一理论①②，每一种依赖语境的语言变体都由一组特殊的意义构成，具体地说就是三个元功能：概念意义、人际意义和语篇意义。所谓功能变体，就是因情景语境的变化而产生的语言变化形式。

因此，语域通常被认为是语篇针对特定的交际场合，为达到某一交际目的而产生的一种功能变体，它是多种参数——语场、语旨和语式——的综合体现。上述三种语境因素共同作用，在具体的交际场景中以具体的方式出现，从而为每个具体的语言活动提供语境构型(contextual configuration)。这三个语境因素的共同作用，制约了说话者对词语和词义结构的选择。由此，语域被看作是一种语义潜势，即语篇在其所运作的语域中可以随时调用的一套意义选择项③。

在某些情况中，某一个语域都有它独特的伴随意义特征。这些意义随着语域的变化而变化——它们起着标志作用④。这一思想得到了其他研究者的扩展，他们认为某些显性的语义倾向性选

---

① Halliday M. A. K. Language as Social Semiotic: The Social Interpretation of Language and Meaning [M]. London: Edward Arnold, 1978.

② Halliday M. A. K. and Hasan R. Language, Context and Text: Aspects of Language in a Socio-Semiotic Perspective [M]. Geelong: Deakin Univeristy Press, 1985.

③ Halliday M. A. K. and Hasan R. Language, Context and Text: Aspects of Language in a Socio-Semiotic Perspective [M]. Geelong: Deakin Univeristy Press, 1985.

④ Ibid.: 39

择可能是某一个语类的标志。语类和语域之间有一定的区别，并在很大程度上关系密切。如秦秀白[①]在研究了韩礼德功能主义语言观的基础上，认为语场、语旨和语式并不是语域的组成部分，而是决定语域的三个情景变项，它们的结合构成了特定语境中存在的意义类型，从而形成不同的语类，语类与语域内在相连。语域概念是从语言运用的社会情景角度提出的。而语类有其固定的语篇结构，但语类是通过语域实现的。语域约束词汇语法层。语境层面包括语类和语域，语类比语域高一个层次。蒙迪[②]从功能语篇分析角度提出语篇、语类、语域的层次模式：社会文化语境——语类——语域——意义体现——词汇语法。语类由社会文化语境决定，同时社会文化语境还决定该系统的其他成分，即语场、语旨和语式。而这三个变量共同作用所构成的语境配置，面临着一系列选择。这种语境构型是一种社会符号结构，同时还包括认知表征和认知过程中涉及的习惯理解，并且语言的三个纯理功能语义成分通过词汇语法又使语境变量在篇章类型中得以实现，词汇语法的选择成为语言功能的核心。语类、语域和语言的词汇语法层之间存在抽象意义上的抽象实现关系，即语类↙语域↙词汇语法。因此，一个语域的标志也许不是某个特殊的意义，而是某些语篇常用或倾向于显性使用的某些词汇语法。从这一观点出发，语境构型上的具有社会意义的变动可以被理解为某种语义可能性的增量，于是才做出词汇语法选择，所以也可以把语域理解成"倾向性意义选择可能性的增量"[③]。

这一观点在目前关于网络时评语言功能的研究中是至关重要的。网络时评语言有别于新闻消息或新闻特写，机构性社论有别于个人署名杂论，这其中的区别部分地在于语义的倾向性选择，如

---

① 秦秀白．"体裁分析"概说[J]．外国语，1997，(6)．

② Munday J. Register and Context [M]. Oxford: Oxford University Press, 2001.

③ White P. R. R. Telling media tales: the news story as rhetoric [D]. Sydney: Department of Linguistics, Unviersity of Sydney, 1998.

词汇语法的可能性选项。

因此，对于韩礼德来说，语域运作于语义和词汇语法层面——语域是一个通过不同意义构型来表示的语言变体。马丁则有所不同。他认为语域不仅是语言的功能变体，还与决定这一变化并被这一变化所制约的社会价值的变化相关。因此，马丁运用"语域(register)"一词指由语场、语旨、语式的价值变化构成的符号系统。① 马丁在其分析模式中区分四个层次：意识形态、语类、语域、语言。他的语言层次包含语义层次，所以实际上把语域和语类都置于语义之上，语言之外了。

如果不考虑这一整体理论，马丁的观点调整也许微不足道。把语域放在情景语境的层次上还是把它放在实现语境的意义层次上似乎没有重要的意义。但是，对语域这一术语的修正或扩展源自于马丁的系统理论。马丁认为语篇中的语言使用受到语篇中的交际目的所制约，他希望能够解释语篇中的功能语旨、语用目的或修辞模式。马丁指出，要解释语言运用服从于语言目的，就必须在社会语境层面增设一个附加层次，即语类。他认为，社会语境是由传统的目的性明确的社会过程组成的，这些过程部分地或全部地由语言来实现。尽管这一话题在后面部分还会提到，但是这里还是需要强调语类是通过语场、语旨、语式的变量不断重复构型形成常规的模式而得以实现的。用马丁的话来说，语类就是语域变量的某种重构，经历一系列阶段，得以实现②。

因此，马丁认为社会语境由语类组成，语类又由语域层次的多次变化模式(语场、语旨和语式的重构)得到实现。语域，反过来，又通过话语语义层的多次变化(人际意义、语篇意义和概念意义的重构)得到实现。③

在目前的有关研究中，我们很难也没必要在语类和语域争议

---

① Martin J. R. & White P. R. R. The Language of Evaluation [M]. New York: Palgrave Macmillan, 2005.

② Martin J. R. 英语语篇[M]. 北京：北京大学出版社. 2004.

③ Ibid: Chapter 7.

中取得一致结论。正如马特森(Matthiessen)[①]详细论证的,我们不应该认为这两种方法是互相排斥的,而是两种不同理论框架内的不同观点。他认为这是系统理论的一种灵活性特征,这种灵活的模式可以使不同的观点互相指正。当然这两种立场是不同的语域模式。尽管它们不可能结合,但不是不可能被视作互补。

2.3 语篇研究理论

2.3.1 传统的语篇研究

传统的语言学对语言的描写停留在句子层面上,并试图将这种具有高度概括性的描写运用于某一特定语言的全部特征,甚至所有的人类语言。从索绪尔到乔姆斯基(Chomsky)等语言学家都认为,语篇(text)在语言学中没有一席之地。韩礼德对此的诠释是,索绪尔"对语言系统与其在言语中的体现之间的关系的理解间接地表明,语篇是没有必要存在的"[②]。因此,在20世纪中的大部分时间内,语言学只对语言系统有兴趣,而对语篇置之不理。

但是还是有一些语言学家在自己的理论中表达了对语篇的关注。马林诺夫斯基[③]在讨论语义时曾经指出,"句子有时是自立的语言学单位,但即便是一个句子,有时也不能看作是全面的语言学材料",因此,他在讨论词义或翻译问题时采用的方法之一是把整

---

① Matthiessen C. Register in the Round: Diversity in a Unified Theory of Analysis [A]. Ghadessy, M. (ed). Register Analysis - Theory and Practice [C]. London: Pinter Publishers. 1993: 232.

② Halliday M. A. K. and Hasan R. Language, Context and Text: Aspects of Language in a Socio-Semiotic Perspective [M]. Geelong: Deakin Univeristy Press, 1985: 327.

③ Malinowski B. The Problem of Meaning in Primitive Languages [A], Ogden, C.K. & Richards, I. A. (eds) The Meaning of Meaning [C]. International Library of Philosophy, Psychology and Scientific Method. London: Kegan Paul, 1923.

个语篇作为基础。叶姆斯列夫[①]说,“语言学研究者得到的是至今还没有被分析过的语篇,它依然是尚未被分解的完整体,……语言学理论应以语篇为统计资料的起点,努力表明如何通过分析对语篇作出详尽的描述。”叶姆斯列夫认为语篇就像是一大块语言,要把它与索绪尔界定的“语言”一样放在一个类似的抽象理论框架内,逐步切块分割。弗思指出,“语篇是语言学家主要感兴趣的内容,……所有的语篇都被认为具有言语的含义,并都与某种广义情景中的典型参与者有关。”

夸克(Quirk)等[②]认为:“语篇是在实际运用中具有恰当连贯性的一段语言。这就是说,该语篇在语义上和语用上与现实世界中的语境相一致,而且它在内部或语言上也具有连贯性。”

荷意(Hoey)[③]给语篇的定义是:语篇可清晰地表示一个或多个作者和一个或多个读者之间相对独立的、有目的的互动,其中作者控制着互动并生产大部分或所有的语言。

布朗和尤尔(Brown & Yule)[④]则认为语篇是交际行为的文字记录。

因此,语篇是言语作品,是语言实际交际过程中的产物。无论以何种形式出现,语篇都应该合乎语法,语义连贯,包括与外界在语义上和语用上的连贯,也包括语篇内在语言上的连贯。语篇是语言交际的产物,必须依赖具体的语境方能存在,同时还要具有明确的交际功能和目的,如传递信息、描述事件、发布命令等。因此,语篇是有效交际的基本单位。

---

① Hjelmslev L. Prolegomena to a Theory of Language [M]. Madison: University of Wisconsin Press. 1961.

② Quirk R., S. Greenbaum, G. Leech, et al. A Comprehensive Grammar of the English Language [M]. London: Longman, 1985.

③ Hoey M. Signalling in Discourse: a Functional Analysis of a Common Discourse Pattern in Written and Spoken English [A]. Coulthard, M. (ed.) Advances in Written Text Analysis [M]. London: Routledge. 1994.

④ Brown G. and Yule G. Discourse Analysis [M]. Cambridge: Cambridge University Press, 1983.

2.3.2 系统功能语言学关于语篇的理论

系统功能语言学作为主流语言学派之一，既注重作者使用语言时所作的选择，又注重话语的内容。韩礼德和哈桑认为，语篇(text)一词在语言学里指任何口头或书面的、长短不限的、构成一个统一整体的片段(passage)。语篇是使用中的语言单位，不是像小句或句子一样的语法单位，不能用长度来确定它。语篇可以是一个词、一个句子，也可以是一部长篇巨著，是不受句子语法约束的，在一定语境下表达完整语义的自然语言。语篇不是由句子组成的，而是由句子体现的："一个语篇最好是把它看作一个语义单位，即不是形式单位，而是意义单位。"①

韩礼德指出，语言有三大功能：概念功能、人际功能和语篇功能。其中概念功能承载内容，指语言对人们在现实世界和内心世界中各种经历加以表达的功能。人际功能表达社会关系和私人关系，含说话者进入语言情境的形式，也称作社会建构功能(social constitutive function)，既表示说话者态度，也通过语篇来建构社会多样性的世界。语篇功能即语篇创造功能，语言使本身连贯，并与语域发生联系的功能。韩礼德把语篇功能称为使成功能(enabling function)，他接着说，"语言之所以能够有效表达概念意义和人际意义就是因为他能够创造语篇"，"正是这一功能使得说话者能够组织他所要说的内容，使之在语境中有意义并实现其信息功能。"②

韩礼德的系统功能语言学对语篇理论和语篇分析产生了很大的影响，其中衔接理论的应用就十分广泛。韩礼德和哈桑的衔接分类方法使研究者比较容易对句子之间的衔接关系进行量化。此外，马丁对语言、语域、语类和意识形态之间的关系的研究也为语篇

---

① Halliday M. A. K. and Hasan R. Language, Context and Text: Aspects of Language in a Socio-Semiotic Perspective [M]. Geelong: Deakin Univeristy Press, 1985.

② Halliday M. A. K. and Hasan R. Language, Context and Text: Aspects of Language in a Socio-Semiotic Perspective [M]. Geelong: Deakin Univeristy Press, 1985.

分析作出了贡献。在系统功能语言学里，语境不再仅仅是一个涉及语言使用环境的笼统概念，而是一个从符号学角度来解释语言使用的抽象的理论范畴，用于描述意义潜势和语言体现形式之间的相互关系，为语篇的生成和解读提供了方法论和广阔的探索空间。

2.3.3 语篇组织的原理

在讨论语篇组织的原理时有两个参数值得注意，一个是语篇性(textuality)，即韩礼德和哈桑①所说的语篇结构(textual structure)，另一个就是语篇的衔接与连贯。关于语篇结构，我们关心的是语篇中某些元素的某种顺序以及它们是如何结合在一起构成一个独特的、符合惯例的组织模式的。在衔接(cohesion)中，我们关注的是句子的属性，通过这些属性，读者感到它们是一个语义整体。

语篇的衔接与连贯和语篇的结构对我们描述现代网络时评的修辞属性都是非常重要的。比如我们对网络时评的语类地位的探索将部分地依赖于对它的衔接特征的分析以及对它的贯穿语篇的互为依靠的连接本质的分析。网络时评中衔接纽带的特殊模式将有助于实现最终的修辞潜势。

2.3.3.1 语篇性理论

1981年，伯格朗德(Beaugrande)和德莱斯勒(Dressler)合著出版了第一本英文版的专著《语篇语言学入门》(*Introduction to Text Linguisitics*)②。他们在讨论语篇性(textuality)时指出③，语篇语言学至少应该包括以下三个方面：(1)作为过程又作为产物的语篇；(2)作为产出者又作为接受者的语篇参与者；(3)为语篇和参

---

① Halliday M. A. K. and Hasan R. Cohesion in English [M]. London: Longman, 1976: 327.

② De Beaugrande, R. A. M. & Dressler W. U. Introduction to Text Linguistics [M]. London: Longman, 1981.

③ De Beaugrande, R. A. M. & Dressler W. U. Introduction to Text Linguistics [M]. London: Longman, 1981.

与者提供情境的语境。他们对语篇的研究更加注重从人类交际视角来阐释语篇建构，把语篇定义为满足语篇性(textuality)七个标准的交际性产物：衔接(cohesion)，指连接语言单位和模式的手段；连贯(coherence)，指连接意义和概念的手段；目的性(intentionality)，规定了语篇生产者准备进行语篇活动的条件；可接受性(acceptability)，规定语篇接受者接受作为语篇活动的条件；信息性(informativity)，与语篇提供的信息程度有关；情景性(situationality)，指语篇与情景之间的联系；互文性(intertextuality)指目前语篇与其他语篇之间的联系。

伯格朗德和德莱斯勒提出的语篇性七个标准具有很强的解释力。它们所涉及的不仅仅是语篇本身，还有语篇赖以生成的各种因素，如心理的、信息的、语用的、美学的、修辞的。它们不仅讨论语篇的句法结构，还讨论动机的选择、对世界的认知、信息的储存与提取、语境的制约与关联、语篇的类型与相互作用等①。语篇性七个标准的理论是语篇语言学理论研究上的一个突破，既揭示了语篇作为有效交际基本单位的实质，又充分体现了语篇语言学跨学科研究的特点与必要性。

在这些标准中，衔接与连贯是以语篇为中心的，其他五项是以使用者为中心的。衔接与连贯可以说是语篇研究的核心问题，是语义概念，是语篇特征的重要内容，是实现其他原则的基本手段。衔接体现在语篇的表层结构上，是语篇的有形网络；连贯存在于语篇的底层，通过逻辑推理来达到语义连接，是语篇的无形网络②。整体上说，衔接与连贯是相互匹配的，衔接所实现的是语言的表层形式和陈述之间的关系，而连贯则指交际行为之间统一关系，是语篇使用者之间认知过程的结果。

就其他标准来说，目的性指语篇产出者的交际目的，体现着语篇生产者的主观态度，但须蕴含信息性才能得以凸现，信息性的多

---

① 罗选民. 话语分析的英汉语比较研究［M］. 长沙：湖南人民出版社. 2001.

② 黄国文. 语篇分析概要［M］. 长沙：湖南教育出版社，1988.

少和高低是决定着目的性成败的重要因素；可接受性着眼于语篇接受者，显示出语篇接受者的主观态度，同样与信息性紧密关联，信息性适度的语篇有着较好的可接受性，信息性过高或过低都会影响交际的进行；情景性和互文性关系到语篇生产者和接受者双方的共有知识和语言共识，决定了一个语篇是否关联，是否具有意义。由此可见，这些标准并非出于同一个层面，衔接与连贯以语篇为中心，可以说是从静态角度而言的，突出的是语篇的语言层面；而其他五个标准则以使用者为中心，是在动态过程中把握语篇。其中，目的性和可接受性主要体现语篇的心理层面，情景性和互文性主要反映语篇的社会层面，而信息性则是语篇的计算处理层面。如果不考虑语言、心智、社会和处理等四个因素，任何原则都无从谈起①。在语篇交际的过程中，这些标准互相制约、互相联系，如果这些标准被破坏，就会导致交际的失败。

鉴于衔接与连贯在语篇语言学研究中的核心地位，以下将就衔接与连贯的现有理论作一综述与评析。

2.3.3.2 语篇的衔接与连贯

衔接常常被定义为所有连接语言单位和模式的方法，其主要手段是词汇和韵律。衔接指的是表层语篇的语言成分即人们听到或看到的实际语词，在一个序列中，在语言的语法规则基础上有意义地相互连接的方式。衔接和语篇的其他标准一定要相互作用才能使交际有效地进行。②

韩礼德和哈桑③发展了关于话语建构(the texture of discourse)的理论。他们认为语篇内部的衔接来自于句子之间捆绑

① De Beaugrande, R. A. M. & Dressler W. U. Introduction to Text Linguistics [M]. London: Longman, 1981.

② Ibid.

③ Halliday M. A. K. and Hasan R. Language, Context and Text: Aspects of Language in a Socio-Semiotic Perspective [M]. Geelong: Deakin Univeristy Press, 1985.

这些元素的作用纽带，指出："当话语中的某个成分的解释取决于话语中另一个成分的解释时，就出现了衔接。衔接是语言系统的一部分。"

在《英语的衔接》①一书中，韩礼德和哈桑把这些纽带组成三大语义类：

➢ 词汇语法意义的连续 —— 替代、省略、词汇衔接（重复、同义、搭配……）

➢ 指代意义上的连续 —— 在情景语境上指同一项的元素

➢ 通过连接关系与前文发生的语义衔接 —— 补充语、相反语、插入语等

在《语言、语境与语篇》②中，哈桑把她的重心局限于第一和第二个范畴，并发展了以下的组类：

➢ 互指（co-referentiality）—— 在情景语境中指同一事物的元素

➢ 替代（co-classification）—— 两种元素由同类的纽带相连

➢ 同现（co-cxtcnsion） — 两种元素同属一种语义

各种类型的纽带以他们最小的功能来建立联系点，就是至少语篇内两个句子之间的衔接，以他们最大的功能来建立贯穿语篇的扩展的语义连接链。哈桑认为，一种独特的链接模式是语篇衔接特有的，这些链接互相交叉，至少每个链接的两个成员同另一个链接的两个成员处于同一个关系③。

对本研究最有意义的是纽带的数量和在语篇中运作的纽带的本质在决定它的交际特征方面所起的作用。由此，按照韩礼德和

---

① Halliday M. A. K. and Hasan R. Cohesion in English [M]. London: Longman, 1976: 322-323.

② Halliday, M. A. K. and Hasan R. Language, Context and Text: Aspects of Language in a Socio-Semiotic Perspective [M]. Geelong: Deakin Univeristy Press, 1985.

③ Halliday M. A. K. and Hasan R. Language, Context and Text: Aspects of Language in a Socio-Semiotic Perspective [M]. Geelong: Deakin Univeristy Press, 1985: 91.

哈桑的思想，不同的语类和不同的语域显示出不同的语篇构造，因为它们体现不同类型和模式的衔接纽带。有关网络时评的语篇结构与衔接特征将在第四章详细讨论。下面谈谈连贯的问题。

二十世纪六七十年代不少学者开始对语篇连贯问题进行研究，如雅各布森(Jacobson 1960)、哈维格(Harweg 1968)、凡戴克(Van Dijk 1972, 1977)、金治(Kintsch 1974)、韩礼德与哈桑(1976)、柯尔特哈德(Coulthard 1977)，维多森(Widdowson 1978, 1979)、恩克维斯特(Enkvist 1978)等[①]。其中，真正引起人们对语篇连贯研究重视的是韩礼德和哈桑的《语篇的衔接》一书[②]。到了八九十年代，语篇连贯研究进一步深化和发展，形成了许多有关语篇连贯的理论体系。这些理论体系主要包括：韩礼德和哈桑的语域与衔接理论、凡戴克的宏观结构理论、维多森的言外行为理论、曼恩(Mann)等的修辞结构理论、布朗和尤尔的心理框架理论、戴恩斯(Danes)和弗莱斯(Fries)的主位推进理论等。

国内对“连贯”也有各种讨论。廖秋忠[③]把语篇连贯分为两个方面：一是形式连贯手段，包括指称、提代、省略、词义联系、连接、句子及句子之间的排序顺序、语篇语调等；二是语义/功能连贯，并明确指出他之所谓形式连贯手段即相当于韩礼德和哈桑所谓的衔接。黄国文[④][⑤]、胡壮麟[⑥]、刘辰诞[⑦]、朱永生等[⑧]、许余龙[⑨]等等在讨论衔接问题的同时也都论及了连贯。

---

① 转引自苗兴伟. 论衔接与连贯的关系 [J]，外国语，1998，(4).

② Halliday M. A. K. and Hasan R. Cohesion in English [M]. London: Longman, 1976.

③ 廖秋忠. 廖秋忠文集[M]. 北京：北京语言学院出版社，1992.

④ 黄国文. 语篇分析概要[M]. 长沙：湖南教育出版社，1988.

⑤ 黄国文. 功能语篇分析纵横谈[J]. 外语与外语教学，2001，(12).

⑥ 胡壮麟. 语篇的衔接与连贯[M]. 上海：上海外语教育出版社，1994.

⑦ 刘辰诞. 教学篇章语言学[M]. 上海：上海外语教育出版社. 1999.

⑧ 朱永生，郑立信，苗兴伟. 英汉语篇衔接手段对比研究[M]. 上海：上海外语教育出版社，2001.

⑨ 许余龙. 语篇回指的认知语言学探索[J]. 外国语，2002，(1).

衔接与连贯既有区别又有联系。它们的区别在于:首先,衔接是客观的,是语篇的一种形式特征,连贯则是主观的,是对语篇的评价的一个方面,需要由读者的评价来衡量。其次,语篇的连贯是相对的而非绝对的,语篇的连贯程度可以有一个跨度较大的渐进连续统:从最连贯到最不连贯。然而,连贯却又是语篇最基本的特征,我们也许会在杜撰的语料中看到许多看似衔接紧密却不连贯的句子堆砌,但现实中任何作者都刻意生产连贯的语篇,而读者在接触某一语篇时也总是将它假定为连贯的语篇去解读,即使是衔接性不强的语篇,读者也总是尽力把它当作连贯的去理解。衔接与连贯之间的联系在于:首先,一个连贯的语篇才可能是一个合格的语篇,而合格的语篇要通过各种衔接手段的具体实施作为保障。其次,衔接是语篇语义连贯的重要标准之一,在很多情况下,衔接在语篇中的出现可以引导读者去发现连贯的脉络,观察、证实连贯的程度,从而顺利解读整个语篇。最后,在自然语篇中,任何语言单位都是意义和形式的统一体,任何手段都既是表达一定意义的形式,又都是通过一定形式表达的意义。衔接和连贯是不可分的。我们将在第四章详细讨论网络时评语篇独特的衔接手段与连贯性。

2.4 语类研究理论

对语类的探究最早可以追溯到两千多年前,亚里斯多德(Aristotle) 在他的《诗学》中对文学语篇进行了分类,他将文学语篇分为诗歌、散文和戏剧三大类。因此,自亚里斯多德后相当长的一段时间内,语类研究被局限在了文学的研究范畴,中文中也主要译为体裁。而且,以拉丁文“genus(种类)” 为词源的“体裁”在传统观念中一般是被定义为对语篇类型的“形式”分类。所以,就有了如弗莱德曼(AvivaFreedman) 和梅地卫(Peter Medway) 所说的对“体裁”的一般认识,体裁是关于文学的,由篇章的形式和内容的规约性所决定的,固定和不可改变的,可被分类成清楚的并互不交错的类别和次类别的。但近 20 年,由于语篇语言学研究的发展和深入，语类研究被引入了语言学的范畴。在突破文学范畴的同时，其功能和意义也得到了扩展和延伸。语类被认为是建构、组织和阐释意义的一种方式，是意义的再现、阐释和评价原则。它并不仅仅只是关于文学的“形式”分类。体裁的作用和意义已经被语言学界广泛认同，并逐渐成为炙手可热的课题。正如在非文学领域研究体裁的第一人——俄罗斯学者巴赫金所说，一个人如果不懂语类，就不会说话。此后，Genre 被用来指各种语篇形式，常被译为语体、体裁、语类、文类等。近年来，随着话语分析与篇章语言学等领域研究的深入，人们不再局限于对语言本身的描述，而逐渐转向对语篇的宏观结构及其交际功能的探讨，以期发现语言背后的社会文化、历史习俗等因素，从而从更深的层面上对语言进行阐释。近20 年来，许多学者又重新开始对这个领域发生兴趣，研究者主要来自功能语言学界和应用语言学界。在人们探讨语篇的宏观结构与语篇功能关系的同时，语类的研究也成为语篇分析等领域中的热门话题之一。二十世纪 90 年代末期，非文学界在这个领域里的研究成果引起了文学界的关注，在文学界又一次掀起了研究高潮。现在语类已成为多个学科研究的热门话题。

在语言学的领域内，对语类的研究趋于多元化和多角度化。语言学家们分别从不同的角度，在不同的层面对语类进行了定义、规定和应用，如从社会语言学的角度、语用学的角度、认知的角度、功能语法的角度、批评语言学的角度、修辞的角度等；或在宏观的层面，或在微观的层面。我们不能说哪一种研究模式是绝对正确的，因为，它们切入点和侧重点的不同，使得它们将在不同的领域在不同程度上为不同的研究目的给予理论支持。但综观各家研究，我们发现，语类具有某些本质的特性，分别为语类的社会文化性、目的性、动态性、认知性、系统阶层性和交错综合性，并且，语类通过具体的语言形式得以再现。

通常认为，语言在本质上是一套社会符号系统，是人们用于日常交流、传播知识、文化等的重要工具。每一种语言的繁衍、发展与演变都根植于一定的文化环境中。功能主义的目的就是探讨语言与语言功能之间的关系。正如斯坦藤(Stainton)[①]指出的,一个有关语类的理论,不仅要能描写不同语类的典型的语篇特征,也要承认这些特征实际上是社会环境的实现。功能主义研究的实质就是结合语言与语境两个因素进行考察,探讨语篇形式与这种形式所实现的社会目的及社会职能之间的关系。这里将重点介绍系统功能语言学家对语类的研究成果。

二十世纪七八十年代,语言学的研究从句子扩展到了语篇层次,研究者开始关注语篇的结构和它的语义功能。这个时期,韩礼德的系统功能语言学理论也逐步成为西方功能语言学的代表,他的理论被视为当代最有影响的两大语言学学派之一。他对语言的功能观成为语类研究的重要理论支柱。后来语类的研究又受到巴赫金的对话理论的影响,近年来还接受了吉登斯(Giddens)结构理论的研究成果的影响,人们对语类有了新的认识。通过不同方法对不同语篇的研究,学者们已形成了既高深又复杂的看法。方琰认为[②]:语言学和应用语言学对语类的研究经历了三个时期:(1)关注语类的社会/交际目的;(2)观察和分析语篇的语类结构;(3)探讨语类的多样性和复杂性。20 世纪 80 年代初期,米勒(Miller)[③]85 提出将语类视为"典型的社会行为",即人们使用语类来做事,这些行为通过在重复的环境中一再出现而典型化。她还认为确定语类最重要的因素是社会目的。拜博(Biber)[④]也认为外部的、非语言标准的交际目的是语类的主要界定方法。这被一些学者视为当前普遍接受的看法。有的学者则进一步认为交际目的决定了语篇在社会中具有功能或使用价值。

---

① Stainton C. What is this thing called Genre? [A]. Working paper of Nottingham [C]. Nottingham: University of Nottingham, 1996: 58.

② 方琰. 浅谈语类[J]. 外国语,1998, (1).

③ Miller C. R. Genre as social action[J]. Quarterly Journal of Speech, 1984, (70): 151-167.

④ Biber D. Variation across Speech and Writing [M]. Cambridge: Cambridge University Press, 1988.

语类所具有的社会文化性与“语境”概念的提出和发展以及有关语境在语言理解应用中所起作用的研究有着密切的关系。早在上世纪初，人类学家马林诺夫斯基通过对南太平洋新几内亚特罗布兰德群岛上的原始文化进行实地考察发现，语言使用的具体情景和语言之间存在着某种关系，脱离了语言使用的具体环境，理解语言几乎就不可能。于是提出了“情景语境”，后又发现影响和决定语言理解的不仅是情景语境，还应包括“文化语境”，即语言使用的整个文化背景，至此，发展了语言的情景理论指出了语言的存活依赖于语境。马林诺夫斯基与之后继承并进一步发展其语境理论的弗斯也就形成了“英国语境主义”。其中“文化语境”的提出更是第一次强调和突显了语境的社会文化性。语境主义对语言研究的各个领域都造成了深远的影响，当然也包括对体裁的研究。在文学领域中，杜布罗（Dubrow，1982）、豪卜特梅尔（ Hauptmeier，1987）和莱德（Reid，1988）都曾表达过，语类和语境有关。在文学领域之外，深受语境主义影响，强调语境和语言之间存在互相依存关系的功能语言学同样承认语类和语境的密切关系。

受韩礼德的直接影响，哈桑[①]于 1985 年提出了一个分析原始/典型语篇语类的理论框架：语类结构潜势理论（Generic Structure Potential，GSP）。哈桑认为，语类服务于社会的某个特别的目的，实现语场、语旨、语式的值可以预测语篇的结构元素及出现的次数与顺序，预测语类结构潜势。并强调语类是由语篇的必要元素来定义的，具有相同必要元素的语篇属于同一个语类。可选元素决定属于同一个语类的语篇变异现象。由此可见，哈桑的语类同义于语域，即在特定的语境中我们所使用的特定的语言构型。但是，澳大利亚的功能语言学家马丁（J. R. Martin）则主张语类层

① Halliday M. A. K. Hasan R. Language, Context and Text: Aspects of Language in a Socio-Semiotic Perspective [M]. Geelong: Deakin University Press. 1985: 52-119.

高于语域层，语类是通过语域在语言中得以实现的，但语类反映的是交际双方所处的文化语境而不是情景语境，它明示了一次语言交际活动的目的和意图。基于此，马丁将语类界定为：语类是一个说话者带着属于自己的文化身份来参与的、有阶段、有目标的、目的性社会活动。同样把语类看成是“有步骤、有目的的活动类型”的还有艾格斯（S. Eggins），她通过提出三个对应的语境层次，语域——与语言活动直接相关的情景语境、语类——文化语境、意识形态——最高级也是最抽象的语境，强调语类是被用来描述文化语境对语言所造成的影响的。以上从系统功能角度出发的语类研究，归根到底，是将语言视作为社会符号，是依赖于语境存在的，而语言的社会语境也就是文化；而系统功能语法作为一种注重语言功能的研究，在它对语类的探讨中，除了强调其社会性之外不可避免地侧重于语篇的目的性。简而言之，系统功能角度的语类除了语域还有目的。

马丁[①]和艾金斯[②]提出了与哈桑的语类结构潜势相类似的框架，他们都将语类定义为“使用语言达到的有步骤的、有目的的活动类型”。他们的框架被称为纲要式结构，其中的步骤与哈桑的结构元素同义。这三位系统功能语言学家都重视研究语篇语类结构的实现问题，都认为语域三个要素（语场、语旨、语式）的配置是实现语类结构潜势/纲要式结构的关键。持相似看法的学者还有斯威尔士（Swales）[③]和巴蒂亚（Bhatia）[④]。

在语类的框架中，我们要关心的就是韩礼德和哈桑所称的语类结构（generic structure），即不同结构部分聚合在一起形成一个

① Martin J. R. 英语语篇[M]. 北京：北京大学出版社，2004.

② Eggins S. An Introduction to Systemic Functional Linguistics [M]. London: Pinters, 1994.

③ Swales J. M. Genre Analysis [M]. Cambridge: Cambridge University Press. 1990.

④ Bhatia V. K. Analyzing genre: Language use in professional settings [M]. London: Longman. 1993.

功能整体的方式。在第一章导论中的研究方法部分我们曾经简单讨论了哈桑和马丁的语类结构模式为本研究的分析模式提供了借鉴，这里将对他们的理论作出客观的评析。

2.4.1 哈桑的语类结构潜势理论

哈桑是第一个对语类进行深入研究的系统功能语言学家，为以后的学者对语篇体裁进行深入研究奠定了一定的理论基础。温托拉(Ventola)曾称赞哈桑对语类的研究工作“为系统化地表达语篇与语境的关系，并为把语篇类型化迈出了重要的一步”[①]。在哈桑的语类理论中，两个关键的概念是语境配置与语类结构潜势。马丁用的相关概念分别是语域配置(Register Configuration)和纲要式结构(Schematic Structure)。无论是哈桑的语类结构潜势，还是马丁的纲要式结构，在本质上都是一致的，都是从语言功能的角度确立语类的宏观结构。

哈桑[②]将语境格式定义为“实现语场、语旨、语式的一组具体的值(value)”[③]。哈桑认为，每个变量在实现其值时，都面临一系列的选择。当每个变量都被赋予一定的值时，那么这三者的组合就构成了一个比。反过来说，每一个语境配置构型又可以分解为三个变量。语境配置构型的作用在于：它可以预测语篇的结构元素(必要元素或可选元素)、元素出现的顺序与次数，即语境构型的三个变量在很大程度上决定了“语类结构”元素。

哈桑认为，语类是由语篇的必要元素来定义的。由于必要元素可以从语场获得[④]，因而在三个变量中，语场在确定语类时起了关键的作用，其他两个变量将影响可选元素的出现，可选元素的异

---

① Ventola E. The Structure of Social Interaction [M]. London: Pinter, 1987: 44.

② Halliday M. A. K. & Hasan R. Language, Context and Text: Aspects of Language in a Socio-Semiotic Perspective [M]. Geelong: Deakin University Press. 1985: 55-56.

③ Ibid. 56-58.

④ Martin J. R. 英语语篇[M]. 北京：北京大学出版社，2004：504.

同导致属于同一语类的语篇的多样化。

包含了某一语类所有必要元素和可选元素的结构表达式可称为该语类的“结构潜势”。艾金斯[1]提出商业交易的语类结构潜势：(销售起始)∧{购买要求∧售货应答∧购买∧(价格)}∧付款(感谢)∧(找零)∧购买结束。从这一表达式可以看到，属于这个语类的所有语篇都必须包含购买要求、售货应答、购买、付款、购买结束这些必要元素。()内的元素为可选元素，它们体现了语篇的多样化。{}内的元素为可重复元素。所有这些元素都是线性排列，顺序不得打乱。

语篇的结构与语篇的情景构型(情景语境)的这种对应关系也使人们能够根据情景构型来预测语篇的结构，同时也可以根据语篇的结构来预测情景构型：语篇结构的必要元素及可选择元素；语篇结构元素重现的可能性；语篇结构元素的顺序。如果语类结构的必要元素及其顺序发生变化，就会产生新的语类。

哈桑不是把语篇作为孤立的例子对语篇结构进行研究的，而是从存在于一定语境中的某种语体出发来讨论语篇结构。她的研究表明，同属一个语类的语篇都是某个已经存在的 GSP 的可能实现，即如果语篇的 GSP 的框架相同，则这些语篇就同属一个语类。具体地说，如果同属一个 GSP 的语篇结构中的语境构型的必要元素及其分布相同，那么这些语篇的语类相同。换句话说，必要元素及其分布是确认某个语境构型的决定因素，也是实现该语境构型的 GSP 的决定因素。这两个因素发生变化，语类也会发生根本变化。哈桑将同属一个 GSP 框架的语境构型中的必要元素与可选元素区分开来，不仅为语类的辨认确定了标准，同时也为语类的变异现象提供了理论上的依据。可选元素的改变是引起某个语体发生千变万化的根源，它们是丰富的文化和社会现象的反映。

---

① Eggins S. An Introduction to Systemic Functional Linguistics [M]. London: Pinters, 1994: 40.

2.4.2 马丁的纲要式结构理论

马丁认为，语域配置代替了语境配置，纲要式结构代替了语类结构。他认为，语域是语类的表现形式。语类通过语域配置得到实现。与哈桑不同的是，他强调语场、语旨、语式三个变量在确定语类时都起了作用。语类是作为有着相互关联的社会过程的语场、语旨、语式产生的语义的集合，而不是只取决于语场。①

马丁认为语场、语旨、语式在实现语类的过程中都起了作用，但它们的作用并不完全相同。似乎可以说语场可用于确定大的语类，如时事评论，而语式或语旨可用于对该语类系统的子语类的划分，见图 5。

语场 ⇓		语式或语旨 ⇓
时事评论	⇒	新闻评论员现场评论
		报刊专栏作家评论
		电视访谈评论 ……
广告	⇒	外墙广告
		报刊广告
		电视广告 ……

图 5　语境三要素确定语类和子语类的制约关系图

马丁②认为，语类通过语域实现的模式具体表现在语篇的纲要式结构上。纲要式结构是语类的分阶段的、有步骤的组织结构。语类的每一个步骤对表达该语类想要表达的整体意义都做出部分贡献。说本族语的人，只要听到一个步骤，往往就能识别与之有关的语类。比如当我们听到“今天最高温度 10 度，明天最低温度 3 度”，马上就会意识到这是气象报告。

描述纲要式结构有两种方法：形式和功能。前者指组成语篇的不同层次的语言单位（如章、段、句、词），但它不能揭示出该语类每

---

① Martin J. R. 英语语篇[M]. 北京：北京大学出版社，2004.

② Martin J. R. 英语语篇[M]. 北京：北京大学出版社，2004：542-571.

个步骤对实现总体目标做出什么贡献。正是由于这个原因，功能语言学家均采取后一种方法，将语篇划分为几个不同的功能部分。

不仅如此，语域还将决定属于某个语类的纲要式结构的每个步骤对语言的词汇—语法层的选择。例如“新闻事件”与“评议”这两个步骤所使用的词汇—语法结构就不会完全相同。总之，语类、语域和语言的词汇—语法层之间存在着抽象意义上的实现关系，即语类↙语域↙词汇语法。

由于所有的语类及其步骤都是用同一种语言具体表现出来的，他们对词汇和语法结构选择并不会全然不同。确切地说，它们之间的差异是通过不同的词汇和语法结构的不同组合表达出来的。

如果将马丁的纲要式实现语类的模式与哈桑的 GSP 模式相比较，我们就会发现：(1)两个模式均强调与语场、语旨、语式的关系及元素或步骤的顺序；(2)马丁的模式强调三个变量同时决定总体目标、决定语类，而哈桑的模式则强调语场是判断语类的决定因素；(3)哈桑的模式将必要元素与可选元素区分开来，并指出属于同一 GSP 语篇文体上的差异来源于可选元素，而马丁的模式没有做过类似的区分；(4)在马丁的模式中，语类是通过语域变量配置所决定的步骤在词汇—语法层上得到实现的，而在哈桑的模式中，语类是通过语境配置体现出来的。本文的网络时评语类结构将综合两家之说，既认为三个变量同时决定总体目标，又区分必要元素与可选元素。这一选择比较有利于当前的语类分析。

2.4.3 应用语言学关于语类的研究

很大一部分语类研究文献围绕着应用语言学展开。它们通常不针对媒体语言，但有一点与目前研究非常相关。本研究所讨论的网络时评是作者的争论性宣言。这些争论性语篇和劝说性语类研究明显相关，而且它们通常是较长的劝说性语篇的一部分(如公开讲话、政治演讲)。议论文和劝说文当然是应用语言学的一个主要关注点，涉及学生写作、学术论文写作、法律语言等。

应用语言学研究对强调语类的社会语境很重要，强调语篇是在特殊文化语境中构建和诠释的，即斯威尔士所说的话语社团(discourse communities)[①]。应用语言学文献的实际取向引导我们重视对语类的功能理解，重视从其广泛的修辞目的来解释语类的属性[②]。本研究采取的系统功能语言学的方法与他们所关注的对象是相符合的，都建立在语言的社会性上，即语言现象是从社会语境和修辞功能来进行解释的。

按照应用语言学语篇分析方法，语篇被分成一个线性的、多种元素的系列，其中的每一个部分都根据其交际功能进行识别。由此，斯威尔士[③]分析了学术文章的介绍部分，认为它包含以下四个语步(moves)：建立研究领域、总结过去的研究、准备目前的研究、介绍目前的研究。斯威尔士指出，语类是交际事件的一种分类。他对语类做出了颇有影响的定义，明确了语类是交际事件的一种分类，具有共同的交际目的。这些目的通过带有话语社团身份的成员在交际事件中得以体现，除了目的，语篇特定的图式结构同样也会在交际事件中有所体现。而每个交际事件都将会涉及诸多因素，如社会文化语境等。

应用语言学研究试图根据某个话语的局部来分析语类进展。温特(Winter)关于"问题——解决"作为语篇结构的原则的思想[④]很具影响力。巴蒂亚[⑤]以同样的思路分析了劝说性学术论文结构：提出问题、提出观点、达到解决、提出建议。巴蒂亚提出的这个

---

① Swales J. M. Genre Analysis [M]. Cambridge: Cambridge University Press. 1990: 3.

② Bhatia V. K. Analyzing genre: Language use in professional settings [M]. London: Longman. 1993: 10-12.

③ Swales J. M. Genre Analysis [M]. Cambridge: Cambridge University Press. 1990: 3.

④ 转引自 Hoey M. Signalling in Discourse: a Functional Analysis of a Common Discourse Pattern in Written and Spoken English [A]. Coulthard, M. (ed.). Advances in Written Text Analysis [M]. London: Routledge, 1994.

⑤ Bhatia V. K. Analyzing genre: Language use in professional settings [M]. London: Longman, 1993: 165.

结构对目前研究相关,它也是我们分析网络时评的重要理论基础。巴蒂亚对语类进行了深入的研究,对语类作了更进一步的限定,强调语类是一种结构特征鲜明并高度约定俗成的交际事件。人们可以在语类规定的框架内传达个人意图从而实现交际目的。但无论是斯威尔士还是贝提尔都承认了,语类作为交际事件的分类方式,一定与交际事件的目的性有关;对交际目的的识别或认同一定是由参与交际事件的、并“带有属于其话语社团身份”的社会成员来完成,这就使得体裁必定要带上社会的烙印,具有社会的特性。语类能够强加于作者一种社会角色。

在具体分析部分,我们将探索网络时评语境中的议论步骤问题。我们会发现有些论述是明显劝说性的,有些是积极地推进自己立场的,有些是提醒读者反思的。另外还将涉及作者的声音与有归属的材料的关系以及如何重新安排有归属来源的议论等。

2.4.4 系统功能语言学语类理论的最新发展

言语行为理论的语言哲学观认为:每一个话语都可被视为是说话人要达到某一目的的意图,即每一个言语行为都体现了说话人的意图。根据这一观点,语言交际的基本单位就不是单词或句子等语言单位,而是言语行为,语言交际就是由若干个言语行为构成的,并且每个言语行为都含带着说话人的意图。应该说,系统功能语法对语类的研究也受到言语行为的影响,是语类的社会性和目的性共同构成了语类的“功能”性导向。对语篇功能理解的基本出发点并不是局限于某个语篇或语篇的生产者,而是将语篇所在的具有社会性的互动言语行为作为视角,并且充分考虑作为社会的人的参与者本身所带有的目的和社会使命性。

有很强的目的论倾向的系统语言学领域中,对语类的研究,除了强调语境、社会、目的因素之外,也十分重视对语类结构的研究,或者说,体裁研究在系统语言学领域中一直都是包括了结构、语境和目的等多种因素的研究,且多种因素相互关联。哈桑在提出语境构型的同时就提到了每个语类都具有语类结构潜势。马丁

(1992)则在将语类明确界定为“一个由讲话者以文化社团成员为身份而参与的有阶段、有目标、有目的的活动”的同时，也提出了语类的“图式结构”，指出，语篇结构应该是在语类的层面才得以实现。语类网络系统是在语篇结构的相同和相异之处的基础上得以构建的。语类的多种可选项将会对与语篇结构的某些成分有关的语域进行预选，而这个语篇结构也就是图式结构。会话分析领域中对会话的组织结构模式的研究同样证明了语类结构对体裁研究有着重要意义。不少学者，如杰斐逊和李，通过会话分析，发现会话存在着一种组织结构模型。尽管对会话的结构模式或规则仍时常有例外，但这些例外存在的本身就已经证明不同的语类有着各自的组织结构模式。其他持有相同意见的语言学家还有贝提尔、斯威尔士等，他们在提出语类是包括具有共同交际目的的一组交际事件，强调语类的社会性、目的性、语境性的同时，也都提到了语类的确立与语类形式结构有着密切的联系。语类不是一般的交际事件，而是一种内部结构特征鲜明、高度约定俗成的交际事件，在建构语篇时，人们必须遵循每个语类所具有的常规。“语类有着被使用它们的人所能识别的风格和形式上的特征。”“语类是与某一种交际范畴相关的特定活动形式，有其在主题内容、风格和文章结构方面相对稳定的类型。”“除了目的，一个语类的模型同样展示出在结构、风格、内容和受众对象方面的不同形式的相似。”①可见，语类和语篇的语言形式之间有着密切联系，是一种体现关系，即语类所蕴涵的目的性、社会性、认知性等都可以通过语篇的语言形式表象得以体现出来，语言形式表象无疑就可以成为我们研究语类的切入点。

马丁发展了系统功能语言学的语类分析理论。他认为②，语类是阶段性的、有目的的社会过程。阶段性是因为它通常引导读者

---

① Swales J. M. Genre Analysis [M]. Cambridge: Cambridge University Press, 1990.

② Martin J. R. 英语语篇[M]. 北京：北京大学出版社，2004.

从一个意义阶段进入到另一个；有目的是因为整个意义阶段都试图实现某种思想，如果没有实现，就可能会有种挫折感或不完整感，有继续的欲望；社会的，是因为我们通过语类与别人交流。从这个角度来说，文化可以被解释成语类的体现。语类之外就不存在意义。

马丁认为，语类分析应该确定框架，以保证对系统功能语言学中贯穿三个元功能的意义产生的语式的敏感性：概念意义、人际意义、语篇意义。[①]他指出，语类理论试图继承语法学家对经验意义的偏爱，认为语篇分析应该对组构元素有偏好，就像经验意义在句子构成上的模式。按照马丁的观察，根据韩礼德的思想，经验意义是局部颗粒，是明确独立的个体，如参与者、过程、附加语、称呼、量词等。因此，以往的语类分析，无论是否在系统功能语言学框架下，一直试图采取一种局部的方法来分析语篇结构，把语篇打碎成各管各的小块，系列地组织在一条通向语篇完成的路径上。

但是，其他元功能不是这样组织的。人际意义是韵律式起作用的，因为这些各管各的、不同形式的语言资源的实现弥散于语篇各处；而语篇意义是波浪状的，伴随着语篇结构的进展起伏，在语篇展示过程中的战略要点有意义高潮。

马丁提出，把眼光放宽到经验意义的颗粒模式以外，到达其他意义模式影响下的可能的语篇意义模式是有价值的。他在几种语境中都证明了这点。首先，他探索了拉波夫(Labov)和沃勒茨基(Waletzky)的颗粒方法来分析叙述语篇的人际评价所产生的问题。他说这种评价常常是韵律般弥散在语篇中的，不能局限于一个互不相干的阶段[②]。另外，他还证明了这些波浪状模式如何为语篇提供宽范围的结构。他特别指出这些战略性分布的小句(他把它们标记为宏观主位)以韵律梯队产生作用，来预言整个语篇后续的主位选择。他指出，语篇重要的结构原理通过语篇波浪的不同层次就提出来了。

---

① Martin J. R. 英语语篇[M]. 北京：北京大学出版社，2004：546-560.

② Ibid. 553-559.

这种对语篇结构的功能多样性方法将被用来分析网络时评，并将证明这种方法在发现主要的韵律模式和构成网络时评语篇结构的阶段性模式方面的解释性优点。

2.4.5 其他语类研究近况

近年来，一些语言学家在研究中发现，将语类看作"语篇可以通过一系列步骤展开的一个框架"的认识，可能有些偏颇。费厄克劳夫(Fairclough)[①]觉得语类实际上比理想的模式更加灵活、更加不可预测，更像个大杂烩。他认为语类具有多面的特性。

另有一部分研究者认为，无论是交际目的，还是形式结构，还是其他因素，语类用单一的条件是难以确定的。亨利(Henry)和罗斯布利(Roseberry)[②]指出，尽管交际目的在语类定义中具有主导地位，其他因素，如惯用结构、语言上的限制、甚至语言活动的参与者等，都对界定起着一定的作用。费厄克劳夫[③]认为声音(voice)、文体(style)、语式(mode)、活动类型(activity type)以及它源自的语篇都对语类的界定起一定的作用。斯考伦(Scollon)[④]在对比、分析人民日报三种不同的版本时，考虑了八个语类特征因素，包括标题、位置、结构框架、口吻、视角、引用、是否使用程式性的语言表达方式、词汇特点。但是，他没有明确划分语类的理论标准，也没有强调社会交际目的的重要性。借鉴系统功能语言学家和上述斯考伦的看法，方琰[⑤]在探讨"文化大革命"当中人民日报的语类特征因素时，也考虑了多种因素，包含了交际目的、结构潜

---

① Fairclough N. Media Discourse [M]. London: Edward Arnold, 1995.

② Henry A., and R. Roseberry. An Investigation of the Functions, Strategies and Linguistic Features of the Introductions and Conclusions of Essays [J]. 1997 (4): 479-495.

③ Fairclough N. Media Discourse [M]. London: Edward Arnold. 1995.

④ Scollon R., Scollon S. W. & Kirkpatrick A. Contrastive Discourse in Chinese and English - A Critical Appraisal [M]. Beijing: Beijing Foreign Language Teaching and Research Press, 2000.

⑤ 方琰. 语篇语类研究[J]. 清华大学学报 (哲学社会科学版), 2002(增1).

势、标题、位置、口吻、字体、句法、词汇特点等。她认为其中的交际目的和结构潜势最为重要。

帕尔特里奇(Paltridge)[①]于1997年区分了原型(prototypes)与不那么典型的语类的例子(less clear-cut examples)。他指出,对"某个语类的表征越接近该语类的原始类型的形象,它的例子就会越清晰地表明它是这个语类的一个范例。"他还用哈桑的语类结构潜势的理论分析了论文介绍部分的组成元素,发现只有两个元素为必要元素,而且元素的次序也相当灵活。因而他认为用这样的框架来定义原始类型的语类也有不足之处。他试着使用韩礼德的系统功能语言学框架与费尔摩(Fillmore)的语义框架(semantic frame)理论相结合的方法,划分语类。总之,他也认为对语类的划分要建立在考虑多个或形形色色因素的基础上。但是他的理论框架及实验结果也提供了对哈桑创导的用典型或原始类型划分语类方法的强有力的支持。

语类侵殖(genre colonization)的理论更清楚地说明了语类具有多元特性。1998年莱特克(Leithch)和罗珀(Roper)[②]在对比电视上的谈话广告节目和电台谈话节目之后,认为前者吸取了各种电台谈话的语篇组成形式,但是它却属于广告语类,因为它的交际目的是推销商品,即语篇的形式结构为A,但其交际目的和功能结构潜势却为B,因而其语类被确定为B。在现代生活中语类侵殖现象颇为常见。欧比比(O'Beebee)[③]也说,每个语篇都会涉及一个以上的语类,可以是显性的或隐性的。斯考伦[④]在分析报刊

---

① Paltridge B. Genre, Frames and Writing in Research Settings [M]. Amsterdam: John Benjamins Publishing Company, 1997.

② Leithch Shieley & Juliet Roper. Genre Colonization as a Strategy: A framework for Research and Practice [J]. Public Relations Review, 1998, (2): 203 — 218.

③ O'Beebee T. The Ideology of Genre: A Comprehensive Study of Genetic Instability [M]. Pennsylvania: The Pennsylvania State University Press, 1994.

④ Scollon R., Scollon S. W. & Kirkpatrick A. Contrastive Discourse in Chinese and English - A Critical Appraisal [M]. Beijing: Beijing Foreign Language Teaching and Research Press, 2000.

语篇时也发现有框架结构混杂在一起的现象。因此，我们在分析网络时评语类结构时也将提到多种特征并存的情况，但是我们的关注焦点应该是交际目的。

2.5 评价理论

在我们讨论了语篇语类及其研究进展之后，就需要关注语类结构各部分的意义体现方式。本研究认为网络时评源于新闻评论，是网络工具的影响促发了新闻评论语类的变异与衍生。网络时评这一新近崛起的语类不仅具有原新闻评论的语类属性：新闻性、政治性、议论性等，更拥有鲜明独特的个性：时效性、互动性及意识相态导向性。作者与读者的观点表达更趋直接，质疑欲望更为强烈，说服目标更加明确，因此我们拟借鉴评价理论来分析网络时评语类的主体间立场，以发现作者是如何在语类结构各个部分策略性地运用评价资源，实现其交际目的。

胡壮麟等[①]认为：语言除具有表达讲话者的亲身经历和内心活动的功能外，还具有表达讲话者的身份、地位、态度、动机和他对事物的推断、判断和评价等功能。语言的这一功能称作人际功能。语言的人际功能是讲话者作为干预者(as intruder)的“意义潜势”，是语言的参与功能。通过这一功能，讲话者使自己参与到某一情景语境中，来表达他的态度和推断，并试图影响别人的态度和行为。

系统功能理论为我们探索现代网络时评的人际风格和语篇构造提供了一个宽阔的框架。但是，兰克认为[②]：韩礼德的人际意义

---

① 胡壮麟，朱永生，张德禄，等. 系统功能语言学概论[M]. 北京：北京大学出版社，2005：115.

② Lemke J. L. Interpersonal Meaning in Discourse：Value Orientations[A]. Davies M. & Ravelli L. (eds) Advances in Systemic Linguistics：Recent Theory and Practice[C]. London. Pinter Publishers，1992.

的词汇语法系统明显地和语言的语义功能朝向有关(orientational semiotic function)。然而,其传统的句法分析手段在揭示较长的“独白”式话语的人际意义上局限性很大,对于被韩礼德一笔带过的语义评价手段在“评价理论”中得以丰富发展。

正如前面已经指出的,目前的研究需要我们详细介绍这一理论的某些最新发展。所以本部分的首要议题就是语言为构建社会评价、态度和作者立场提供资源。

马丁和罗斯[①]指出,我们采用评价资源来告诉读者或听众我们对事物和他人的感受或想法,从而构建社会关系。评价是任何语篇意义的中心,对语篇的人际意义的分析都必须把评价考虑在内[②]。

近年来在系统功能语言学框架下创立的评价理论是功能语言学在对人际意义的研究中发展起来的新词汇-语法框架,它关注语篇中可以协商的各种态度。马丁对评价理论的定义是:“评价理论是关于评价的,即语篇中所协商的各种态度、所涉及到的情感的强度以及表明价值和联盟读者的各种方式。”[③]评价理论的中心是“系统”,焦点是“评价”。语言在该系统中是“手段”,透过对语言的分析,评价语言使用者对事态的立场、观点和态度。换句话说,评价不只停留在语言的表层意义上,而是通过表层意义看深层的意义取向,就是我们常说的“通过现象看本质”。因此,它是解读性的、阐释性的。评价理论将语篇中的评价性资源按照语义分为三大子系统:态度(Attitude)、介入(Engagement)和级差(Graduation)。见图 6。

---

① Martin J. R. & D. Rose. Working with Discourse: Meaning beyond the clause [M]. London: Continuum, 2003.

② Thompson G. Voices in a text: Discourse perspectives in language reports [J]. Applied Linguistics, 1996,17(4): 501—530.

③ Martin J. R. & D. Rose, Working with Discourse: Meaning beyond the clause [M]. London: Continuum, 2003: 23.

图 6　评价系统及其子系统[1]

2.5.1　态度子系统

态度子系统是整个评价系统的核心，是指心理受到影响后对人类行为（behavior）、文本/过程（text/process）及现象（phenomena）做出的判断和鉴赏，又分三个子系统：情感、判断和鉴赏[2]。

所谓"情感"，是指说话者或写作者表示对人、物、事件、情况等的感情倾向。情感系统可用以下几种方式表示：

通过心理过程动词，如：喜爱/仇恨，恐吓/宽慰，使开心/使厌烦。

通过感情形容词，如：幸福的/悲惨的，生气的/愉悦的，热心的/冷漠的。

通过名词（含英语动名词），如：希望/失望，甜蜜/痛苦。

情感与感情上的回应和意向相关，而且是通过心理反应过程得以实现，如：这东西我喜欢。我讨厌巧克力。或通过关系过程实现，如：他为女儿的成就骄傲。她害怕蜘蛛。马丁的方法是整体的，并因文化而异的；与威茨别卡（Wierzbicka）[3]普遍性取向相反，后者倾

---

① Ibid：54.

② 王振华. 评价系统及其运作——系统功能语言学的新发展[J]. 外国语，2001，(6).

③ Wierzbicka A. Human Emotions：Universal or Culture-Specific? [J]. American Anthropologist，1986，88 (3)：584-94.

向于一种情感，并试图总结出其跨语言跨文化普遍性原始语义。

马丁[1] 125 认为有几个主干轴，情感语义沿着这几个主干轴得以组织。这里将作一简单介绍：

➢ 情感通常被诠释为正面（开心的、受欢迎的）或负面（讨厌的、生气的、难过的）。

正面情感 —— 男孩很高兴。

负面情感 —— 男孩很悲伤。

➢ 情感也可以通过一时性的感觉得以实现（体现在某些副语言或语言外的表达中），或作为心情意向韵律般地实现。

瞬时行为 —— 男孩笑了。

心情意向 —— 男孩喜欢这礼物，他很高兴，一蹦一跳地跑了。

➢ 情感也被诠释为对某种刺激的反应或是一种持续的情绪。

对别的东西的反应 —— 这礼物使男孩很高兴。

没有指向的情绪 —— 男孩很高兴。

➢ 情感位于一个从最低到最高的一个渐变面上。

低 —— 男孩喜欢这礼物。

中 —— 男孩喜爱这礼物。

高 —— 男孩珍爱这礼物。

马丁粗略地把情感类型分为现实（realis）与非现实（irrealis）（见图 7）。现实的价值牵涉到一个对现在或过去的刺激的反应，如：男孩喜欢这礼物。相反地，非现实的价值牵涉到对未来某个刺激的意向，如：男孩想要这礼物。

态度子系统之二为判断，指以一系列制度化的（institutionalized）社会规范为参照，对人类行为进行肯定或否定的评价，包括根据相关标准对人类行为所作的正面和负面的评价意义。我们可以评价行为是道德的或不道德的（moral or immoral）、合法的或不合法的（legal or illegal）、正常的或不正常的（normal or abnormal）等。

---

① Martin J. R. Beyond exchange：Appraisal systems in English [A]. S. Hunston and G. Thompson (eds). Evaluation in Text：Authorial Stance and the Construction of Discourse[C]. Oxford：Oxford University Press，2000：8-9.

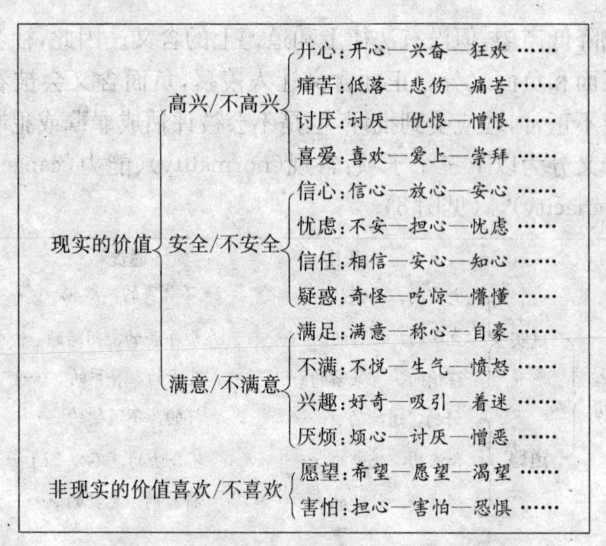

图 7　情感子系统框架

判断是在特定的文化和意识形态的情景中形成的。人们对道德、法律、能力、常规作出的判断,总是由他们生活于其中的文化和他们自己的经验、期望、设想和信仰决定的。因此始终有这样的可能性:针对同一个事件,按照判断人的不同的意识形态,作出不同的判断。判断可分为社会许可(social sanction) 和社会尊严(social esteem) 两大类。社会许可主要涉及法律、道德和宗教三方面的评价。社会许可的判断牵涉到某些文化制度的显性或隐性编码的规则。这些规则可能是合法的或者合道德的,因此社会许可与合法性和道德性相关。从宗教的角度来看,违反社会许可将是罪孽,在西方基督教的传统中是凡人的罪孽。从法律的角度来看,这就是犯罪。因此违反社会许可就是要冒法律惩罚的风险,所以用了术语“制裁”(sanction)。(我们把它译为许可,因为“制裁”负面含义太重。)社会许可含两个子项:真实(truth)与道德(ethics),均有正面和负面之分。正面含义是表扬性的,负面含义是谴责性的。谴责性的行为有法律含义,是严重的。社会尊严是指社会对个人的评价和褒贬,在该范畴中被评价的人可以在自己的社团中提高声望或降低声望，但没有法律上和道德上的含义。因此，社会尊严也有正面和负面之分。正面含义让人羡慕，负面含义会被看成不合适或不正常，理应受到批评，但是不会被评估成罪孽或犯罪。社会尊严又分为以下三个子项：常规（normality）、能力（capacity）和毅力（tenacity）。（见图 8）

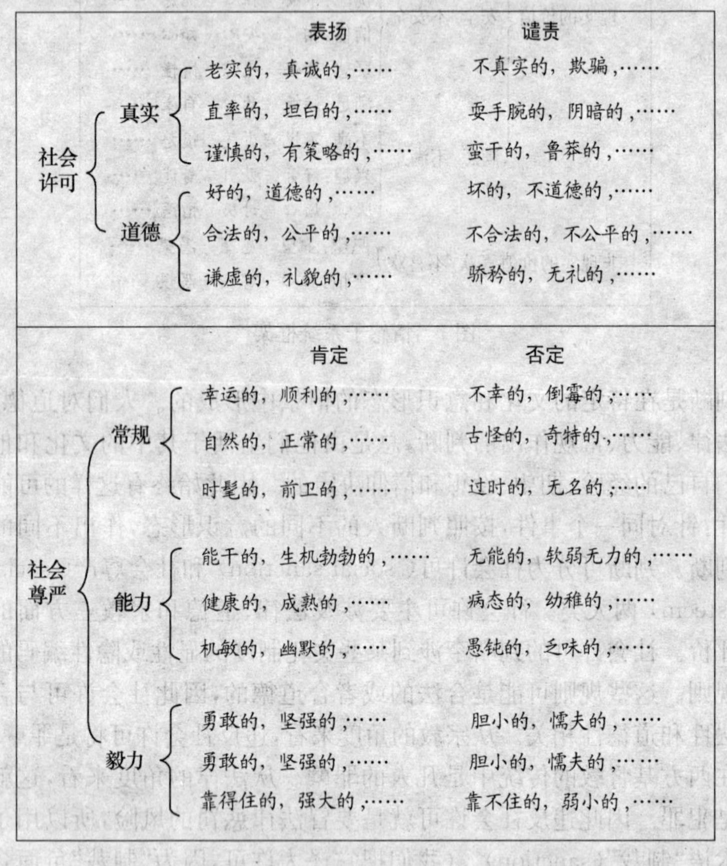

图 8　判断子系统框架

评价系统区分明示的判断（'inscribed' judgment）和标记的判断（'tokens' of judgment）。在明示的范畴中，评价是明确通过带有判断价值的词项显性表现的，如，skilfully, corruptly, lazily

等。但是，判断价值也有可能不通过明示资源，而通过标记的隐性的判断来表达。在标记的范畴里，判断价值是由表面上看起来中性的概念意义导致的，而这些资源在所属的某种文化中有能力导致判断回应(取决于与社会/文化/意识相关的读者定位)。

由此，一个新闻评论员可以通过指责政府的“不力，无能”来明示负面能力的判断价值，也可以通过标记，如“政府没有为长期的发展打下基础”，得到同样的价值。当然，对这样一个观察没有明确的评价，但它在那些共享某个经济观点和政府职责的读者身上还是有潜势表达对无能的评价。同样，一个记者可以明确地评价一个人的行为“很古怪”，也可以用某些标记如“他说自己是天才”来得到相似评价。当然，这样的标记也需要有同样的社会准则。他们取决于行为和评价之间的传统联系。像上述这种情况，它们很大程度地取决于读者定位——每个读者将根据他们自己的文化和意识定位诠释判断标记。他们也取决于伴随语篇(co-text)的影响，而且在一个语篇中建立人际定位的一个重要策略就在于通过部署明示的和标记的评价使读者能够共享作者对语篇标记的诠释。

按照判断系统在语篇中的明晰程度，判断又可分为三种：显性的判断(inscribed or explicit judgment)、隐性的判断(implicit judgment)和从事实得出的判断(provoked judgment)。作明确判断时，我们可以用一些具有判断价值的词汇来表达，如：技巧熟练地、腐败地、懒惰地等。但判断也可以用判断标志(tokens of judgment)来表达。这时，判断的价值完全由一些事实、一些未经任何评价的事件或情况引发。然而这些事实或情况却能在一定的文化背景中激发(trigger)判断反应(决定于读者的社会、文化、意识形态背景)如：

孩子们很无礼地说着话。(显性判断)

孩子们在他解释课文时讲空话。(标志性判断)。

态度子系统之三为鉴赏。鉴赏包括属于美学范畴的评价和诸如“有意义”或“有害”之类的非美学价值评价。它以评价自然物体、人造物体、文本和更抽象的结构为主，如计划、政策之类。当人被视为实体而不是某种行为的参加者时，我们也可以对其进行鉴赏。

鉴赏价值可以反应在评价客体的结构性特征上，如：和谐的、对称的、平衡的等；也可以体现在评价客体所引起评价主体的相关的美学反应上，如：惊人的、引人的、烦人的、累人的、美丽的、可爱的等。

鉴赏是一个评价产品和过程的系统。鉴赏包括美学范畴的价值，及非美学的社会评价价值，如有意义的、有害的等意义。在鉴赏系统中，人对产品、过程、实体的感觉，正面的或负面的，被制度化为评价。由此，判断主要评价人的行为；鉴赏则评价语篇、更抽象的构造如计划和政策以及制作的物体或自然物体。当人被看作一个实体，而非参与行为者时，也可以在鉴赏中得到评价，由此，我们可以说一个漂亮的女人、一个头面人物等。

评价理论把鉴赏系统分作三个子范畴：反应（reaction）、构成（composition）、价值（valuation）。见图9。

		正面	负面
反应	影响力	引人的，感人的，……	乏味的，枯燥的，……
	质量	可爱的，美丽的，……	丑陋的，平淡的，……
构成	平衡	和谐的，平衡的，……	不和谐的，扭曲的，
	细节	简洁的，优雅的，……	简陋的，粉饰的，……
价值		深刻的，新颖的，……	浅薄的，保守的，……

图9　鉴赏子系统框架

评价理论认为，反应（reaction）是指情感反应，是由人际协调的。它描述的是某个东西对读者的情感影响力。由此，在反应范畴中，产品或过程根据其影响力（impact）与质量（quality）得到评价。影响力指产品/过程吸引力的程度，质量指文本/过程对感情有多大影响力。构成(composition)也有两个方面:平衡(balance)与细节(complexity)。平衡指产品/过程是否相称,细节指产品/过程是复杂还是简单。在价值(valuation)的范畴中,产品或过程的重要性根据各种社会标准或惯例得到评价。这个范畴与语场紧密相关,因为一个语场的社会价值在另一个语场不一定适合或相关。因此,我们可以说在美术中比较流行的社会价值在政治领域中不一定广泛适用。媒体语篇的主要价值在于社会意义和特色(现象是否重要、值得注意、有意义等)以及有害性(现象是否有损伤性、危险、不健康等)。

以上扼要介绍了态度子系统。需要承认的是,词语可以用来表达人们的心理状态和情绪,按照社会准则对人们的行为作出或褒或贬的评价以及对客体、成品、形状、外观甚至人的外表等作出某种审美评价。但必须指出的是,这三种态度语义特征是互相联系着的,有时为合取关系。

2.5.2 介入子系统

介入子系统包括表明语篇和作者的声音来源的语言资源,它关注的是语言进行人际或概念意义的协商的方式。在词汇语法上,它包括各种各样的资源:投射和相关的表示声音来源/直接引语的结构;情态动词;情态和评论附加语以及相关形式;现实阶段(对动词短语的详细化);否定;表示"意料之中"和"意料之外"的关联词/连接词。

语言学的传统观点认为这些资源可以使说话人致力于他的言语的真实性,或者是允许说话人把他的言语变成不太准确的"知识",在这些说法下,我们讨论的语义来自于单个的说话人对他们的言语的内容采取了"主观的"着色或倾斜,即把内容的真实性变得含混或对内容的可靠性表示疑问。这样,意义就取决于说话人是否愿意致力于他们所说的内容的真实性。

在所采用的巴赫金的模式中,读者的作用被看得更重要,或者说把语篇看成是与实际的或潜在的读者协商意义。同样,意义的建构被看成是社会的而不是个人的，不是把概念意义以及与之相连的真实值放在首位。这种做法明显地受到了巴赫金的“杂语性或多声（heteroglossia）”和“互文性（intertextuality）”概念[①]的影响。在这些概念中，巴赫金坚持认为所有的语篇都有互文的性质，即所有的语篇都指涉、回应，并在不同程度上包容其他实际的或可能的语篇。因此我们可以说没有一句言语是孤立的，多声的观点强调的是语言在把说话人和他们的语篇放置在纷繁各异的社会立场和世界观中的作用，任何文化中都有这些纷繁各异的社会立场和世界观。所有的语篇都反映了某一个特定的社会现实或意识形态立场，语篇明确地或至少是隐含地承认与其所持立场在不同程度上趋同或趋异的社会意义，这些不同的意义被看作是已在以前的语篇中表达过或在未来的语篇中期望被实现，并且从它和那些不同意义一同进入的趋同或趋异的关系中获得它的社会意义。因此语篇中的每一个意义都是出现在社会语境中，在该语境中也可以产生其他的各种意义或相反的意义，它的社会意义取决于它与其他各种意义一致/相反的关系。

怀特[②]在介绍介入系统时强调，该系统仍然在“多声”、“杂语”的大框架下描述这些词汇语法资源的功能性，将“多声”中的介入的功能归纳为否认（disclaim）、声明（proclaim）、引发（entertain）、摘引（attribute）等四大类。“否认”意味着语篇中的声音和某种相反的声音相互对立。又分为否定（deny）和对立（counter）。否定指否定句（negation），对立包括一些表示让步（concession）和意外（counter-expectation）的表达。“声明”即语篇中的声音将命题表现为不可推翻（证据充分、公认的、可靠的等），从而排除了其他的声音。它又分为一致（concur）、强调（pronounce）、支持（endorsement）等。“引发”指语篇中的声音所表现的命题建立在和其他命

① Bakhtin M. The Dialogic Imagination: Four Essays [M]. Austin: University of Texas Press, 1981.

② White P. R. R. An Overview [EB/OL]. www.grammatics.com/appraisal, 2001.

题的联系之中，因而表现为许多声音中的一种，从而引发了对话，如：也许……、可能……等。“摘引”指的是语篇中的声音所表现的命题来自语篇外部的声音，因而表现为许多声音中的一种，引发对话。摘引又分为“中性引述(acknowledge)”，如：根据“某某的观点……”和“疏远性引述(distancing)”，如：有谣传说……，某某竟声称……等。

在这些多声性的资源中，根据介入在“对话”方面的功能，又将以上的介入资源分为两个子范畴：对话的扩展(expansion)和对话的缩约(contraction)。所谓“扩展”指的是话语中介入或多或少地引发了对话中其他声音或立场，包括“引发”和“摘引”；而“缩约”则意味着话语中的介入挑战、反击或者限制了其他声音和立场，包括“否认”和“声明”。见图 10。[①]

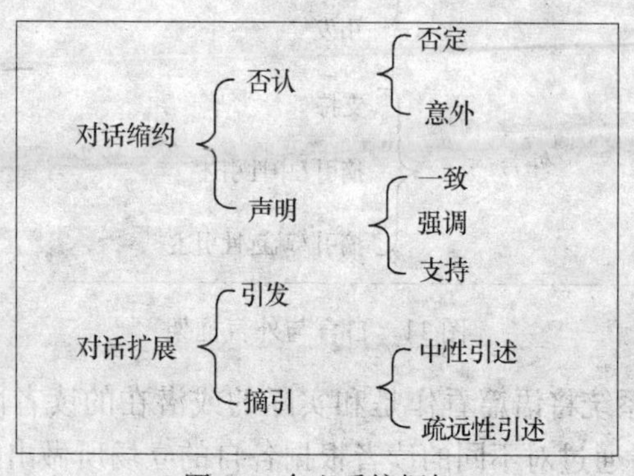

图 10　介入系统框架

怀特在讨论主体间立场时指出话语来源的重要性，即话语来自发话人本身还是来自外源。他认为除了在介入系统区分“对话扩展”和“对话缩约”外，还可以把话语来源区分为自言(intra-vocalization)和外言(extra-vocalization)。所谓自言，意味着排除对话性，没有投射，语言使用者直接介入事态。我们称这种介入为主

① Ibid.

观介入，它包括否定/意外、一致、强调、引发等四大范畴。所谓外言，意味着对话性。作者通过外言，可以貌似客观地介入事态，我们称之为客观介入，它包括支持（endorse）、摘引/中性引述（attribute/acknowledge）和摘引/疏远性引述（attribute/distance）。缩约/扩展框架与自言/外言框架有一定的区别，前者强调声音的量，即是否包含多声；而后者强调声音的来源，即自我还是他人。自言多为单声缩约，但是在对话缩约中的"认同"属于外言，即相当于外人的"宣言"，非作者本人所言，但作者引用、赞同甚至强调这一观点。见图11。[①]

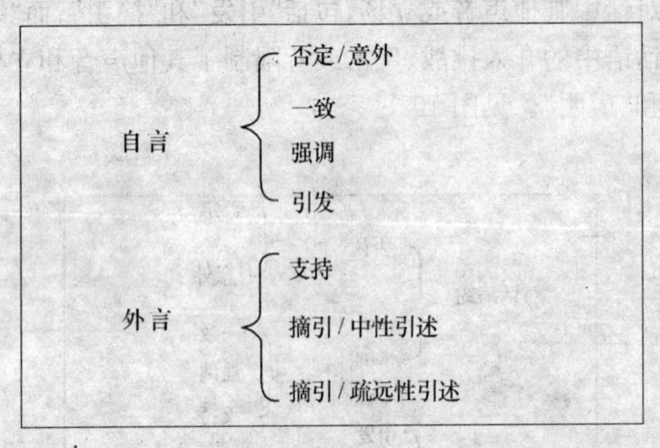

图11 自言与外言框架

介入系统将语篇看作是和实际的或潜在的读者协商意义的方式。作者通过对不同的读者根据各自的立场所做出的回应进行预测，而在语篇中采取不同的应对策略。作者如何通过语篇与读者展开对话在巴赫金的对话理论中可以找到理论依据，但却在评价理论中得到详细系统的体现和诠释。

多声性、互文性的观点使不同的词汇语法结构被综合在互动、依存的介入系统之下成为可能，因为它们都是表明说话人/作者的对话立场的语义资源，它们运作起来共同反映语篇内部不同社会

① Ibid.

立场之间的互动或协商过程。如图 11 所示，介入系统中，特别是外言和自言引发中的很多资源都属于面子模型中的模棱语，但是，在评价理论的框架下，这些语义资源可能根本就不表示怀疑或含糊，而是承认某个命题的可争议性，表明愿意和持异议者进行协商或者是对其表示尊重。介入系统的另一个亮点在于对闭合自言人际功能的讨论：因果或让步连词通常被认为是用来建立逻辑衔接关系，在系统功能语言学里也是作为逻辑功能处理的[①]，认为这些资源具有重要的人际功能：因果关系是逻辑责任或必要性的一种，因而可以被看作是情态的；而让步结构中结果并没有跟随原因出现，取消了赋予或决定事件之间因果关系的可能性或责任，是反情态的。怀特[②]继承了马丁的观点，将因果和让步连词归入介入系统，在承认其逻辑衔接功能的前提下，进一步突出了其人际功能。语言学传统从形式逻辑的角度解释否定，认为肯定和否定是平等对立的价值，而怀特[③]借鉴了费厄克劳夫[④]等人的观点，从人际的角度解释归一度(polarity)的语义，因为否定包含着肯定的可能，而肯定只是指自己，所以否定比肯定负载更多的人际价值。

2.5.3　级差子系统

所谓“级差”，是指提高(raise)或降低(lower)态度介入程度的强度以及突出(sharpen)或弱化(soften)介入态度的范畴的界限。它是横跨整个评价系统的表现话语语气的强弱和语言的鲜明或模糊程度的语言资源。级差从字面上看就是区分加强或减弱的程

---

① Halliday M. A. K. An Introduction to Functional Grammar[M]. London: Edward Arnold, 1994: 232-239.

② White P. R. R. Telling media tales: the news story as rhetoric [D]. Sydney: Department of Linguistics, Unviersity of Sydney, 1998.

③ Ibid. : 89.

④ Fairclough N. Discourse and Social Change [M]. Cambridge: Polity Press, 1992: 121.

度，它不局限于任何一个次领域，而是跨越整个评价系统，大多数评价的价值都根据强度分级，在高与低之间的连续体上，例如：

(1) 可能性：可能会（低值），将会（中值），必定会（高值）；

(2) 责任：需要（低值），应该（中值），要求（高值）；

(3) 言辞来源：他建议说（低值），他指出道（中值），他坚持认为（高值）；

(4) 情感：喜欢（低值），爱好（中值），崇尚（高值）；

(5) 判断：令人满意的（低值），值得高兴的（中值），十分精彩的（高值）；

(6) 鉴赏：吸引人的（低值），漂亮的（中值），美妙绝伦的（高值）；

在这个意义上，级差可以看作是对横跨整个评价系统的人际意义的润色。

级差还表现其他各种形式的显性的增强，如：非常、真正地、完全地、彻头彻尾地；或显性的降低，如：一些、有点儿、比较等。这些词可以附着在修饰词或名词前，或重复出现，表示增强，如：实在是非常美。另一个范畴是突出或弱化态度或介入的界限，如：恰好、正巧、似乎、好像等。此外，还需重视不同程度意义和经验意义结合起来的词汇，典型的是名词或动词，如：是暴徒还是民众，是珍爱还是喜欢。说话人较少意识到这些词中的态度负荷，把它们当作对事实的陈述，而忽略了态度的表现[①]。

评价理论在语篇分析领域得到了广泛的应用，产生了比较大的影响。评价理论主要关注的是话语语义层面，其意义范畴化是用于体现社会交往特征的。态度系统作为评价理论的中心，集中体现出作者/说话人对于评价对象态度倾向，这种态度的表露是通过情感、判断和鉴赏系统得以体现的。通过分析，我们将会发现：尽管情感系统是态度系统的核心，但是由于网络时评语类的社会

---

① 胡壮麟，朱永生，张德禄，等. 系统功能语言学概论[M]. 北京：北京大学出版社，2005.

属性，情感词语主要反映人类个体的心理感受，主观性强，因而出现的最少；而表达判断和鉴赏的词语大量出现，这是因为判断的标准是社会机构化的伦理道德和价值观念，鉴赏同样要依据一定的社会标准作出，网络时评语类具有的“客观性”、“社会性”正是由判断、鉴赏资源得以表现出来。研究还将揭示，态度意义的资源远比词汇语法书中列举的要丰富。因此，对于表现的手段应该依据表示态度意义的分类来判断，而不能以“按图索骥”式的方法来进行。

2.6 互文性和话语的社会建构

任何特定语篇从表面上看似乎自成一体，与其他语篇没有任何联系，但实际上，任何语篇都是由引语拼凑而成，任何语篇都是对另一语篇的吸收和改造。克里斯蒂娃把语篇的这一特性称为“互文性”。这一概念是克里斯蒂娃在研究米哈伊尔·巴赫金的对话理论时所形成的。在1966年名为《词、对话、小说》的文章中克里斯特娃第一次正式提出了这个术语。她认为当时法国文学批评深受俄国形式主义影响，尤其是巴赫金的对话概念与狂欢理论。令她最感兴趣的，则是巴赫金针对拉伯雷和陀思妥耶夫斯基的研究。巴赫金提倡文本间的互动理解。他把文本中的每一种表达，都看作是众多声音交叉、渗透与对话的结果。1969年，她又在著作《符号学，语意分析研究》中进一步阐述了互文性的定义[①]：“一篇文本中交叉出现的其他文本的表述。”克里斯蒂娃认为[②]，“每一个文本都是作为一种源自其他文本的镶嵌图案而建构的，每一个文本都是对其他文本的吸收和转换。她认为，一个语篇是对“一些语篇的重新排列，是一种互文组合：在一个语篇的篇幅内，来自其他语篇的言论相互交叉和中和。”克里斯蒂娃使用“互文性”这个词

① 程锡麟. 互文性理论概述[J]. 外国文学研究，1996.

② Kristeva J. The Kristeva Reader [C]. T. Moi. (ed.) Oxford: Basil Blackwell, 1986.

就是想表达语篇生成过程中相互交叉的各种语料的这种复杂的和异质的特性。

近年来,互文性研究在语篇分析,尤其是在“批评语言学”中,受到越来越多的注意。批评语言学的主要研究对象是新闻报刊等非文学语篇,目的是通过语言分析揭示语篇中隐含的意识形态意义和权力关系以及语言对社会过程的介入作用①。新闻报道中充斥着各种形式的直接和间接引语以及来源未加任何说明的他人的话语。这些引语和转述来自各种渠道,代表着各种人的利益和意识形态。

根据克里斯蒂娃的理论②,任何语篇都具有互文性的特性。我们不仅应该注意研究文学语篇的互文性,也应该注意对新闻语篇、教育语篇、广告语篇、商业语篇、法律语篇等非文学语篇进行互文性研究。通过对这些非文学语篇进行分析研究,我们不难发现,非文学语篇除了具有类似文学语篇中的具体的互文性体现,整体上属于某一个语类的语篇往往具有其他语类的特征辛斌称之为“体裁(语类)互文性”。

语篇的语类互文性可以被看作不同群体的声音之间的相互作用关系。可以说语类的分类与社会群体或阶层的分类密切相关。某一群体或阶层使用一种体裁,另一群体或阶层使用另一种体裁,结果,每一种语类都有自己具体的语义范畴、修辞方式和使用规则等。它们代表着不同群体或阶层的利益,适合表达不同群体的立场观点或意识形态。我们在对一具体语篇进行分析时,应该注意分析其语类互文性,应该考察这一语篇中各种具体的语类的混合交融表达了怎样的意识形态以及在多大程度上帮助作者达到其交际意图或目的。

互文性是任何语篇的一个基本特征,互文性分析构成语篇分析的一个重要方面。尽管这方面的研究还存在一些困难,我们认

---

① 辛斌. 语篇互文性的批评性分析[M]. 苏州:苏州大学出版社,2000.

② Kristeva J. The Kristeva Reader [C]. T. Moi. (ed.) Oxford: Basil Blackwell, 1986.

为,我们应以一种开放性的态度对待互文性研究,摆脱其在文学批评领域的局限,用新的观点去重新认识探讨语篇分析。所以说,我们不仅仅要注重网络时评语篇形式与内容之间的相互作用和影响,而且更要注重语类的混合交融,如:时评中的语义对话性、新闻事实结构部分的记叙文语类的融合等。这对我们进行语篇分析有着重大意义,有利于我们拓宽语篇分析的视野。

2.6.1 巴赫金的理论

巴赫金对本研究所采取的方法的影响在前面已经多次提到。其中有两个关系紧密的思想对当前研究的方法是根本性的——互文性和对话性。我们已经在介入系统中比较详细地讨论了互文性,即认为任何文本必定假设、指向、诠释过去的文本。在对话性思想中,语篇基本遵守来自不同视角的相同的原则,即语篇中个人的话语依靠与文化中一系列或多或少不同的话语的关系获得意义和意识形态渲染。根据这个观点,巴赫金强调互文关系不仅仅局限于实际的、现有的语篇。相反,所有的话语伴随着文化中的其他声音进入多声关系,不仅仅因为它们曾在其他实际语篇中被表达过,而是他们也许被表达过或可能被表达。作者既回顾其他地方曾被说过的话,也要考虑可能说的话,尤其还有考虑回应自己的话。巴赫金[①]指出,“所有真正的、整体的理解都是具有积极回应特征的,并且再次构成又一新的回应的起始(无论何种形式)。说话者本身的定位就是期待积极回应的。他不期待被动理解,即不希望自己的思想被复制到别人的脑子中。相反,他期待回音、赞许、同情、反对、执行等(不同的语类预设了说话者的各种定位和言论设想)。希望别人理解只是说话者整体言论计划的一个抽象方面。更多的时候,说话者自己就是回应者。毕竟他不是打破宇宙沉寂的第一个说话者。他预设的不仅是他所使用的语言系统,更

---

① Bakhtin M. The Dialogic Imagination: Four Essays [M]. Austin: University of Texas Press, 1986: 69.

预设了前言(preceding utterances)的存在——包括他自己的和别人的前言,他的当下言论与前言发生某种关系:推进、争辩或简单假设为读者已知。任何话语都是复杂话语组织链中的一节。”

巴赫金认为,无论是在场的或是潜在的听话者,都是交际行为的基本的和活跃的组成部分。读者不是交际中的被动角色,交际者的关系也不能仅仅从说话者的说话内容来理解[①]。

在讨论语篇、语类和修辞潜势时,巴赫金坚持认为所有的语言学现象都能够最终在其所运行的具体语类的语境中被理解,被解释,被描述。[②]

巴赫金还认为语类是动态的。对于语类的动态性,在巴赫金理论中最直接的体现就是其文本分析的互文性方法。互文性指的是语篇的生产和理解过程受到相似种类语篇的影响。话语并不是彼此之间相互独立的,而是相互关联和相互影响的。每一个话语都带有其他有着类似交际情景话语的影子。互文性将“历史(社会)插入到文本之中,以及将文本插入到历史当中”,即文本吸收了过去的文本,并且是从过去的文本中建立起来的;文本回应,重新强调和重新加工过去的文本,并通过这样的工作致力于创造历史,致力于更加广泛的变化过程,也致力于预测和试图构成以后的文本。巴赫金认为,互文性可以表现为一个原始文本能够被清楚地从一个文本的其余部分划分开来,也可以是在周围的文本中未被标示的,但是在结构和风格上被整合起来的,而其途径或许是通过对原始文本的重新表述。巴赫金将互文性的分析方法带进了对语类的研究,无疑是对语类研究的巨大推动。互文性从某种意义上来说,就成为了语类动态性的原由之一。如果一个文本是不同语类的相互整合,同时又建立于之前的语类基础之上,或是对过去的语类所进行的重新强调和加工,并可能成为将来语类的原始语类或整合元素,那么,语类就只能是处于一个绝对的、无法停止的

---

① Ibid.:67.

② Ibid.:63.

动态变化之中。语类来自于其他的语类。一个新的语类由之前语类转换而来,或是通过倒置,或是通过替代,或是通过整合。或者说,一个语类贯串于其他的语类,在特定时代应用于特定社会的语类系统决定着其他新语类会发生什么样的整合,显现出怎样的结构。而且,这个结构和系统理所当然是开放变化着的。

巴赫金关于语类决定社会条件同时又被社会条件所决定的思想与马丁的语类理论和层次化的情景语境是相一致的。对于巴赫金来说,每个语篇反映了具体的社会条件和目标(语篇运行的人类活动范围),不仅通过它们的内容和语言风格,即对语言的词汇、组合、语法资源的选择,而且最重要的是通过它们构成结构。所有三个方面——主题内容、风格和构成结构——都是与整个语篇紧密结合,同样受到交际的各个方面的具体本质所决定。[①]

前面已经提到本研究将把当前网络时评语篇放在社会语境中以揭示其突出的属性,并更有力地证明这些属性被社会所调节的本质。[②]

2.6.2 费厄克劳夫理论

费厄克劳夫对本研究的理论框架的贡献已经在前面的讨论中提到过。我们将结合探索网络时评修辞潜势的文献更具体地讨论他对媒体语言分析的贡献,并且在论著的其他部分还会提到。但是,这里必须提一下在本研究中要用到的他对语篇的社会建构的观点的贡献。费厄克劳夫提出了颇具影响力的关于语言/语类/话语进入一个与社会语境的对话关系的思想。语言不但受到社会身份、关系和信仰体系的影响,也反作用于他们。相应地,语言的位置不仅重组社会结构,而且还会改变它[③]。费厄克劳夫强调,当语言建构社会的时候,它尤其建构历史、物质、经济和与权力相关的

---

① Ibid.: 60.

② Ibid.: 62.

③ Fairclough N. Discourse and Social Change [M]. Cambridge: Polity Press, 1992: 63-73.

语境。通过各种传统的、重复的社会过程，通过存在和互动语式，这些语境已经制度化了。由此，重建社会的语言潜势得到了过去的语言事件的建构行动的历史的限定。费厄克劳夫在讨论话语的社会实践层面时，对话语与意识形态和权力的关系也作了讨论。他指出，意识形态在各个层次以各种方式介入到语言之中，它既是结构（话语秩序）（order of discourse）的一个属性，也是话语事件（具体的话语过程）的一个属性。前者构成了过去事件的结果和现在事件的条件，后者再造和改变它们的条件性结构。也就是说，语言中隐含着意识形态，同时语言也可以建构新的意识形态。在谈到什么样的话语特征或层面具有意识形态意义时，费厄克劳夫指出首先是意义层面，包括词汇意义，也包括预设、隐含、隐喻和连贯以及所有意义方面，其次文本各个层次上的形式特征也可能体现意识形态意义。正是鉴于意识形态和语言的相互关系，批评话语分析家才试图通过语言和语篇的研究来揭示语篇中含而不露的意识形态意义，尤其是那些习以为常的偏见、歧视以及对事实的歪曲，并解释其存在的社会条件和在权力斗争中的作用。因此，正如费厄克劳夫所指出的，社会的语言建构不是随便从他人的头脑里冒出来的，而是来自社会实践，坚硬地根植于真正的、物质的社会结构的取向。现代社会语言秩序的特征表现为权势关系日益在隐含层面上通过语言起作用，语言实践日益成为权势干涉与控制社会文化变化的对象。

费厄克劳夫关于语言的意识形态功能的思想是我们探讨关于网络时评语类的修辞潜势理论的基础。网络时评语篇产生于意识形态，涉及社会最敏感的政治、经济、权力话题，借助网络平台展开多重互动，使新的观点在意识形态中逐步趋于自然化。

2.6.3 修辞互动性与意识形态

传统的修辞学的研究，只对说话者或作者一方进行研究，以致学术界在评价修辞效果时发生许多争论。如果我们从言语交际的动态性视角来看修辞，问题就比较清晰了。修辞活动并非言语生成的单向过程，而是一个双向（甚至多向的）有机的对话过程。表达者和接受者形成修辞活动的两极，在同一言语交际过程中二者既相互联系，又各有不同的角色分工：表达者提供获得言语交际最佳效果的可能性，接受者完成由可能性向现实性的转化。爱德华·霍尔提出互动理论，他认为：由于互动是生活在集体中的一种功能，所以无论是口头语言还是书面语言，都存在着互动。人与人之间要进行交际，就必须以互动的方式相互作用、相互影响。这里的互动指的是言语交际过程中表达者与接受者互相作用的辩证关系，是修辞的基本运作方式。研究修辞活动和修辞现象，应当考虑到表达者和接受者的双边性互动关系。从表达的视角看，我们应考虑表达的正误和接受效应，即话语的有效性；从接受的视角看，我们应考虑接受者的心理和思维特征以及接受行为的特点。也就是说，应把修辞互动和接受心理结合起来，既要深入研究表达修辞，也要注重探讨接受修辞；既研究表达者和接受者的双边性，又研究接受者的接受心理对修辞表达的制约机制。

修辞是交际双方的一种互动过程，也可以说是表达者与接受者的一种对话，含即时对话与延时对话，如时评语篇的阅读与反馈。尽管这种交流并非在面对面的情况下发生，但读者在阅读的过程中需要运用语言、文化等背景知识来理解和诠释作者的意图，有所选择地接受或拒绝作者所表达的思想。出于言语交际的需要，修辞在社会结构关系和社会人际互动的背景中具有鲜明的社会性，是一种言语社交行为，修辞过程是一个由表达者和接受者参与的信息互动过程。修辞是一种有意识、有目的的交际行为，其目的是将特定信息传达给听读者，其任务是要作用于听读者的情感，影响听读者的认知，使其与表达者在观点上达成同一。而这种动机和目的决定了表达者势必考虑到其建构的话语，听读者能否顺利地理解、合理地感受、自然地共鸣。因此。表达者必须相当注意自己的语辞。从这个意义上说，修辞是一种以语言为媒介、以生成或建构有效话语为目的的对话。在网络时评的修辞对话中，表达者与接受者的主体分别为时评作者和网民读者，他们共同构成修辞活动的双方。时评作者对语言的策略性运用,并使其在网民读者的思想上产生预期的效应,便是最佳的修辞效果。

网络时评语类与文化、社会和政治休戚相关,就决定了该语类与意识形态的密切关系。巴沃什(Bawarshi)指出[①],语类的使用价值是由其社会属性来决定的,这样就使得语类部分地成为文化的载体和再生产者——总之,是意识形态的再生产者。有的学者甚至认为语类本身就是一种形式的意识形态。

2.7 媒体语言研究

探索媒体语言风格方面的文献非常多。有些研究者从事文体分析,探寻词汇语法特征、标点、版面等,以发现新闻语体与其他语体的区别。也有社会语言学家试图发现词汇语法方面在不同社会范畴的体现,尤其是要根据这样的体现区分不同类型的新闻语体。也有学者从事修辞分析,试图发现媒体篇章交际功能的语言学基础,其研究目的与本论著相关。本节将分别综述国内和国外的媒体语言研究成果。

2.7.1 国外关于媒体语言功能分析的研究

关于国外媒体语言研究首先要提及费厄克劳夫。他的《媒体话语》(Media Discourse)[②]提供了一个媒体社会功能的综合性论述。费厄克劳夫主要关心的一点就是他的媒体语篇的"互为话语性(interdiscursivity)"——媒体语篇综合各个社会领域的各种材料的方法。作为话语顺序,媒体是一个最出色的互动模式。费厄克劳夫还喜欢探索媒体话语顺序的组成及其长时间的变化,发现它们都是朝向什么修辞目的和最终的意识形态目的的。他发现近

① Bawarshi A. The Genre Function [J]. College English,: 2000 ,62(3): 335—360.

② Fairclough N. Media Discourse [M]. London: Edward Arnold, 1995.

几十年媒体模糊了公众和私人的区别，用家庭的、私人的语言来重构公众语言形式。他指出，新闻话语秩序的这种重新安排具有重大的修辞效果。“具有新闻价值的事件来自于某一些具有优先进入媒体权利的人群，他们被新闻记者们当作是可以信赖的消息来源，他们的声音最频繁地出现在媒体话语中。当他们的声音见诸报端，就存在着声音与立场的神秘性。如果是政治或企业要人的声音被以日常的语言来体现，那么他们的社会身份、关系、距离，就都不存在了。有权势的人说着跟读者日常使用的一样的语言，那他们的意义就很容易传递了。新闻媒体有效地以一种伪装的、隐藏的形式传递了有权势者的声音”。费厄克劳夫的研究重点和成果主要在媒体语言的变化和发展，他提出以互文性概念分析媒体文本结构和语体特征，目的就在于揭示媒体话语建构如何在社会变迁的影响下体现文化建构和变迁的趋势以及媒体话语建构作为社会实践如何引发社会的变迁。

此外，克莱斯(Kress)[①]也做了相似的新闻语篇研究。他分析了澳大利亚媒体公众和私人之间的界限模糊现象，发现小报的模糊现象比大报多。他分析了一些关于澳大利亚政府限制一个国内非常著名的工会(建筑工人联合会)的权利的报道。他发现大报的报道运用公众的话语，作为一种行政、法律的过程，作为政府和官僚在公众场合的行动。相反地，小报使这一话题个人化、家庭化，把这当作工会著名领导个人和政府间的私人事情。

卡特(Carter)[②]还探索了小报喜欢利用非核心词汇(non-core lexis)的意识形态功能。在卡特的体系中，非核心词汇区别于核心词汇，核心词汇是没有标记的语言中的词汇系统。也就是说，它们通常构成语言使用者最基本的最简单的词。卡特分析了英国《每

---

① Kress G. Language in the Media: the Construction of the Domains of Public and Private [J]. Media, Culture and Society, 1986: 395-419.

② Carter R. Front Pages: Lexis, Style and Newspaper Reports [A]. Ghadessy, M. (ed.), Registers of Written English - Situational Factors and Linguistic Features [C]. London: Pinter Publishers, 1988: 9.

日邮报》的一个报道，在这个报告中当时的新工党领袖 Neil Kinnock，因为工党在核武器裁减的立场上受到了负面的评价。卡特识别了报道中的许多非核心词汇，他把这些分类为正规、非正规或带有明显评价联想。卡特指出，作者对 Kinnock 的立场就是通过这些不同类型的词汇来表现的，这些非核心词汇主要是通过在貌似客观的事实报道中的使用，反映出作者的态度。

特鲁(Trew)[①]的研究认为，词汇语法选择的作用是反映意识形态立场，即使是在最明显的中性的新闻报道中。他主要关注主流媒体如何处理他所谓的尴尬事件(awkward facts)，就是那些与目前媒体倡导的意识形态世界观相矛盾的事情。他揭示了某个事件的展示报道是如何在几天中安排的，以使这个事件可以重新诠释成在意识形态上没有问题。从某种意义上说，不管话语类型如何，特鲁的分析的基本观点适合所有语篇，包括本研究的对象：网络时评。他论证了每一个小句的结构都是策略性的。它是由评价过程塑造的，由此，某些参与者就成了中心，另一些成了边缘，有些被放在了焦点位置，因果关系被提了出来。但是，他也论证了，在媒体的内部，这样的策略尤其重要，因为它们常常被调动来应付潜在的尴尬事实。

克里斯托尔(Crystal)和戴维(Davy)[②]的研究试图证明新闻语言作为一种明确的文体是否具有语言学的基础。他们把自己局限于新闻报道的语言(新闻报道区别于特写、社论、时评等)，他们得到的结论是"报刊报道的语言"。通过分析两篇小报的文章和一个大张的报纸，他们注意到各种常见的词汇语法现象：如语篇的逗号比正常用得少。(作者没有具体规定标准。)克里斯托尔和戴维认为[③]，这是为了避免太多地阻挠阅读速度。引号用得很多，既为了

---

① Trew T. What the Papers Say: Linguistic Variation and Ideological Difference [A]. Fowler, R. (ed.), Language and Control[C]. London: Routledge & Keegan Paul, 1979.

② Crystal D. & Davy D. Investigating English Style [M]. London: Longman, 1969.

③ Ibid.: 172.

表示有归属的材料，也为了吸引对某些个体项的注意。作者认为这使文章显得真实直接。他们指出了许多明显的特征，但没有明确的标准。他们用相对随意的大多为常识的话来解释这些特征，如维持刺激、增加色彩。但是他们并不试图描述新闻话语的功能，也不去发现任何更深的社会符号原理。

贾克(Jucker)[①]对名词性短语结构的变异作了分析。对探索文体的不同之处感兴趣，根据他们定位的读者的阶级形象的反映，他把报纸分称为低等市场、中等市场、高等市场。他探索名词短语、名词同位语的变异：贾克发现根据报纸的三大类，同位语分层次非常清楚。低层市场特别喜欢前置的同位语以及零冠词。高层市场的人喜欢后置的同位语，中层市场的人跟着低层市场的人喜欢前置形式，但是不像低层市场的人那样一致。作者没有对这些偏好的修辞结果或功能进行分析，可能是因为他的目的就局限于展示社会范畴内的语言反映。因此，他的兴趣只在于把这些反映当作社会地位的标记，而不是在于这些反映本身。他只是提出了这种低层人喜欢的前置形式使名词词组有了头衔的味道，这样可以在感觉上提升语言使用者的重要性。这里，他至少暗示了一些修辞动机，但没有对这个话题深入下去。

从上述研究所反映的本质来看，对交际功能缺乏探索的现象非常明显。我们所面对的不是一个社会团体成员的实实在在的语言，就像社会语言学分析的语言一样。我们面对的是语言选择。在网络时评构建的过程中，语篇作者有某种意愿，旨在把语篇定位指向理想中的听众。从这个视角来说，特殊语言资源选择的修辞功能是显而易见的。

2.7.2 国内关于媒体语言功能分析的研究

国内的媒体语言研究分为三派，一派以外语研究人员为主，借鉴国外语言学理论，讨论的语料主要为英语新闻媒体语言。这些

---

① Jucker A. H. Social Stylistics: Syntactic Variation in British Newspapers[M]. Berlin, Mouton de Gruyter, 1992.

研究绝大多数为应用语言学研究视角或功能语言学研究视角，其目的都是促进英语学习者更好地阅读理解英语新闻媒体的语篇。王振华[1]运用系统功能语言学的评价系统理论研究了英汉“硬新闻”报道的态度系统，发现了其态度资源的分布规律；辛斌[2][3][4]从批评语言学视角研究了新闻英语语篇，讨论了语言、语篇与权力的三者关系，把西方批评语言学理论及其应用研究介绍给了中国的同行学者。任芳[5]运用“组合关系模型(syntagmatic models)”理论对英汉新闻报道进行了对比性分析，指出不同语篇存在的倾向性，有助于英语新闻阅读者明辨英汉新闻的区别。还有非常多英语教师的论文总结了英语新闻报道的词汇特征、句式特征、标题特征等，为新闻英语课程教师与选课学生提供了教学帮助，为该课程质量的提高提供了有力的支持。

另一派研究者来自于汉语专业，他们研究的语料为汉语媒体语料。把国内汉语界的媒体语言研究与国外以及国内外语界做比较，我们可以看到，国内汉语界研究的特点是：不拘泥于任何学派或理论的分析方法，着重点在于探讨当今中国语言的应用问题，为当今中国社会的语言实践提供一些意见。因此，近十年来，国内汉语界媒体语言研究的成果主要集中在两方面：一方面是对广告语言的研究；另一方面是对广播电视语言的研究。这些均不在我们的研究范围之内。

第三派来自新闻专业。他们的研究视角是新闻传播学，但是也有不少学者在他们的新闻评论学专著中表达了对评论语言的研究兴趣，如马少华[6]、丁法章[7]、薛从军[8]、李法宝[9]等，他们的专著

---

① 王振华. “硬新闻”的态度研究——“评价系统”应用研究之二[J]. 外语教学，2004，(5).

② 辛斌. 批评语言学与英语新闻语篇的批评性分析[J]. 外语教学，2000，(4).

③ 辛斌. 批评性语篇分析方法论[J]. 外国语，2002 ，(6).

④ 辛斌. 语言 语篇 权力[J]. 外语学刊，2003，(4).

⑤ 任芳. 新闻语篇句式模型的批判性分析[J]. 解放军外国语学院学报，2002，(5).

⑥ 马少华. 新闻评论[M]. 湖南：中南大学出版社，2005.

⑦ 丁法章. 新闻评论学[M]. 上海：复旦大学出版社，1997.

⑧ 薛中军. 新闻评论[M]. 上海：上海大学出版社，2003.

⑨ 李法宝. 新闻评论：发现与表现[M]. 北京：中国传媒大学出版社，2005.

从新闻学的角度研究了新闻评论性质、写作、结构、文体等，主要的目的是帮助新闻专业学生或新闻从业人员提高新闻评论的创作能力。这些也不在我们的研究范围之内。

不过，近两年逐渐有不少博士、硕士研究生热衷于媒体语言功能分析研究。如廖艳君的博士论文[①]讨论了“消息语篇的衔接和连贯”，以汉语新闻报道为语料，研究了语篇的三种衔接手段：话题结构衔接、信息结构衔接、语法与词汇衔接。黄敏[②]运用巴赫金的理论讨论了新闻话语的互文性，其主要语料为凤凰卫视的汉语新闻报道。作者探讨了新闻报道文本在表征现实、建构意义和传达意识形态等方面的功能。

目前，我们尚未发现在国内媒体语言研究领域利用系统功能语言学理论分析网络时评语类。

2.8 小　结

本研究的目的就是为当前的网络时评的独特文体、结构和语篇属性发展新的观点。研究主要依靠系统功能语言学的观点，也借鉴其他理论方法的启示。

本研究主要关心的不仅是描述网络时评的语类特征和评价策略，而且要理解这种文体的交际功能。通过认真研究网络时评所运用的人际意义，我们发现简单的关于主观性和劝说性的思想不能解释网络时评的实际情况。虽然有不同意见，网络时评呈现的人际意义现象既不是中性的，也不是纯偏见的。研究发现网络时评能够高度策略性地利用人际价值。为了识别和解释这些策略，有必要吸取系统功能语言学的主体间定位的语义理论。系统功能语言学为探索这种语义领域提供了评价理论的框架。但是，我们

---

① 廖艳君．新闻报道的语言学研究：消息语篇的衔接和连贯[D]．长沙：湖南师范大学，2004.

② 黄敏．新闻话语的互文性研究 [J]．中文自学指导，2006，(2).

还需要做更多的研究，来检验该理论在网络时评语类研究中的合适性与不足，来扩展一个足够详尽的社会评价和语言资源框架，以使网络时评语篇借此进行定位。

最后，通过汇总各路分析，共同服务于本研究的核心目的——解释网络时评作为修辞机制的社会符号潜势。本研究试图证明，结构和人际模式如何结合起来为网络评论提供了一个独特的交际功能——使影响大众媒体言论的、又受到多种意识形态影响的社会秩序模式自然化。

第三章 网络时评语篇抽样分析

语篇分析总是针对具体的语篇而言，所以语篇分析就是针对某一具体语类的分析。

网络时评是一种社会现象，是社会活动的反映。网络时评作者与读者的互动形成了一个相对集中的言语社团。网络时评是当下炙手可热的一个言论类型。它不是传统意义上引经据典、循规蹈矩的论文，也不是挖苦讽刺、讲究词藻的杂文。它是就刚刚发生的新闻事件快速的"评头论足"。时评的出现，是计算机网络技术迅猛发展的结果，也是媒体新闻竞争日趋激烈的一个表现。媒体对某一新闻事件的快速评论，其对舆论的影响与作用不仅巨大，也有助于奠定媒体的社会地位，进一步增强其影响力。这一点对于网络媒体来说尤为重要。1963 年，美国政治与传媒学家科恩说："报纸或许不能直接告诉读者怎样去想，却可以告诉读者想些什么。"[①]网络时评在这一点上有充分的发挥余地，它有意识地为公众提供思考问题的角度及对问题的关注程度，从而引导公众，畅所欲言，多重互动，形成舆论。

网络时评是公众话语权寻求表达的一个重要突破口。作为关注国计民生、操守良知与公正的公民，自由表达自己观点的权利往往成为其生活乃至生命中的重要一部分。就其个体而言，他的观点有时也许是偏激的，但就整体而言，时评文章的各种观点互为补充，不仅使事

---

① Cohen Bernard C. The Press and Foreign Policy [M]. Princeton, New Jersey: Princeton Univerisity Press, 1963.

物、现象背后的本质趋于明晰，也在客观上代表了公众的看法和意见。显然，这种观点的表达和沟通，在现代社会是至关重要的。

韩礼德和哈桑[①]明确指出，对一个语篇进行语言分析的目的不是说明(interpretation)，而是解释(explanation)。对一个语篇进行语言分析的目的是弄清楚该语篇表示什么(what)意义，而对一个语篇的解释的目的是弄清楚该语篇是怎样(how)表示意义的。解释性活动包括了说明性活动，又比说明性活动高一层次。语篇分析的解释性活动的目标是对语篇进行评估(evaluation)。在对语篇进行评估之前，语篇分析必须从语篇表达的是什么意义、语篇是怎样表达意义和语篇为什么表达某种意义这三个方面来考察语篇。

3.1 语料简介

本章抽样研究的语料来自人民网“观点”版(http://opinion.people.com.cn)。语篇发表在2002年8月24日21点16分。语篇字数1031字。为分析方便，作者对五个自然段落按顺序标号。语篇的标题格式和正文格式基本保持原状，只是将原有的彩色页面改成了黑白，将网页格式改成了WORD格式，以方便转载。语篇主要根据有关患者经历的新闻事件，评议医患关系的紧张和医疗市场的无序，进而指出问题解决的方法。

3.2 抽样语篇

人民时评：病人成了“唐僧肉”？

作者：李忠春 2002-8-23 01:29

(1) 中国人有句话常被挂在嘴边：有啥别有病，没啥别没钱。第一句话，除了对身体健康的祈祷和祝愿，还有一层，则

① Halliday M. A. K. and Hasan R. Cohesion in English [M]. London: Longman, 1976: 327.

是表现了病人生病后的无奈和苦恼，尤其是低收入者生病后的经济困窘和愁烦！在目前一些地区，在一些医院，病人被当成了任意宰割的“唐僧肉”，患者被当成了医院创收和医生发财的工具时，这句话便显得更有份量了。请看这样一件被新闻媒体揭露出来的真实的故事！

(2) 武昌的杨先生日前带着2岁的女儿到儿童医院看病，没想到一个“咳嗽”竟花去1000多元！此事一出，反响强烈！武汉市青山区一女士也说，今年7月，她3岁的女儿被一教授诊断为哮喘，开出1500多元的处方，但孩子的病不到一周就痊愈了，一大半药被浪费了。几名同一医院的同行也怒斥这种开“大处方”背后的“猫腻”，还揭出惊人内幕：眼下，儿童医院大厅每日都可看到一些身背药品推销包的药商串来串去攻关。据保守估计，各类药品的回扣率已达10%。这家医院一“大处方”高手，一个月竟累计开出10万元的药品，仅药品回扣每月就能拿到八九千元！

(3) 像这样的事例不胜枚举。病人之所以成为任人宰割的“唐僧肉”，就是因为在一些地方，医患关系扭曲，医疗市场无序，个别医护人员道德沦丧、见利忘义！现在，在一些医院、一些医护人员眼中，医生是掌握病人生死大权的“特权者”！这种特权思想肇始于计划经济时期。当时，曾有一种说法，四种职业有特权，一是权，二是钱，三是听诊器，四是方向盘。现在，在计划经济成分还很浓厚的一些行业和部门，这种特权思想仍有很大的市场。

(4) 于是，也就出现了“红包”满天飞，有些人竟到了公然索要的地步！找专家，得托人；动手术，得表示一番；还有些职业道德低下、技术水平差强人意者，把病人的生死置之度外，对病人及其家属呼来唤去，使得病人及家属低三下四，无所适从，除病痛外还增添了诸多痛苦和负担！一家媒体曾这样报道，因为后门病人加塞频繁，一位六旬患者四个小时才等来B超结果！恐怕很多人都有类似的痛苦经历！现在，一些病人及家属视进医院为危途，因为这里有道道不好逾越的“关口”！

(5) 这不仅是对病人权益的侵犯，更是一种行业腐败！有关部门应该完善有关法规，堵塞各种漏洞，依法治医；同时，作为一种特殊性质的行业，医疗卫生部门也应当采取措施，制定各种行之有效的规章制度，对那些无视病人生死、职业道德低下者，进行严肃处理。对这类问题，仅靠思想教育，效果是有限的，关键还是在制度上下功夫，做到发现一例，查处一例，决不姑息！武汉儿童医院决定解聘这名责任医师，可以说是动了真格了！

3.3 语篇结构分析

网络时评有其独特的语类特点。时评作者的交际目的是在第一时间对新闻做出解读，追求时评的强时效性、互动性、劝说性和导向性。其交际步骤是尽快地将时评发表在新闻网站上，并被更多的网站转发；在收到一定的互动评论留言后，再次发表更新的评论。网络时评的交际形式是书面语言，但是与其他媒体相比，网络时评掺杂更多的口语、网络语、新词甚至错别字。网络时评的强时效性常常会导致作者发布一些比较冲动的并未深思熟虑的观点，甚至少数缺乏理性、不负责任的偏见。网络时评的内容主要根据新闻或最新社会现象。

在理论基础部分，我们提到网络时评是一种针对特定的交际场合，为达到其交际目的而产生的功能变体，由多种参数——语场、语旨、语式综合体现。这三种语境因素共同作用，在具体的交际场景中以具体的方式出现，从而为每个具体的语言活动提供语境构型。

语篇的情景语境的变量为：(1)语场：以解释中国老话为新闻背景，根据当前医疗价格和医疗服务的新闻事件，讨论医疗乱收费、红包、大处方等问题，解读医患关系，表达作者观点，在结语中提出治理意见等。(2)语旨:作者与读者的互动关系,作者试图说服读者试图邀请读者、联合读者的愿望。由于网络的即时互动性,这种关系与报刊的评论相比更进一步。(3)语式:发表于新闻网站的、比较正式的书写体,含适量的网络语言,口语表达式。交流的平台为网站。作者的写作地点通常为媒体工作室或家里。

根据语篇的情景要素,可以确定本语篇的结构:

人民时评:病人成了"唐僧肉"?

作者:李忠春 2002-8-23 01:29

标题与发表信息

(1) 中国人有句话常被挂在嘴边:有啥别有病,没啥别没钱。第一句话,除了对身体健康的祈祷和祝愿,还有一层,则是表现了病人生病后的无奈和苦恼,尤其是低收入者生病后的经济困窘和愁烦!在目前一些地区,在一些医院,病人被当成了任意宰割的"唐僧肉",患者被当成了医院创收和医生发财的工具时,这句话便显得更有份量了。请看这样一件被新闻媒体揭露出来的真实的故事!

新闻背景

(2) 武昌的杨先生日前带着 2 岁的女儿到儿童医院看病,没想到一个"咳嗽"竟花去 1000 多元!此事一出,反响强烈!武汉市青山区一女士也说,今年 7 月,她 3 岁的女儿被一教授诊断为哮喘,开出 1500 多元的处方,但孩子的病不到一周就痊愈了,一大半药被浪费了。几名同一医院的同行也怒斥这种开"大处方"背后的"猫腻",还揭出惊人内幕:眼下,儿童医院大厅每日都可看到一些身背药品推销包的药商串来串去攻关。据保守估计,各类药品的回扣率已达 10%。这家医院一"大处方"高手,一个月竟累计开出 10 万元的药品,仅药品回扣每月就能拿到八九千元!

新闻事件

(3) 像这样的事例不胜枚举。病人之所以成为任人宰割的“唐僧肉”，就是因为在一些地方，医患关系扭曲，医疗市场无序，个别医护人员道德沦丧、见利忘义！现在，在一些医院、一些医护人员眼中，医生是掌握病人生死大权的“特权者”！这种特权思想肇始于计划经济时期。当时，曾有一种说法，四种职业有特权，一是权，二是钱，三是听诊器，四是方向盘。现在，在计划经济成分还很浓厚的一些行业和部门，这种特权思想仍有很大的市场。

新闻评议

(4) 于是，也就出现了“红包”满天飞，有些人竟到了公然索要的地步！找专家，得托人；动手术，得表示一番；还有些职业道德低下、技术水平差强人意者，把病人的生死置之度外，对病人及其家属呼来唤去，使得病人及家属低三下四，无所适从，除病痛外还增添了诸多痛苦和负担！一家媒体曾这样报道，因为后门病人加塞频繁，一位六的患者四个小时才等来B超结果！恐怕很多人都有类似的痛苦经历！现在，一些病人及家属视进医院为危途，因为这里有道道不好逾越的“关口”！

新闻评议 / 相关插入及评议

(5) 这不仅是对病人权益的侵犯，更是一种行业腐败！有关部门应该完善有关法规，堵塞各种漏洞，依法治医；同时，作为一种特殊性质的行业，医疗卫生部门也应当采取措施，制定各种行之有效的规章制度，对那些无视病人生死、职业道德低下者，进行严肃处理。对这类问题，仅靠思想教育，效果是有限的，关键还是在制度上下功夫，做到发现一例，查处一例，决不姑息！武汉儿童医院决定解聘这名责任医师，可以说是动了真格了！

结语

3.3.1 标题与发表信息

当前语篇标题：人民时评：病人成了“唐僧肉”？与无数的人民时评一样，该网站为标题设计的固定样式就是“人民时评：……”。可以推知，它源自网站名称“人民网”，主办方为《人民日报》社。《人民日报》是中国具有最高权威的共产党党报，发行量居世界前10位，日发行量大于250万份，普及度居中国之首，发行史60余年。在每一篇网络评论前面冠以“人民时评”（参看附录100篇标题），可以给读者带来对该网评的一定的预设：权威与公正。在花边八卦、无端小道充斥的网络上，绝大多数读者还是希望看到真实的消息与客观的评论。

标题：病人成了“唐僧肉”？附带了一个问号。清晰地显示给读者一个修辞性问句，但是句子结构却又是一个陈述句，有陈述事实的含意。在陈述句后加上问号，是一种反问，加强陈述的语气和感情色彩；它同时又是一种设问，引发读者思考、解答，并暗示读者答案就在语篇中。疑问语气体现人际关系。时评语类尽管是书面语类，但是它与理论著作、学术论文、硬新闻报道相比，更具有互动性。本篇标题用疑问语气表现人际关系，是作者接近读者、交流信息的标志。语气附加语“了”，表示完成与肯定，强调事实性。标题中的动词是关系过程。功能语言学认为修饰型关系过程中的两个参与者分别是载体（carrier）和属性（attribute），病人是载体，唐僧肉是属性，起识别作用，既不是孙悟空肉也不是猪八戒肉。而这里的唐僧肉同时又是隐喻（神话小说《西游记》中的虔诚的佛教徒，其肉可致食者长生不老。唐僧在去西天取经的艰难历程中，遭遇妖魔围追堵截，幸得孙悟空等相助保命。），用一个家喻户晓的隐喻作为标题可以增加标题较为广泛的吸引力。唐僧形象的属性就成了病人的属性：柔弱、缺乏反抗能力。

紧接着标题的是发表信息。首先是署名。人民网的评论基本上是以个人署名，然后是发表的精确时间。一个经常登陆人民网的读者会在关注标题的同时，关注时评发表的基本信息。很多读者有自己钟爱的作者，也比较注意发表的时间是否新，或是否与某一新闻事件相匹配，以此来判断这篇新闻是否值得读，有多少价值，作者的可信度是否高。如果是一位陌生作者，读者也可以通过 Google 迅速地了解该陌生作者的其他情况。因此，发表信息虽小，但却是时评语篇的必要元素。这一部分的格式通常由网站规定，作者的姓名也不随意更改，即使是笔名，也会较长期地保持一致，以作者真实的身份保持与读者的交流互动。发表的时间则体现了该评论的时效性，使读者能够迅速找到他所需要时间段内的关于某个话题的评论。与标题同现的相关信息还包括留言、论坛、网摘、手机点评、纠错、转发等功能键。读者点击留言，可以看到其他读者对该时评所做的议论；点击论坛，可以进入该网站的论坛，找到相应的话题讨论组；点击网摘可以为注册会员提供网络时评的分类下载功能；点击手机点评则可以随时就该话题与网站其他读者或作者展开互动；点击纠错，可以就该时评的形式或内容错误提出意见；点击转发，可以随时将该时评通过电子邮件发送给其他人。所有这些信息与功能键都向读者表示了网站以及网络时评联盟读者、并试图与读者开展互动的意愿。

3.3.2 新闻背景

新闻背景：在本语篇中位于第一自然段，也有些背景内容比较复杂的，可能深入到新闻事件部分。本篇用一句中国老话作为开头，扩展解释，进而引发议论。以土话、古话、俗语、妙语等开头的评论可以给读者一种先见之明感，具有睿智的色彩。动词“挂”原是及物动词，但前面的“有”和动词后的“在”就使句子表现出存在关系而非物质关系。这层关系告诉读者不仅老话存在，而且存在于嘴边，出口就来，非常流行，尽人皆知。

接着作者对前面的那句老话进行了解读。解读中作者运用了关联词“除了”、“还有”、“则”、“尤其”，不仅使形式衔接，更使语义递进与深化。尤其是低收入者生病后的经济困窘和愁烦！句后的感叹号加强语气，增强表达效果，起强调作用，直接表达作者的心态。这也是网络时评中的一个常见现象，比机构评论包含更多明确的感情与号召力。

“在目前一些地区，在一些医院，病人被当成了任意宰割的‘唐僧肉’，患者被当成了医院创收和医生发财的工具时，这句话便显得更有份量了。”作者用存在过程和关系过程表示新闻的背景是既成事实。两个重复的“一些”是模糊级差表达，不是精确数字，但是作者没有用“个别”或“几个”，读者就可以发现他的表达有一定的事实依据，但又没有精确的数据，也许两个重复的“一些”可以加深读者的印象，引起读者的思考或关注。“病人”和“患者”是同义词的重复，紧接着是两个被动表达：“被当成了”。许多语言学家，包括以乔姆斯基为代表的生成语法学派，认为主动句和相应的被动句所表达的意义完全一样，或者说，这一句只是那一句的另一种说法而已。而系统功能语法则认为，主动句和相应的被动句所表达的概念功能和人际功能是一样的。从概念功能来看，上面每一组中的两个句子所交代的事件和人物关系是一致的。从人际功能来看，它们都表示讲话者要对方传递某种信息。但是，从语言的另一功能即语篇功能来分析，讲话者的侧重点就有所不同。主动句都以动作者为主语，而且使它经常处于主位位置。而被动句则以中介或目标为主语，使它成为小句的主位。作者在第一段非常注意语篇功能中的主位的作用。为了使语篇的结构更加合理，为了使上下文更加连贯，语态选择是必要的手段之一。作者关于病人的被动表达突出了以病人作为话题的出发点，在文章一开始就强调了病人的被动地位，医生与病人的权位关系明确，并在语篇的论证部分使这一被动形式得以继承与重复，深化语义。被动语态的作用还体现在本段的最后一句话：请看这样一件被新闻媒体揭露出来的真实的故事！当动作者出现在被动句中时主动者与被动接受者的重要性同时得到了加强。这一限定表达“被新闻媒体揭露出来的”还包含了作者对新闻媒体的肯定的判断价值，并提升他自己作为网络新闻媒体发言人的声音的力量。使读者更容易接受承上启下的语义，走入下一个必要元素：新闻事件。

在当前关于新闻背景的段落中，评价资源也是一个值得注意的现象。我们发现与病人关联的表达有无奈、苦恼、经济困窘、愁烦、任意宰割的唐僧肉、工具。前面四个都是负面的情感，语义相似的表达堆积在两行文字中，感染读者，强化弱者形象。后面两个是隐喻，病人被比喻为“唐僧肉”和“工具”，从而使病人失去主动，是一种反常规的判断。而再看与医院和医生相关的表达：医院创收、医生发财，又表达了作者的负面判断。用主谓表达作为定语进行修饰，可以使该表达呈现事实性，如：孩子打人的借口、张某行窃的工具。因此，作者尽管没有用明示的判断资源如“正当的、非法的”，却将这种反社会许可现象以既成事实的表达传递自己隐性的判断。无论作者使用明示的还是隐性的资源，作者都假定了自己和读者拥有同样的社会规范。他们依赖行动和评价之间的常规化的联系。每一个读者都会根据自己的文化和意识形态立场来解读语篇中的判断的标记。他们还受制于语篇语境的影响，而建立语篇人际立场的一个重要策略就是巧妙地安排显性的和隐性的评价，从而使读者能同意作者对语篇中的标记的解释。

3.3.3 新闻事件

语篇的新闻事件是关于武汉儿童医院的报道。本部分具有鲜明的特点：(1)感情色彩强烈。与普通新闻报道相左的是网络评论中的新闻报道共有三个感叹号，体现了作者对新闻事件的震惊及其试图警示读者的欲望。在报道新闻事件中，作者夹叙夹议，如：没想到一个“咳嗽”竟花去1000多元！这里的没想到和竟属于语气附加语，也属于评价系统中的反期待介入方法。语气附加语是人际附加语的一种(另一种是评论附加语)，在马丁[1]的评价系统中属于介入子系统，在小句中实现人际功能。在汉语中，语气附加

---

[1] Martin J. R. & White P. R. R. The Language of Evaluation [M]. New York: Palgrave Macmillan, 2005.

语通常放在句首或动词前面，起强调作用。语气附加语包括三个次范畴：时间、情态和强度。其中强度和期望相关，表达为高出期望或低于期望，是说话者态度的直接介入。网络时评中作者的强势介入区别于其他书面新闻语类。(2)互文特征鲜明。在巴赫金的模式①中，读者的作用被看得更重要，或者说把语篇看成是与实际的或潜在的读者协商意义的媒介。同样，意义的建构被看成是社会的而不是个人的。所有的语篇都有互文性质，即所有的语篇都指涉、回应，并在不同程度上包容其他实际的或可能的语篇。所有的语篇都反映了一个特定的社会现实或意识形态立场，并因此进入与一系列相同的或不同的、受社会语境决定的社会立场的不同程度的结盟。这里表示意外的语气附加语的意义出现在社会语境中，并在该语境中产生意义，以期待读者的认同。

简述新闻事件部分的另一个显著特点是数据级差表达，能大则大，能小则小，以使本身客观真实的数据尽量表现出强烈的对比性，增加读者的意外感。小的数字如：2岁、一个咳嗽、3岁、不到一周、一个月，而大的数字1000多元、1500多元、一大半药、10万元、八九千元。级差表达不仅大小对比鲜明，而且作者还常常调用清晰化与模糊化策略来表达自己的态度，如：不到一周、一大半药、一些药商串来串去、1000多元、八九千元，期待通过模糊化数据来深化读者的震惊感。

表达负面判断的明示和暗含资源在新闻事件部分继续，明示的有：怒斥、揭出、猫腻、回扣，暗含的有：内幕、攻关、“大处方”高手等。以上表达都直接或间接地反映出作者对医院行为的反社会许可现象的负面态度。

3.3.4 新闻评议

新闻评议部分也是网络时评的必要元素。它的第一句话起了

---

① Bakhtin M. The Dialogic Imagination: Four Essays [M]. Austin: University of Texas Press, 1981.

语篇内语义连贯的作用，衔接新闻事件与新闻评议。接着作者运用因果关系“之所以……就是因为……”直接解释病人成为任人宰割的唐僧肉的缘由。随后，作者为了说明解释的合理性，引用古今中外的思想、现象或行为来支持自己的解释，点明医院的问题以及其他行业相似的问题的症结在于特权思想。本段最鲜明的语言特征是衔接与连贯。作者突出了四种相关特权现象：一是权，二是钱，三是听诊器，四是方向盘，用数字分列，进行概述；分析了古往今来的特权思想，用“现在、当时、肇始于、曾、现在、仍”等表示时间的副词连接语义。运用逻辑关联词和时间、地点等副词展开议论的策略可以制造顺理成章的效应，使读者更容易接受说话者的论证。

明示判断资源更集中地指向医院，如：医患关系扭曲、医疗市场无序、医护人员道德沦丧、见利忘义、特权者。但是作者为了不激起可能受指涉的读者群的愤怒，又调用了模糊化策略，拉拢了那批随时可能抛弃他的读者群，如：一些地方、一些医院、一些医护人员、个别医护人员。可见时评中的模糊化与清晰化策略是作者不可或缺的手段，这与较为严谨的科学性语类的写作有区别。判断资源的大量运用构成了作者比较主观的评价姿态。作者力图以个人的主观姿态出现，使信息具有刺激性和冒犯性，以换取较多的互动和全社会的注意。而模糊资源的适度缓冲又可以避免矛盾过于激化。

下一自然段用“于是”来承接，表示一种自然的因果关系，其后叙述的现象就是特权思想的产物。为了增加说服力，作者插入了相关新闻的简述。这种情况在时评中非常普遍，如果针对一件新闻事件，容易就事论事，缩小目标；而如果谈及较多相关新闻事件，可以让读者感受到现象的普遍性或严重性，起到事实胜于雄辩的效果。

感叹号的使用继续加强，第三自然段有两个，第四自然段增至五个。这也是网络时评的特色，有感而发！警世之言！

3.3.5 相关新闻插入与评议

在第四自然段里，作者插入了相关新闻以支持他的论证。这一部分比较简单，没有具体说明新闻的时间地点或新闻的来源，只是用部分确切、部分模糊的数字强调不正常的医疗现象。这是作者又一次运用模糊与清晰级差的策略。一个具有准确数据支持的命题具有一种无法辩驳的说服力。尽管没有时间地点等齐全的新闻要素，但作者做到了有的放矢：暗含的可能使指涉读者更加敏感，明示的数据使大众读者理直气壮。

3.3.6 结语

本段是时评的结论，作者运用及物性中的关系过程说明某种现象的属性，如：这不仅是对病人权益的侵犯，更是一种行业腐败！直接用"是"点明问题的症结。接着，作者提出问题解决的建议，运用了"应该、应当"等责任性情态表达，明确责任者与执行方式。情态表达在整个语篇上很少出现，这里接连出现的两个情态表达足见时评作者对结论部分功能的重视。

为了加强语力，作者甚至直接运用了无主语的祈使句：对这类问题，仅靠思想教育，效果是有限的，关键还是在制度上下功夫，做到发现一例，查处一例，决不姑息！以命令者形象出现在读者面前。这具有双重效果，一是个人化表态明确责任，二是刺激互动。因此从介入方式上来看是单声。单声评价，没有外言投射，说话者负全责，体现其结论的主观性。最后，作者又以新闻事例肯定了问题解决方式，以客观事实支持主观结论。这是作者刺激互动的手段。

关联词的运用也是结论部分的主要语言特征之一，如：不仅……更，同时，仅……是……关键是。

上述分析呈现了时评作者在当前语篇结构各部分所运用的修辞策略。所有这些策略共同作用，帮助作者实现既定的交际目的。见图12。

抽样语篇

标题	发表 信息	新闻 背景	新闻 事件	新闻 评议	相关插入 与评议	结语
语气/问号/时态/隐喻	姓名/时间/互动方式	介入/关联/排比/判断	语气附加语/介入/级差	逻辑关联/级差/判断	介入/级差	情态/祈使语气/关联
功能 吸引眼球/启发思考	功能 个性/时效 邀请互动	功能 提供信息/强化意识	功能 提供事实/隐含态度	功能 评议论证/联盟读者	功能 强调事实/支持论点	功能 明确责任/呼唤互动

图 12　抽样语篇的结构/主要语义资源/功能

3.4　语篇衔接与连贯分析

3.4.1　语篇人际意义的连贯

语篇连贯通常是指语言所承载的信息的流动顺畅性，但不可忽视语言所体现的交流的和谐性。韩礼德的功能语言理论从社会符号的视角指出语篇连贯不仅包括概念意义的连贯，还应该包括人际意义的连贯。

人际意义本质上就是指人与人之间的交流性、对话性和互动性，是指说话者作为言语事件的参与者所表现的交际意图、个人观点、态度、评价以及说话者所展现的与听话者之间的角色关系。[①]韩礼德以交流的小句为单位，系统地描述了语气系统、情态系统和语调模式对人际意义的体现，还指明了人称系统、态度词汇等人际表达功能。汤普森(Thompson)把人际意义描述为“小句中的互

① Halliday M. A. K. Explorations in the Functions of Language [M]. London: Edward Arnold, 1973.

动”[①]，更强调言语行为的互动协商性，明确指出说话者的给予即暗含着听话者的接受。马丁通过研究以语篇为取向的意义资源[②]，指出语言学应该以语篇语义学为基础，并提出了由词汇的涵义所体现的说话者态度的评价系统理论[③]，以此来补充韩礼德的主要由语法体现的语气系统，从而扩展了人际意义的研究范围，并把人际意义的探讨从小句扩展到了语篇。马丁在*Working With Discourse*[④] 中就评价系统提出了四个赋值标准，即作者与读者之间通过语篇进行协商的态度类别、情感程度、价值观念形成的途径以及读者的认同程度。就本质而言，包含商讨性的评价系统就是人际意义层面的人际评价、人际商讨，无论是人际的态度、情感、价值还是认同，都是语篇内人际意义衔接的体现。

网络时评交际的一个重要目的就是进行意义交流，建立并保持和谐的社会联系。网络时评作者在向读者提供新闻信息的同时，解释自己的观点和态度，并试图影响读者的态度或行为。这就是网络时评中的人际关系。

人际意义在网络时评语篇中的分布表现为韵律特征，这是由人际意义体现方式的多层面、多角度所决定的。所谓韵律特征是指实现人际意义的语言资源像韵律一样贯穿于语篇的整个过程中，弥漫于整个语篇中。可以由语言的不同层次多次体现。我们可以随意挑取当前语篇中的一个句子：

病人之所以成为任人宰割的“唐僧肉”，就是因为在一些地方，医患关系扭曲，医疗市场无序，个别医护人员道德沦丧、

① Thompson G. Introducing Functional Grammar [M]. Beijing: Foreign Language Teaching and Researching Press, 2000.

② Martin J. R. 英语语篇[M]. 北京:北京大学出版社,2004.

③ Martin J. R. Beyond exchange: Appraisal systems in English [A]. S. Hunston and G. Thompson (eds). Evaluation in Text: Authorial Stance and the Construction of Discourse[C]. Oxford: Oxford University Press, 2000.

④ Martin J. R. & D. Rose, Working with Discourse: Meaning beyond the clause [M]. London: Continuum, 2003.

见利忘义！

下划横线的是关于病人形象的描写，下划曲线的是关于医疗状况的描写，下划双线的是关于医护人员的描写。作者的个人判断通过这些描述得到了传递。由此可见，人际意义的韵律特征使得人际意义能够被线性体现的同时，还能够被一些明显不同层次的语言特征突出并使之强化。

我们知道，人际意义是由词汇语法层的语气、态度词、主语/时态、情态、语态和语音层的语调体现的。那么，语篇内的人际衔接则主要依靠语义关联（同延）、语义加强（同指）和语义重复（同类）来完成。同类关系通常由并列和重复来实现，同指由链接方式实现，而同延则分别由表示同义/反义关系的离散和相邻对这样的概念联接形式实现。因为任何体现某种衔接关系的衔接机制具体到意义上总是指向概念意义或人际意义的衔接机制。当在语音层和词汇语法层上体现相同的人际意义的相同的语言项目之间所呈现的关系与由衔接机制所体现的衔接关系一致时，语言项目间的关系在形式上就是人际意义的衔接机制。如上例，当在词汇层面上体现的衔接关系——同延——相一致时，几个态度词就形成了人际意义衔接机制中的态度词衔接。常见的人际意义衔接机制主要包括：语气比对/排比、态度词衔接、主语链、情态/语态重复等。

下面我们来看当前的网络时评语篇人际意义衔接的分布情况：

（1）语气比对/排比：最突出的是标题的疑问语气与正文的陈述语气比对。这一比对所体现的人际关系是百姓与作者。因此，作者设计时评标题的用意是他将为百姓答疑解惑，而语篇的读者实际上也就是百姓。于是时评一开始就建立了互动的读者/作者人际关系。接着，在第一自然段的最后作者运用了祈使语气：请看……，再次邀请读者跟自己一起解读新闻事实，缩短与读者的距离。

（2）态度词衔接：大部分读者既读新闻也读评论。但是新闻中的态度词很少，而时评中态度词却很多。普通读者不作语言研究。在阅读过程中没有防范心理。他们自然而然地读完新闻读评论，很容易受到态度词汇的感染，尤其是同义排比的、重复的、或是同字数短语排列的。如所有关于病人的描写：经济困窘和愁烦，无奈和苦恼，任意宰割的唐僧肉，工具，低三下四，无所适从，痛苦和负担，痛苦经历。所有这些描写贯穿于整个语篇，不断使读者接受病人的弱者形象，与标题的隐喻遥相呼应。再如关于医院和医生的描写：医院创收，医生发财，大处方高手，掌握病人生死大权的特权者，公然索要，对病人及其家属呼来唤去，这些都是强者形象的描写，与病人的弱者形象形成鲜明的对比。正如前面所提到的，这些都是反社会许可的现象，表达了作者对此的否定态度。于是在文章的评议和结论部分，作者不断调用判断资源，表示自己的正义立场，把反社会许可的强者形象提升到反社会制裁的审判对象，如：道德沦丧、见利忘义、职业道德低下、侵犯、行业腐败、依法治医。普通读者会受到作者的感染，对作者表示支持；而特殊群体的读者如医院、医护人员、卫生部门官员等会受到刺激，对作者提出质疑。这两种反应也正是时评作者和新闻网站所希望的，是他们实现交际目的的步骤之一。对于作者来说，互动和互文有助于形成舆论，辨别真伪，树立良好的社会秩序；对于网站来说，互动和互文有助于提高点击率。

(3) 主语链：本语篇的主语较为明显的有三种：病人、医生/医疗机构、现象。病人做主语的句子基本上讲述了病人的痛苦与无助；医生/医疗机构做主语的句子基本上陈述当前的一些违规行为；现象作主语的句子反映了医患关系。三条主语链有机穿梭，衔接得当，为语篇连贯提供支持。作者策略性地运用了这三种主语链，为我们呈现了新闻事实，并促发了读者改变事实的欲望。我们看到，整个语篇没有第一人称或第二人称做主语，减少了个人化的色彩，作者为自己主观的思想设计了一件客观的外衣。

(4) 情态重复：当前语篇情态表达较少，这也许可以解释为作者对自己的单声陈述的负责。新闻事件部分中有一例“仅药品回扣每月就能拿到八九千元！”，表示作者对具体数据不确信。评议部分中还有一例“恐怕很多人都有类似的痛苦经历”，表示作者推论。这两例情态表达与模糊数据“八九千”、“很多人都”放在一起，说明作者对事实是基本肯定的。另外两例情态出现在最后一段，“应该”、“应当”，是责任性情态，同义重复，提出问题的解决办法，既应对标题中的问题，又体现作者为读者考虑的人际关系。

情态系统作为人际意义的重要实现手段表达作者对命题的有效性所持的态度以及在提议中作者的个人意愿或要求对方承担的义务。在语言交际过程中，作者通过一定程度的情态承诺或情态责任影响读者的态度或行为，或者引发读者的态度或评价，从而实现信息意义的交换，达到语篇交际的目的。

(5) 语态重复：全篇仅有三处被动语态表达，全部描述病人的遭遇。语篇中没有以病人作为动作执行者的物质过程表达。强化了病人的弱者形象。整个语篇以主动语态为主，体现了现象的事实存在及医生/医院的强者形象。

鉴于网络时评的高互动性，语篇交流的和谐性不仅依赖概念意义的衔接与连贯，更应包括人际意义的连贯。上述的衔接方式汇聚构建了抽样语篇的人际意义连贯，使语篇内的人际意义连接成一个整体，实现了语篇内的连贯。同时，在网络时评与语境间形成一致关系，作者与读者在同一个平台展开互动，并相互传递信息与态度，又实现了语篇外的连贯，进而推动交际目的的实现。

3.4.2 语篇的主位等级与格律

马丁和罗斯[①]把功能语法理论中的主位概念运用到语篇的层面，提出语篇段落主题句(topic sentence)的思想。主题句被认为是语篇中较高一层的主位，即段落超主位(hyper theme)。作为段落的出发点，它可以帮助语篇读者预测随后的各个小句的内容。

---

① Martin J. R. & D. Rose, Working with Discourse: Meaning beyond the clause [M]. London: Continuum, 2003.

与此同时，超主位上面还有宏观主位（macro theme），位于比超主位更高的一个层次，如语篇的标题，它可以帮助读者预测超主位、主位的内容。宏观主位之上还有可以类推的更高层次的宏观主位，比如书的目录、专辑的大题目等。马丁和罗斯认为，超主位后出现的通常是新信息，新信息不断向前推进，其最后的小句形成超新信息（hyper nNew），其模式为：（宏观主位一宏观新信息）一超主位预测段落一其后小句诠释发展一超新信息推动段落至新起点。马丁和罗斯把韩礼德的主位一新信息结构扩展到语篇的层次，认为主位和新信息的概念远远超过小句、段落乃至更大的语篇范围，形成波浪式的、有层次级别的主位一新信息结构。他们把宏观主位、超主位、主位和宏观新信息、超新信息、新信息这种开放性的层次级别称作语篇的格律（periodicity）。格律强调语篇信息流动的规律和语篇组织过程的信息脉动，这种规律像波浪一样，有浪峰和浪谷，有层次和级别，语篇读者可借此预测语篇信息。

系统功能语言学认为语篇是社会情景语境的产物。当前语篇产生于当代医疗改革时期，整个社会对医患关系和医疗收费等话题非常敏感。因此，"病人成了'唐僧肉'？"这个标题一开始就奠定了作者保护弱者的基调。根据马丁和罗斯的格律论，我们可以把这个标题看作宏观主位，由此预测：下文的内容与医疗服务有关，而且读者可以根据《西游记》情节做出猜想，作者的观点可能是同情弱者、保护弱者、谴责强势欺人者，读者可以揣度答案并预测作者会在语篇中做出解答。

在这个宏观主位之下，正文第一段是时评网络语类中的选择性元素——新闻背景。"中国人有句话常被挂在嘴边：有啥别有病，没啥别没钱"为超主位，以老话作为开头，反应普通老百姓的常识。在白衣天使思想深入人心的背景下，在人民生活水平改善对医疗要求越来越高的呼声中，要为病人的权利进行辩护，对现行的医疗状况提出质疑是有难度的。因此，作者选择了以评论者视角为出发点的行文方式。主位在病人、医生、医院中跳跃变化，并通过模糊化时间地点来尽可能地扩大批评范围，弱化明确的攻击对象。为了加强争议的效果，作者用了“中国人有句话”，并且把它放在了超主位上，形成了第一个浪峰。俗语犹如成语，是一种文体策略，并有强烈的评价效果，用在具有冲突的语境中，因其民间流行性，较容易使读者在心理上接受它。“有啥别有病”与“唐僧肉”相呼应，如果有了病就会成为唐僧肉，减少了读者对作者使用比喻的可能产生的对抗心理。

超主位后面的小句是对它的具体阐述。它的主位是“第一句话”，充分解释了相关主题的第一句话的意思。然而，下面一句话“在目前一些地区，在一些医院……”并没有衔接前一个主位链，其主位“在目前一些地区，在一些医院”和主语“病人”与前面小句的主位形成非一致(incongruity)，既引出这个段落的新信息，又铺垫了第二段的超主位。

新闻事件是网络时评语类中的必要元素。它以“武昌的杨先生”为超主位，使读者预测出该段落后面的小句将具体说明医疗状况，病人如何成了“唐僧肉”。信息从2岁的女儿，进展到另一家3岁的女儿，再进展到下一小句的儿童医院，意义从并列到递进，最后总结为“据保守估计，各类药品的回扣已达10%”。但本段语篇没有就此结束，作者为了加强结论的合理性，又增加了最后一个实例。这既可以解释为评论语类追求实证，也可以解释为网络时评的时间紧迫性，不容作者过多地调整文本顺序，有的时候只能想到什么说什么。

下一部分是解读评议，在第三段展开，也是时评语类的必要元素。但是这里的第一句话并非段落的超主位，而是新闻事件与新闻评论之间的过渡，具有承上启下的功能，并提醒读者类似的新闻事件很多，多到无法一一例举，隐含它已经成了一种广泛的现象。真正的段落超主位是“病人之所以成为任人宰割的‘唐僧肉’”，它标志着作者解读评议新闻事件的开始，也标志着对宏观超主位的问号解答的开始，更标志着语篇逐渐进入重点。后面的小句或小句复合体都是它的新信息，它们的主位从“一些地方”、“一些医院”

进展到“这种特权思想”、“当时”、“现在”，从一个新闻评论者的视角全方位地透视这种特权思想：地点、历史、现状。最后的新信息是“这种特权思想仍有很大的市场”，作为问题的原因，段落的总结。

第四段的超主位是“于是，也就出现了‘红包’满天飞，有些人竟到了公然索要的地步！”后面的小句或小句复合体递进描述医疗现状，所有的新信息支持了前段的结论。这是新闻评论语类的常见现象：提出观点，用事实说话。

最后一段是时评语类的必要元素：结论。但是这里的第一句话并不是本段的超主位，而是前一段现象的总结。由此也可以发现，时评语篇追求争论的衔接性和合理性。接着，作者运用责任性情态“应该”、“应当”等指出问题的症结和解决办法。最后推出超新信息“武汉儿童医院决定解聘这名责任医师，可以说是动了真格了！”，以支持他前面所提的建议，这是全文的高潮，与宏观主位“病人成了‘唐僧肉’”相呼应，告诉语篇读者，目前的新信息将有可能使病人不再成为唐僧肉。

根据马丁和罗斯的语篇之外还有各种层次的宏观主位、宏观新信息的观点，上一层宏观主位可以是栏目名称“人民时评”，宏观新信息可以是不断更新的医改评论，更上一层可以是“人民网”，新信息可以是人民网的各个栏目标题。

由此可见，当前网络时评语篇主位和新信息环环相扣，形成了一个个浪峰的信息流规律，把读者从一个浪峰推向另一个浪峰，构成全文的韵律。

3.5 小　结

借助语篇的结构功能，通过语义资源的策略性运用，语篇作者传递信念，促进互动，实现交际目的。而语篇的人际意义连贯，主位等级与格律呈韵律性分布，使语篇的修辞特征鲜明，互动效果增强。

通过抽样分析，我们掌握了单个语篇较为凸现的语言特征。因此，在第四章我们将重点考察网络时评语类的标题与发表信息、及物性特征及语篇的衔接与连贯对实现语篇交际目的影响。而第五章则重点分析评价系统中的介入资源、判断资源与级差资源等，以发现评价资源如何有助于建构意识形态。

第四章 网络时评的语类特点

4.1 作为文化现象的网络时评语类

从20世纪80年代以来，随着语言学研究逐步由语法研究向语篇研究转移，语言学家、社会语言学家、人类语言学家、修辞学家、哲学家以及语言教育学家都开始把注意力转向代表语篇整体的语类研究上来了，特别是系统功能语言学把语篇研究作为其语法研究的目标，话语分析、会话分析、语用学、文体学等都以语篇作为其研究的基本单位。在系统功能语言学中，哈桑把语类视为由“语境构型”决定的“意义类型”，实际上是语域在语篇中的意义模式的分阶段的、有目的的活动[①]。语类与语境构型具有逻辑关系，是它的语言表现形式。“如果语境构型是一种情景构型，那么语类就是与社会事件相适应的语言。”[②]

我们认为，语类是一种文化现象，是一个言语社团的成员所共有的常规，在语言中表现为一种共有的语义结构特征，在社会交际中表现为一定行为、活动和事件的类型，在一定语境中表现为讲话者与听话者用以交际、解决实际问题的方案。不同语类在语言形式上表现出不同的词汇语法。

---

① Halliday, M. A. K. & Hasan, R. Language, Text, and Context: Aspects of language in a social-semiotic perspective [M]. Geelong: Deakin University Press, 1985/1989: 25.

② Ibid.: 109.

语言学家和从事其他方面研究的很多专家都承认语类是文化的表现形式，“有的认为语类是记录文化的，文化的变化可反映在语类变化上；有些研究者认为，语类是创作和建设文化的工具，人们运用神话、民间故事、传说、谚语等来建设和创作文化；语类是权威性和常规性的分析框架，用以解释和交流文化经历；语类是生成和解释话语的常规、操作原则、策略和价值等”①。“有的认为语类就是文化（或文化的一部分）；还有的认为语类是文化的产物，在不同的文化中可以有不同的语类；还有的认为语类体现文化，如系统功能学派的马丁。”②实际上，语类可以同时具有所有这些作用。它产生于文化，反映文化特点，体现文化，是文化的重要组成部分，反过来又可以影响文化，建构文化和调节文化。

文化存在于社会。语类在文化中的作用也同样在社会中存在。它既可以被看作社会现象，也可以被看作社会过程。把语类看作社会现象是认为它是模式化的，是手段和措施，可以由社会现象调节，如性别、阶层、民族、年龄、时间等，也可以是传播知识的工具，是人类社会化的途径等；它还被认为是社会文化世界和语篇世界的连接层。把语类看作社会过程是认为它是创作社会现实的中心过程，是创造有关社会现实的知识和世界的社会过程。

网络时评语类存在于当前社会，与文化社会活动相关，与语义和语篇结构相关，与参与者和传播媒介相关。各新闻网站或较大的综合性商业网站都设有新闻评论类的栏目，如“人民时评”、“新华时评”、“东方时评”、“新浪每日评论”、“时代热评”等。评论栏目的网页设计各有特色，评论作家们见仁见智，评论的选题与讨论的焦点各有侧重，但是有一些特征是完全一致的，那就是网络时评作为一种文化现象，是一个言语社团的成员所共有的常规。这个言

① 转引自张德禄. 语类研究概览［J］. 外国语，2002（4）：14.

② 张德禄. 语类研究的范围及其对外语教学的启示［M］. 外语电化教学，2002（4）：61.

语社团是由时评作者和互动网民共同构建而成的。他们相互交流，相互理解。所有的网络时评作者以及潜在的网民作者遵守着一定的交际规则。他们的时评语篇表现为一种共有的语义结构特征。他们针对一个热点新闻，尤其是问题性新闻（包括事件或现象），在作者和读者之间展开交流，探讨解决实际问题的方案。我们在文章的分析部分所用的语料来自人民时评。这些时评由网站的时事评论专家撰写，交由网站发表，每篇评论的下方都有互动按键处，网民可以随时针对某一篇评论发表自己的看法，也同时能够读到其他网友的观点，甚至读到作者本人的答复。如果时评的反响比较大，作者也可能另外撰文，再次发表。因此，我们认为，网络时评语类具有社会实践的成分，是话语事件或交际事件。把语类视为事件、活动、行为的类型是一种从动态和过程的角度看待语类的方式。韩礼德[①]认为，语篇属于某个语类，语类是文化的表现形式，是记录文化的，同时也是创造和建设文化的工具；是生成和解释话语的常规、操作原则、策略和价值等。因此，通过分析网络时评语类，我们可以了解作者的交际日的、目的实现手段、与读者的主体间关系、语篇的互文性以及该语类对社会意识形态自然化的作用。

4.2 网络时评的语篇结构

语类到底是语义层概念，还是存在于语言外的文化语境中是一个有争议的问题。如果把语类视为事件、活动、步骤等，它显然是语言外的社会活动，特定用途英语研究似乎持这种观点；马丁[②]也把它置于语义结构之上，与意识形态相联系。如果语类结构是语篇内的组织框架，那么它就是语义结构，哈桑的早期民间故事研

① Halliday M. A. K. Language as Social Semiotic: The Social Interpretation of Language and Meaning [M]. London: Edward Arnold, 1978.

② Martin J. R. 英语语篇[M]. 北京：北京大学出版社，2004.

究似乎持这种观点[①]。

语篇结构是语类特征的主要表现形式之一，所以各种语类研究方法都注重语篇结构的研究。在早期民间故事研究中，语篇结构被认为是确定语类的因素，后来其研究重点转移到社会语境上去了。在交际人类学中，语篇是以交际事件中的行为顺序的形式进行研究的，它对交际事件本身的形式起重要的作用。在会话分析中主要研究行为结构组织以及它们在交际模式中的表现。在系统功能语言学中，哈桑把语类视为“语类结构潜势”，马丁从纲要式结构的角度研究语类。在特定用途英语研究中，语类结构是由语步组成的。[②]

语类结构潜势(GSP)是从若干个个体语篇中高度概括出来的具有规律性的抽象模式。哈桑[③]指出：GSP 作为一个抽象的范畴，它描述的是一个语类中所有可能的语篇结构。一个 GSP 如果要体现同一语类的所有结构特性，那么它就必须满足以下三个条件：(1)它必须详细说明所有的必要元素；(2)此外，它要列举所有的可选元素；(3)它必须标示出所有必要元素及可选元素的出现顺序及其元素的再现。如果按照哈桑的观点，把网络时评语类看作是语篇内的结构，根据上述哈桑关于语类结构潜势的描述，我们对人民时评 100 篇语料(见附录标题)进行了充分观察和分析，描述出网络时评的语类结构如图 13 所示。

标题 ^(新闻背景)^ 新闻事件^ [评议^(相关新闻评议$^{1\text{-}n}$)]$^{1\text{-}n}$^ 结语

图 13　网络时评的语类结构

---

① Halliday M. A. K. & Hasan R. Language, Text, and Context: Aspects of language in a social-semiotic perspective [M]. Geelong: Deakin University Press, 1985/1989.

② 张德禄. 语类研究的范围及其对外语教学的启示[M]. 外语电化教学，2002(4)：61.

③ Hasan R. The Nursery Tale As a Genre[J]. Nottingham Linguistic Circular, 1984：78.

圆括弧内的元素是可选元素，其余均为必要元素；^号代表其两边的元素是固定的，不能随意变动；上标的1-n表示方括弧或括弧内的元素可以是一次或重复数次。这样的一个语类结构模式可以用来描述所有现存的网络时评结构，并且可以据此生成新的时评。

在马丁的纲要式结构理论中，语域是语类的表现形式。语类通过语域配置得到实现。马丁的纲要式结构把语篇划分为几个不同的功能部分，每个功能部分都有语言资源的策略性选择，为语篇语义的建构做出贡献。由此，网络时评的纲要式结构可以表达如图14所示。

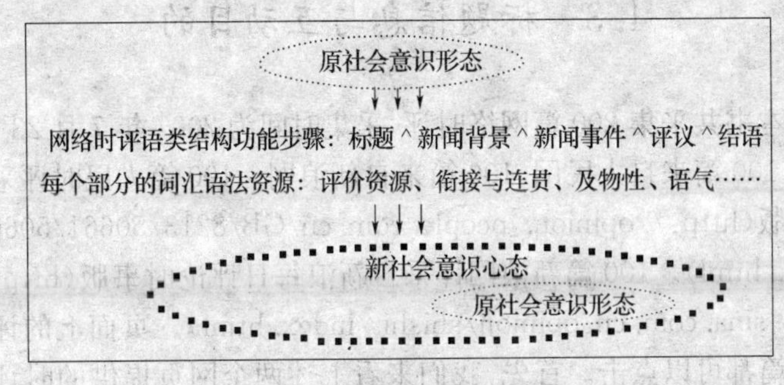

图14　网络时评的纲要式结构

马丁[①]认为，在语类之上决定语类的是整个社会意识形态。文化决定所使用的交际符号以及交际的类型、交际意义的类型等。不同的文化偏重不同的交际符号系统。交际者受到社会文化和专业化与社团文化的双重影响，其语言资源选择对语篇语义建构有重要意义。

无论是哈桑的修辞结构潜势还是马丁的纲要式结构都强调了语类结构各部分的交际功能。我们知道，语类最后总是要通过语言形式体现出来的。所以，研究语类就必须要研究其在语言形式

① Martin J. R. English Text [M]. Beijing: Beijing University Press, 2004.

上的体现。在系统功能语言学中，语言形式是语类研究的重要组成部分，即社会文化及情景特征是由意义特征来体现的。马丁认为，社会语境是由传统的目的性明确的社会过程组成的，这些过程部分地或全部地由语言来实现(参见理论基础 2.4.2)。语类在语言中表现为意义特征。语类的意义特征要在语言形式上体现出来。因此，本研究将综合两家之说，在有限的篇幅内讨论语篇较突出的标题信息、及物性资源和衔接与连贯手段以及语篇结构各部分的评价资源的分布与选择策略，试图发现网络时评语类对社会意识形态产生影响的方式。

4.3 标题信息与互动目的

本书共采集 200 篇网络时评，采集时间为 2007 年 7 月 23 日，其中 100 篇来自人民网，100 篇来自新浪网。100 篇人民时评采自政治版(http://opinion. people. com. cn/GB/8213/50661/50662/index. html)。100 篇新浪网评采自新浪每日评论时事版(http://news. sina. com. cn/opinion/shishi /index. html)。页面上的评论每一篇都可以点击。首先，我们来看上述两个网页提供的时评标题与发表信息的形式上的特征：

王新华的《新闻评论学》[①]指出新闻评论发表意见、阐明道理，其标题通常要概括地表明立场、观点、倾向、态度和主张，因此其形式基本上是具体、鲜明、精当、引人。题目具体，评论才能深入；题目鲜明，主题才能突出；题目精当，理解才能避歧；题目引人，才能抓住读者。杨新敏在《新闻评论学》[②]中关于标题的观点也是非常类似的，一要具有吸引力，二是与文章的内容和风格相和谐。这两位研究者都是从新闻学的角度对新闻专业学生进行写作指导的，没有涉及究竟该运用何种语言资源使标题具有

① 王兴华. 新闻评论学[M]. 杭州：浙江大学出版社，1998.

② 杨新敏. 新闻评论学 [M]. 苏州：苏州大学出版社，1998.

吸引力。下面我们就从这 200 个时评标题的语言功能来概括标题的特征。

表 1 网络时评标题与发表信息的形式特征

名称 特征	标点	发表信息	疑问词	祈使句	责任情态
人民时评	问号 23 引号 46 逗号 13 感叹 16 省略 2 顿号 1 问+感 2 空格 7	人民时评标记 姓名 时间	为何,为什么 7 如何,怎样,咋样,怎么 2 吗,可否,能不能 5 从何,何处,何时 0 谁,哪些人 3 什么 4 岂能 2 多少 3	肯定 5 否定 0	当,应当,应 3 需要 1 必须 1 让 1
新浪每日评论	问号 1 引号 4 逗号 4 空格 9	姓名 时间 刊名 站名	为何,为什么 5 如何,怎样 6 吗,可否,能不能,算不算 6 从何,何处,何时 4 谁,哪些人 5 什么 5	肯定 10 否定 1	当,应当,应 3 需要 1 必须 1 可以 1 不应 1 关键在于 1

4.3.1 标点符号

200 篇时评中标题带有 127 个标点符号,其中人民网时评有 109 个(有些标题带有两个或以上标点符号),新浪每日评论有 18 个。两个数字的巨大差异使我们考虑到两个网站的不同性质,人民网是专业新闻网站,所有的作者都是为网站写作;新浪网是商业网站,它的网络时评全部采自于其他网站或报刊。这就需要我们进一步探究每一则评论的出处,以便区分网络评论与报刊评论中标题使用标点符号的概率。检索发现,在新浪的 100 篇每日评论中只有 21 篇来自新闻网站,如红网、中国网、南方新闻网等,有 79 篇来自报刊,如《中国青年报》、《新京报》、《南方都市报》、《燕赵都市报》、《财经时报》等，前者属于网络时评，而后者是商业网站采集后得以扩大传播的报刊评论，其原作的交际目的更多的是传递思想，而非促进互动交流，因此其表现形式必然有所不同。

网络时评追求互动首先体现在标点符号的运用上。用得最多的是引号。引号的作用很多，常可分三类或四类，如：引用原语、特殊称谓、具有特殊含义的词语、否定或讽刺类反语。我们发现起首要作用的是引语，而后三类属于同一个种类，即特殊表达作用。这两种作用在时评的标题中都有出现。作者将引语运用在标题中，有来自法律法规的引语，有新闻报道的引语，有新闻主人公的引语，有旁观者的引语。如：人民时评："宽严相济"早出高墙好过年！这里的引语来自"北京市宽严相济政策兑现大会"上的监狱局局长的发言。又如：人民时评："领导干部管好家属"要有可操作性，这里的引语来自人民日报文章"秉公用权，廉洁从政"。再如：人民时评：岂能纵容"公款不花白不花"？这里的引语来自腐败的贪官，他们在反省时所说的话，反映当时的思想。再如：人民时评：从贫困县的"文化遮羞墙"看里子 PK 面子，这里的引语来自老百姓的原话。当地贫困县，在公路两旁建起高墙，遮挡贫困，用当地政府的话叫做文化墙，用当地百姓的话叫做遮羞墙。类似上述的标题在人民时评上比比皆是。可以认为，作者运用引语除了使标题可信度增加之外，更多地是为了增加标题的点击率和互动。巴赫金从语篇的对话性视角着手，提出了语篇的对话性和多声性概念，认为所有的言语交际都以某种方式指示或回应说过或写过的内容，同时也期待实际的与潜在的读者或听众的反应。克丽丝蒂娃(Kristeva)把多种声音的多声性概念解释成互文性，其相应地又被费厄克劳夫解释成显性互文性，即某一语篇中其他语篇的显性存在，其下的声音指的是语篇中除了作者之外其他声音的存在①。语言互动是语言的一个基本事实，对话可以从一个更广的意义上

---

① Fairclough N. Discourse and Social Change [M]. Cambridge: Polity Press, 1992: 10.

来理解，既包括面对面实际的言语交际，也包括任何类型交际中的言语表现，其中书面话语也可以被认为是在更高层面上关于思想意识的商谈。因此，用对话性和互文性理论来解释，标题中的引号部分就是作者利用直接引语的方式指示或回应过去曾经说过或写过的内容。由于这些引语曾经在其他语篇或场合中出现过，作者又在期待更多网友读者的点击评论。

用功能语法的评价理论来解释，引语属于介入子系统。怀特[①]认为，介入系统可以被看成打开或关闭语篇中多声空间的选择系统，为作者提供了调整协商话语可论证性的语言资源而识解话语固有的对话潜势。借助介入系统中的直接引语资源，作者在语篇中以“对话”的方式表达自己，以不同的程度和方式承认或唤起与当前语篇所论述的不同观点或表达。

第二种引号主要用于强调特殊含义的词语。如：人民时评：病人成了“唐僧肉”？这里的“唐僧肉”是典故，具有特殊的含义，前文已经有所讨论。又如：人民时评：从郑筱萸案看“拔出萝卜带出泥”，这里的引语是俗语，指郑筱萸案的清查牵连出很多的涉案人员，包括亲朋、好友、上下级领导。再如：人民时评：让反腐利剑直指“枕边风”“儿女情长”，这里的引语是流行口语，但是当它们与反腐放在一起时，就有特殊的意义，指官员的妻子儿女都涉及腐败，有的甚至有过之而无不及。再如：人民时评：这样的政府“建议”实在太荒唐！这里的引语“建议”是反语，名为建议，实则坑害百姓、坑害地方，所以加了引号。我们通过检索分析发现，第二种用于强调特殊含义的引语主要有典故、俗语、口语、反语、隐喻等。其中经典、俗语、口语通常是常理常规，世人皆知，作者运用一般的哲理来表达自己对某一具体问题的观点，容易使读者怀疑它的合理性，由此刺激读者的阅读与交流欲望，从而提升互动。而反语和隐喻则

① White P. R. R. Beyond modality and hedging: A dialogic view of the language of intersubjective stance [J]. Text, Special Edition on Appraisal, 2003, 23 (2): 259-284.

体现了表层逻辑与深层逻辑的反差或类比，其适切性更容易受到读者的质疑。以功能语法的评价体系来看，这些引语多属于介入子系统中的多声范畴，来自典故、俗语、笑话、传说等，但是作者在标题中以自言介入的方式运用该多声，展示自己的鲜明立场和观点，体现语篇内互动。自言单声介入具有强烈的主观性，易激发语篇外的多声交锋与深化，增加网站点击与争论，达到舆论导向并最终影响意识形态的效果。

下面我们来看第二种使用率较高的标点：问号。问号是疑问句的标记。疑问句的本质是有疑而问，有疑说明说话者对问项经过认知和判断后仍拿不定主意，因判断失败而发问，其目的是纯粹为了传疑。但也有些疑问是针对事实或命令发问，表现否定或挑战，即我们常说的反诘，明知故问。更有些疑问句是要求证实或要求选择[①]。但是在网络时评的书面语中，标题的疑问并不是为了传疑、求证或选择，作者在标题中通过设问或启发思考、引导思路，或加强语气、提出挑战。反诘属于语义范畴，它可以通过设问来表示，作者自问自答，它也可以通过反问来加强，不一定要作答。因此，反诘的过程显示人际关系，问者的舆论导向意识通常大于读者，问者自己又是答者。这无疑会激发读者质疑与挑战意识，启动读者的反评论欲望，刺激互动。我们来看人民时评 100 篇评论语料标题中的问号使用情况，见表 2。

表 2　网络时评语料的问号使用统计

用在能，岂能，能否之后	6
陈述句之后	3
用在谁、什么、为何、如何、多少、怎么等之后	14

从上表可以看出，作者在标题中的提问形式最多的是特殊疑问句，其次是责任型情态疑问句，第三种是陈述句加问号。我们知

① 王力. 王力语言学词典. 山东教育出版社，1995.

道，标题中的问题通常是由作者在正文中提供答案的，因此作者在标题中的交际目的就可以理解为增加读者对正文的关注度。用特殊疑问词“谁、什么、为何、如何、多少”来提出问题，可以引起读者的猜测，继而通过阅读正文证实猜测的准确性，如：人民时评：这十几年怎么没有管住邱晓华?；人民时评：省长道歉后，百姓最关心什么?

第二种责任型情态疑问句则表达作者主观的责任推测，通过正文进行论证，这种责任推测可能与读者不谋而合，也可能大相径庭，可刺激读者的阅读兴趣，如：人民时评：拜包公宣誓，能威慑住贪官不伸手吗?；人民时评：执法部门能否多一些“以劝代罚”?

第三种陈述句加问号的形式超出了语法规范，陈述句本身体现了作者单声的判断，语气强于一般疑问句：……吗？但是陈述句后面的问号又表示了对读者意见的征求，如：人民时评：病人成了“唐僧肉”?；人民时评：黄金周近了，景点涨价“理直气壮”？因此，这种超常规的问号使用方式既有作者声明观点的作用，又有警示质疑的含义，其效果接近问号与感叹号的连用“?!”。

标题中感叹号的使用也值得一提。感叹号表达感叹语气，指句子中表示强烈感情的语气，包括“不平语气”和“论理语气”，前者表示不平、冤枉、感慨、不耐烦等情绪，后者表示说话者的一种“理直气壮”的情绪①。这两种用法在标题中都有，如：人民时评：豪华与腐败，剪不断理还乱！（表示不平，不满）人民时评：公务员不尽孝将被惩戒，好！（表示感慨）人民时评：开放是一种挑战，更是一种力量！（表示理直气壮）。感叹句在功能语法中属于人际功能范畴，体现说话者作为干预者(intruder)的意义潜势。通过这一语言参与功能，说话者通过感叹，使自己直接参与到该语篇的情景语境中，来表示他的态度和推断，并试图影响别人的态度和行为。在网络时评的网上交际平台上，作者试图强调自己所扮演的角色地位，作为对时事的领先识解者，呼唤读者的共鸣。

---

① 王力. 王力语言学词典[M]. 济南：山东教育出版社，1995.

最后应该提及的是标题中逗号与空格的使用。逗号，用于意义未完之语尾，表示一句话中间的停顿，如：人民时评：中国，靠什么赢得世界尊重？空格，不是汉语中的规范符号，但是经常出现在网络文章的标题中，也有停顿的含义，如：人民时评：和谐 最得民众心！从这两个举例中我们发现，无论逗号还是空格，分隔的都是主语与剩余部分，属于超常规停顿，其功能都是强调，提醒主位的重要性以及述位的主观判断性。

4.3.2 发表信息

无论是“人民时评”还是“新浪每日评论”都提供详细的发表信息，只是方式不同、格式不同而已。前者把“人民时评”挂在每一则时评前面，强调时评网站机构的权威性。而作者的姓名和发表时间都在标题下面，用红色突出作者的名字，可见在强调机构性的同时，网站有意突出作者的姓名，以示个人责任。商业网站新浪每日评论，没有对每一则评论冠以“新浪时评”是因为它本身不是新闻网站，不发时评，它只是搜集它认为重要的各大新闻网站或报刊媒体等的评论，并把个人评论的作者姓名放在首位，然后才是标题，如：

曹林：市长自罚千元道歉，谁有这种特权

http://www.sina.com.cn

2007年07月19日00:47 长城在线（来源：燕赵都市报）。

如果是机构评论，它又把该机构放在标题之首，如：

新京报：被审计出问题的部门为何失语

http://www.sina.com.cn

2007年07月19日01:36 新京报

这些经常被搜集发表的报刊媒体时评或新闻网站时评均应新浪商业网站本身的丰富多样性而点击率大增，名声大噪。互动量不亚于人民时评。

值得指出的是，发表信息的确切性与个人相关性也促进了互动。无论是人民网还是新浪网，作者姓名、精确到秒的发布时间以及按发表时间进行的广告式排序，都是读者阅读时评语篇的前提信息。经常上网阅读时评和参与互动的读者有一些比较熟悉的作者，也关心第一时间发表的评论，因此发表信息也是时评语篇不可分割的一部分，其排序或显示方式直接影响互动量。

4.3.3 标题的互动分析

探讨标题的互动除了上面谈到的标点符号与发表信息等以小见大的形式外，更可以从研究评价性立场在标题中的建构入手，因为评价性立场的建构依靠语篇中价值的表达及语篇中价值和声音的互动。马丁将用于表达作者或说话者观点、态度和立场的语言资源称为评价系统。作为包括价值表达的多维系统，评价系统包括态度范畴、控制价值程度的级差及引入和处理其他声音和观点的介入的选择(参考理论基础 2.5)，如图 15。

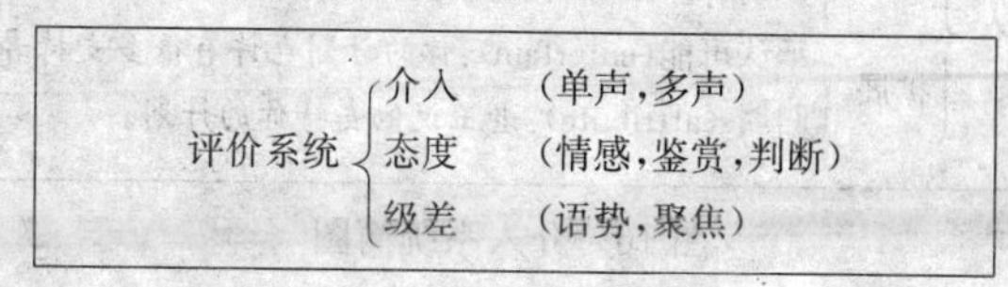

图 15　评价系统简图

作为话语层次上的模式，评价系统由一系列的语法范畴来实现。其中态度范畴包括情感、鉴赏和判断；级差借助于调整价值的力度和焦点而解决意义的分级；介入子系统借助于巴赫金的多声性观点，用于调整说话者对所言的承诺，由互动主观性的语言手段来表达，包括省略或提及语篇对话性的语言选择，即单声性和多声性。单声性是对命题直截了当的陈述，不提及信息来源和其他可能的观点，而多声性可以使作者以多种方式(如投射)把其他声音投射到语篇中而展开事物的陈述。从语法角度来说，投射可以由多种语法结构来实现，如名词化过程。投射把其他声音引进语篇，起着扩展多声性空间的作用，在介入网络中用来编码归属，其投射动词的选择标志着承认或疏远语篇所引进的声音的程度。

怀特认为介入可作为对话性"定位"和互文性"定位"的语言资

源。所谓对话性定位指言语交际应被看成实施交际过程的各个参与者之间的互动过程，所有的言语，都在某种程度上考虑回答先前的言语或期待实际或潜在的对话者可能的回应、反应或反驳；互文性“定位”涉及的是作者对其他作者的观点和陈述或来源于外界的命题所作的评价性立场，尤其指作者引述别人的思想或话语，或把自己的观点和话语归属于别人。此外，怀特还认为介入系统可以被看成打开或关闭语篇中多声空间的选择系统，为作者提供了调整协商话语可论证性的语言资源而识解话语固有的对话潜势。借助介入系统下的语言资源，作者在语篇中以对话的方式表达自己，以不同的程度和方式承认或唤起与当前语篇所论述的不同观点或表达。见图 16。

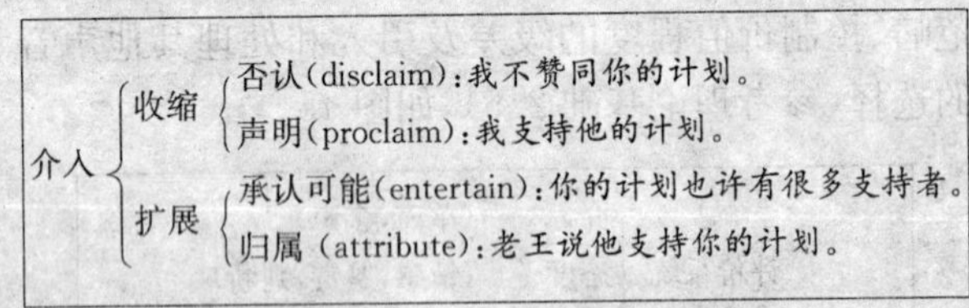

图 16　介入系统简图

怀特对介入的分类受巴赫金等人的对话性视角的启发，并以话语语义为依据，由此，用于表达互动主观性立场的词汇语法不同的各种表达作为语言资源就构成了一个系统。多声性介入承认其他的立场，但程度不同，表现在既可以使对话性收缩，又可以扩展其他可能的声音。在收缩的范畴里，又有两个次范畴：否认和声明，前者指收缩某一命题的空间，或者通过否定关闭某一给定命题，或者通过反示关闭某一期待命题，代替以某一个和期待相反的命题，而声明某一立场也可以收缩其他声音的空间，即其他潜在的命题，这可以借助于对某一给定命题的承诺或肯定来完成。收缩某一给定或期待命题的空间的同时也打开了其他可能命题的空间，反之收缩其他可能命题的空间同时也打开了给定命题的空间。扩展范畴里包括承认可能和归属两个次范畴，前者包括具有广义情态意义的推理表达或其他情态操作词或附加语，后者指与投射相关的承认某一命题可能性或使说话者远离命题。

以上用于处理语篇多声性空间的网络选择系统使得许多词汇语法不同的表达可以从扩展或收缩语篇的视角，即怎样引进语篇其他声音、观点或与之互动的视角来加以分析，从而成为动态处理多声语篇中声音和命题修辞空间的语言资源。此外，从协商语篇多声性空间的意义程度而言，收缩范畴和扩展范畴下的选择呈现出不同意义的连续体，标题中的介入选择网络，对语篇内互动走势以及语篇外的互动期待程度上是不同的。

标题中主要涉及的是立场的构建和多声的介入。网络时评作者作为新闻网站的专业写作人员，致力于实现作者与读者间的对话和建立人与观点及人与人之间的关系。也就是说，在追求个人和意识形态目标过程中作者致力于通过修辞选择来建构人际协商，强化自己所做的断言，刺激互动。标题互动的主要方式有：

(1) 评价性立场的构建着眼于表达语篇声音或语篇社团承认的个人特性，可以理解为态度层面的包括作者如何定位自己，表达肯定或否定的判断、观点和建议方式等语言特征，主要以作者为取向。

(2) 多声性介入又包含两个方面，一是指作者关于新闻提出观点而与读者建立联系，承认标题中读者的存在。二是期待读者更多的互动与参与。见图 17。

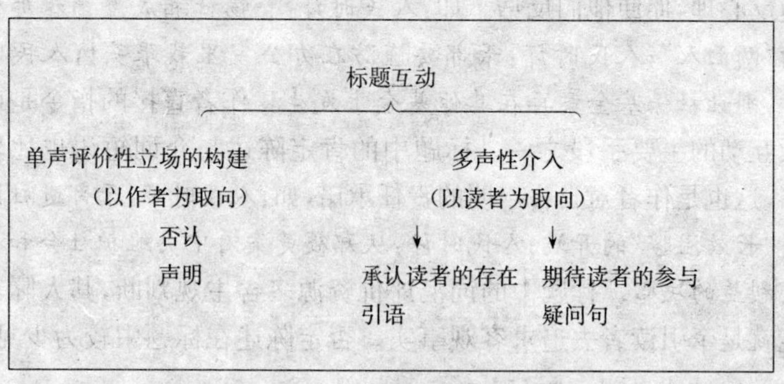

图 17　标题互动模式

根据上述模式，我们来考察100篇人民时评语料中标题互动的情况，统计标题中主要语言资源及其使用率，以揭示网络时评作者的标题策略。如表3所列。

表3 网络时评标题策略统计

取向	语言资源	功能	出现次数
作者取向	肯定陈述	声明	11
	否定陈述	否认	2
	祈使句	宣称	30
	介词短语	宣称	21
读者取向	引语	模糊归属	64
	疑问句	期待互动	34

从上述检索数据可以发现，以作者为取向的明确的单声介入有66次，其中祈使句占30次。祈使句要求别人按照说话人的意愿行动，有请求、劝告、催促、禁止、命令等语气①。这里检索的祈使句包括第三人称的责任情态，如“某人应该做事”。祈使句所体现的人际距离较大，通常是上下级的关系，如军官与战士、老师与学生、父母与孩子。作者以此作为网络时评的标题，为自己树立起一个权威的形象，视读者为顺从的对象，势必引起相当部分读者的逆反心理，促使他们反诘。如：人民时评：警惕杜湘成曾锦春那样的“两面人”；人民时评：干部要谨防在办公室里栽跟头！；人民时评：别让社保基金案再在其他基金上发生！作者直接的指令是刺激互动的主要手段之一。标题中的肯定陈述与介词短语也比较多，这也是作者对自言声明的责任承诺，如：人民时评：干部进社区是“长效温暖”的开端；人民时评：从郑筱萸案看中央维护社会和公众利益的决心。标题中的词汇评价资源多含主观判断，其人际功能就是牵引读者去追求客观事实。否定陈述在标题中较为少见，

① 王力．王力语言学词典[M]．济南：山东教育出版社，1995.

其原因可能是否定表达预设了肯定的存在，如果作者用否定作标题，就有"后话"的嫌疑，而非忠告，对读者的引导只能是假设条件下的思考，不利于作者读者的热线互动。如：人民时评：女局长早算"七笔账"不至进"班房"。

接下来看标题中以读者为取向的介入。这里主要涉及模糊归属和疑问句。模糊归属的主要语言形式是带引号的引语。引语大部分来自新闻，也有的来自俗语、口语、典故、传说等。作者在标题中运用引语，但不是直接引语，没有明确指出是谁说的。怀特的介入系统中多声扩展包括认同、明确归属和远距离归属。认同指作者同意引语的观点，并用间接引语的方式包容在自己的观点中。明确归属通常指出自某人之口的直接引语，而远距离归属则指作者不甚赞成该引语，使自己与该引语保持一定的距离。见图 18[①]。

介入扩展
- 认同(entertain)：也许，可能，我认为
- 摘引(attribute)
  - 中性引述(acknowledge)：……说，……认为
  - 疏远引述(distancing)：……声称，据谣传说

图 18　怀特的介入扩展系统

我们认为，标题受到字数和版式空间的限定，作者不可能也没有必要明确指出引语的归属，标题的适量引用已经说明作者重视并采纳了这些说法。因此，在讨论标题的介入方式时拟增加一个新的范畴，模糊归属。如：人民时评："宽严相济"早出高墙好过年！作者没有提出引语的归属，但是在标题中已经通过引号明确其并非作者创新，同时又告诉读者作者是在与新闻事实互动，与新闻人物说的话互动。以引号提示读者语篇本身的互动性，是网络时评作者创作标题的重要策略之一。他提醒读者当前语篇并非空穴来风，而是互动之作；如果当前读者有新的观点相左，可以继续互动。

---

① White P. R. R. An Overview[EB/OL]. www. grammatics. com/ appraisal, 2001.

统计显示的另一个突出现象是标题中疑问句多。无论是网络时评还是报刊等印刷媒体评论，疑问句作标题可以说是作者提倡互动的又一重要策略。网络时评与印刷媒体评论的一个主要区别在于问号。前者的问号大大多于后者，尽管两者疑问句与疑问词数量相仿。我们的理解是，网络时评的标题问号是疑问句式的强调记号。印刷媒体比较传统，而网络媒体则年轻奔放。传统媒体遵守语言与印刷规范，而年轻媒体则追求言论自由。疑问句加问号具有较强的口语色彩，不适合充当印刷媒体上的严肃评论文章的正规标题。尽管我们看到现在的印刷媒体正在逐步接近读者，地方性报刊的评论口语色彩越来越重，其形式差异还是显著存在的。如：人民时评：这十几年怎么没有管住邱晓华？检索相关评论，发现《瞭望周刊》的评论标题是：邱晓华：任职期最短的国家统计局长；《南方周末》的评论题目是：邱晓华贪腐之路：从仕途明星到重婚罪疑犯。比较而言，网络时评标题最具口语性，有咄咄逼人之气势，有刨根问底之决心，因此互动性最强。而印刷媒体的标题只向读者提供了信息，更像报告，而非交流。网络时评标题给读者的第一印象是语篇的互动性，作者根据新闻事实提出质疑，同时期待读者的支持或反诘。而印刷媒体给读者的第一印象则是读者被动接受信息。

4.3.4 标题与发表信息的策略与功能

标题与发表信息作为网络时评语类的首要元素，其语言资源的选择策略直接关系到语篇交际目的的实现。本节运用评价理论的介入系统和巴赫金的互文性思想展开讨论，检索、统计、分析了标点符号的功能、发表信息的作用、单声与多声资源的安排，抽象出网络时评标题的以作者为取向和以读者为取向的互动模式。

网络时评作者从开始选题起就考虑语篇在当前语境下的互动交际目的，结合网站机构的交际目的，在语言资源的选择上采取了以下策略：发表信息（精确到秒的时间、作者姓名、标题前的“人民时评”），标点符号（超常规的问号、引号、逗号的使用），单声介入

(祈使句、介词短语、肯定陈述),多声介入(模糊归属引语、疑问句)(见表4)。标题虽小,但是我们可以把这些策略以一个连续统的形式清晰反映其从单声走向多声,从宣言走向互动的交际目的。

表4 标题与发表信息的主要形式与功能小结

形 式	功 能
时评标记	机构权威性,机构责任
作者姓名与发表时间	作者责任,时效性
单声介入	作者挑战,表现自信
标点符号	吸引阅读,强调,引发思考
多声介入	增加事实力度,引进与呼唤互动

这一连续体使我们发现网络时评作者特有的互动策略。比较印刷媒体,我们不可能找到作者的精确发表时间,没有如此大数量的标题内标点,没有众多的单声挑战如祈使句,少有归属不清的引语,更缺少疑问句或问号来直接召唤互动。网络时评作者运用这些标题策略,及时抓住读者心理,为语篇的互动开了好头。

4.4 及物性结构与交际目标的实现

4.4.1 语篇的及物性结构

韩礼德指出:“语言应能解释我们所有的经历,把我们周围的世界和内心的世界,以及我们自己的思维过程的无数不同的现象缩减为可处理的几种现象类型:过程、事件和行为之类型、事物、人和团体等的类型”。[1]系统功能语言学中的经验功能在于表达世界,主要涉及语言使用者对人类活动和自然界各种事件的认识和

---

① Halliday M. A. K. Language as Social Semiotic: The Social Interpretation of Language and Meaning [M]. London: Edward Arnold, 1978: 21.

反映[1]。及物性系统研究小句是如何用来表达经验意义的，该系统将人类的经验通过语法进行范畴化，分为六种过程：物质过程（如：选择、计算）、心理过程（如：相信、感觉）、行为过程（如：看、走）、言语过程（如：指出、描述）、关系过程（如：是、似乎）、存在过程（如：有、存在）。物质过程表示做某件事的过程。物质过程一般由动作动词体现。它要求的动作者（actor）和动作的目标（goal）由名词或名词性词体现。在物质过程中，逻辑上的动作者和语法上的主语往往是一致的，是主动语态。当原为目标的名词词组在小句中作为主语时，这样的小句是被动语态。心理过程是表示"感觉"、"反应"和"认知"等心理活动的过程。与物质过程相比，心理过程的特点是：参与者不再是动作者和目标，被更确切地成为"感觉者"和"现象"；感觉者应当是有生命的，现象可以是事实和物体。关系过程是指各实体之间相互关系的过程，可以分为"归属"和"识别"两类，前者指"a 是 x 的一个属性"，后者指"a 是 x 的认同"。关系过程在描写人与物时使用最广。行为过程指生理活动过程，如哭、笑、做梦、呼吸等。行为过程与物质过程的一个根本性区别在于它只要一个"行为者"。言语过程原放在心理过程的范畴之内，因在及物性特征上也有较大差别，在新的模式中被单列一项。它指通过讲话等言语活动交流信息的过程。存在过程原先属于关系过程，但它只表示事物的存在，只有一个参与者，即一个存在物，故不同于关系过程。另一个原因是关系过程处理的是载体本身的属性或认同，与存在过程有本质的区别。[2] 及物性系统所涉及的上述六种过程与现实世界有着密切的联系。这六种过程实际上是对小句表达概念功能方式的概括和分类。语篇研究把句子语法即小句的及物性系统作为其研究内容的一部分，是由语篇本身的特点决定的。

---

① Halliday M. A. K. An Introduction to Functional Grammar [M]. Beijing: Beijing Foreign Language Teaching and Research Press, 2000.

② Ibid.: 106-176.

4.4.2 网络时评语类作为社会实践

语类理论的一个基本出发点是:语言存在于社会现实,同时又建构社会现实。语篇与文化密切相关并受制于语境与社会功能[①]。语类理论认为,语篇产生于社会语境,特定的专业语篇社团运用其所拥有的语篇来追求社团共有的目标。这一以交际目标为指向,由特定的语篇社团文化决定的语篇构筑了语类;语类总是通过一定的语篇层次结构或步骤来实现其交际目标[②]。每一语类在词汇—语法层面,在修辞结构上呈现出一些明显的共同特点。语类是一种选择,人们运用语类在一个个约定俗成的交际事件中高效地"做事"以其达到某一交际目的。交际目的可以是多方面的,例如,一篇新闻报道的交际目的是使公众了解某一事件的最新发展,但它同时常带有引导、甚至规范公众思想和行为的目的,即所谓新闻导向。交际事件不仅应被看作由语篇、作者和读者构成,还应考虑语篇在这一交际事件中的作用及其产生和接收的环境。一个语篇社团的成员追求共同的目标,这些共同的交际目标提供了语类形成的因由,决定了语类的语篇层次结构、内容、语言形式的选择。

网络时评语类的重要特点之一是比较主观、富有个性,但是时评远非是个性张扬或牢骚抱怨。作者在标题中强调自己的观点后,即开始对新闻背景和客观事实展开简要陈述,然后开始逐步论证自己的观点。作者在论证时,常常竭尽各种努力来证明结论的正确性,努力使自己的建议得到其所属语篇社团的认可。

网络时评是网络语篇中一种最常见的语类。及时发表时事评论是新闻网站必不可少的一项任务:网络时评作者必须通过发表他们的立场、观点、建议与读者共同探讨时事新闻,引导舆论(当然发表的形式还包括博客/播客文章、论坛即席交流等;这些语篇形

---

① Swales J. M. Genre Analysis [M]. Cambridge: Cambridge University Press. 1990.

② 庞继贤. "语篇体裁分析"理论评析[J]. 浙江大学学报, 1993, (2): 105-111.

成了网络时评语类下的次语类)。所以,网络时评撰写的过程不是一种抽象的活动,而是一种社会实践;时评作者撰写时评带有明确的目的性,写作不仅是一种个人的认知行为,更是一种社会行为。一个特定的语篇社团追求的共同目标、社团的文化、价值观,"做事"的规范、方式等制约了网络时评这一语类的结构和语言功能的选择。

及物性系统是一种句法资源,时评语篇中及物性过程类型的选择、作者对小句中参与者的处理显示了在网络交流语篇社团背景下网络时评总体的交际目标和各部分的交际目的,同时也体现了时评作者在客观性和主观性的表达上有策略的种种选择。对网络时评语篇及物性结构的分析可以从一个角度揭示这类语篇形成的因由。

4.4.3 语篇的语态

在语言交际中,讲话者需要对及物性系统做连续的选择,以表达社会实践过程,即人的内心世界和外部经历。在某些特定的情景语境中,对某类及物性结构的选择的频率特别高。当这种选择与表达讲话人的全部意义,即与交际的情景语境相关时,就会前景化。及物性结构的高频率出现是一种失衡性突出的方式。观察各种关系的分布阵态,有助于我们更好地发现网络时评作者实现交际目的的部分策略。本节将讨论网络时评语类作者的及物性结构选择策略及其交际目的的实现。

网络时评的语篇宏观结构以及作者对语言形式的选择不但受制于作者"想说什么",而且还受制于特定的语篇社团(discourse community)[1]所拥有的、已确立的约定俗成的规范和时评的交际目的。

前面也曾提到,从语篇的宏观结构看,一篇典型的基于当前新

---

① Swales J. M. Genre Analysis [M]. Cambridge: Cambridge University Press, 1990: 23-29.

闻的网络时评常由五大部分组成:新闻与发表信息、新闻背景、新闻事件、新闻评议及相关新闻插入、结语。

在标题与发表信息部分,作者首先点明评论的关键问题、作者姓名和发表的确切时间。在新闻背景部分作者通常简述新闻所涉及的背景,可包括政治背景、历史背景、问题的发生与发等。在新闻事件部分,作者简要叙述新闻梗概,或点出一、二严重事例,夹叙夹议。在新闻评议部分,作者首先推出自己的观点,进而逐步展开论证,也会再次引入新闻事件或插叙相关新闻,继续评议。最终作者得出结论,提出问题解决的方法或建议。最后可能会再次提出相关的问题,启发深度思考和互动。

分析材料选取的是4篇来自新闻网站的人民时评(参见附录2):(1)人民时评:病人成了"唐僧肉"? 作者:李忠春,2002-08-24 21:16:02;(2)人民时评:让"第一豪宅"受点儿冷落,好! 作者:朽木,2006-07-15 16:27;(3)人民时评:公交民生线 不能随意断作者:王文琦 2007年07月18日 06:26;(4)人民时评:为马局长叫屈折射反腐观的错位作者:安人和 2007年07月12日 07:07。

先看语态在4篇时评五大部分中的分布情况(表5)。总体而言,主动态大大超过被动态,分别为76%和24%。如果我们按结构的五大部分分别考察,主动与被动之间的比例不一。被动态在标题部分占25%,其次为新闻背景部分,占29%。在新闻事件、评议和讨论部分,被动态则只占9% 和6%。

表5 语态在4篇时评中的五大部分中的分布

	标题	新闻背景	新闻事件	评议	结论
主动	3(75%)	10(71%)	21(91%)	83(94%%)	15(94%)
被动	1(25%)	4(29%)	2(9%)	5(6%)	1(6%)
总计	4	14	23	88	16

总体而言,主动态占绝对优势,这与汉语的特点不可分割。从历史的角度看,远古汉语是没有被动结构形式的。而英语则不同,

它有明确的被动结构。所以我们仅从形式上检索汉语语篇的被动结构形式并不能完全解决被动语义的问题。王力认为，结构上的被动指的是在句子结构上形成的被动句式，如："花瓶被打破了"，"女孩又叫她叔叔硬压着配了人了"。观念上的被动是在意义上看来，句子主语所表示的人物是动词谓语所表示的动作行为的受动者，但在句子结构关系上不是被动句式，或者说在句子结构上和主动式没有区别，例如："你二哥哥的玉丢了"，"五儿吓得哭哭啼啼"[1]。叶斯帕森的《语法哲学》[2]在谈被动式的时候，要人们把"结构上的范畴(syntactic categories)"和"观念上的范畴(notional categories)"区分清楚，这是十分重要的。

首先，标题的25%统计并不能说明这个语类的标题一定是被动占四分之一，这个数字过小，我们必须看更多的标题才能说明一定的问题。所以重新打开人民时评的100篇语料，我们发现从严格的形式结构上看，符合被动形式的只有8条，就是8%。现在我们再来详细考察四篇选样的标题。第一条：人民时评：让"第一豪宅"受点儿冷落，好！这里的动词"受"是形式上的被动和观念上的被动，但是整个标题把祈使句处理成了主语，然后由作者点评为"好"，将语义重心放在了判断上。前面明确前置的被动结构反而处于次要地位。再看第二条标题：人民时评：病人成了"唐僧肉"？从形式结构上看不是被动，但是从语义上来说是被动，因为唐僧的传统形象在读者心中根深蒂固，唐僧是被妖精追逐的对象，软弱可欺，手无缚鸡之力。唐僧随时都可能被妖精吃掉。因此这个标题的实际语义就是"病人成了被宰割的对象"，以主动形式含被动意义。再看第三条标题：王文琦：公交民生线 不能随意断。这个标题的形式也是主动，没有"被"、"受"、"为"等被动词，但它的语义还是被动的，即"公交线不能随意被切断"。再看第四条标题：安人和：为马局长叫屈折射反腐观的错位。这个标题在形式上也完全

① 王力. 王力语言学词典[M]. 济南：山东教育出版社，1995.

② 叶斯帕森. 语法哲学[M]. 北京：语文出版社，1988.

是主动的，但是“错位”，意即“放错了地方”，可以理解为“为马局长叫屈的人，他们的反腐观被放错了地方”。以上解释，就完全颠倒了前面关于被动结构形式的数据统计。可以认为，在汉语标题中，被动形式结构是不重要的，而语义的主动与被动则更加重要。纵观100条人民时评的标题，具被动形式的只有8条，占8%；但是含被动语义的却有35条，占35%，例如：人民时评：从市委书记“打的”挨宰谈起；人民时评：豪华与腐败，剪不断理还乱！；人民时评：官员的生活作风如何监管？等。

除标题外，其他部分的语态统计也显示了被动形式结构的绝对少数。但是我们如果能仔细考察各个部分的被动语义，还是可以发现分布的不同。“新闻背景”部分主要描述新闻发生的时代背景，整个大气候；除此之外，还涉及百姓的思想、民间的典故等。在这部分，作者的交际目的在于通过开场白引导读者思想，使语篇社团的成员可以尽量跟上作者的观点。作者描述的焦点在于赞成其观点的言行，选择那些看上去合情合理、容易为普通读者所接受的思想。被动态的适度运用使“背景”部分客观、公允，但是作者在乎的是主观意志的凸现，而不像新闻报道那样的客观。因此被动的使用率并不高。

其他三个部分的主动态绝对多数现象则体现了较强的一致性(congruence)，即在意义表达上的一种无标记的选择，以表达较强的主观性和可协商性。

纵观语态的分布，通过分析，可以发现网络时评的以下特点：(1)被字结构偏少(包括“受”、“让”、“叫”等)，首先与汉语的特点有关，但还是与作者写网评以个人观点为中心的思想不可分割。(2)无论是形式被动还是语义被动，基本上与“不如意”、“不愉快”之事相关。(3)大多数被动意义不用“被”字式，而是使用意义被动句。使用意义被动句时，句法更灵活，限制更少。作者的思维习惯，倾向于传统汉语的主体思维模式。这种不言而喻的思维模式使他在表达时常常把施事者隐含起来，而把注意力集中在行为上或行为的结果上，而行为者则尽在不言之中，依靠着特有的文化环境和交际双方的“心领神会”并不妨碍交际的进行，因此运用时不必补足说明，写了倒反而显得啰嗦。加之形式相同的动词往往既可以表达主动意义，也可以表达被动意义，因此，“受事:动词”的格式便成了汉人自古以来的一种表达习惯，其被动意义是由交际者的语感而共同认知的，从而导致了大量的“当然被动句”。一般来说，越是地道的汉语，这种句式越多。网络时评作者的语言行为现代，实则经典，应了自古以来汉语遵守的一条语用原则:借助言语背景，言语尽可能经济简练，“辞，达而已矣”[①]。

4.4.4 语篇及物性现象分析

下面我们考察及物性过程类型在网络时评四大部分中的分布特点以及与相应部分交际目的的关系。下表显示的是过程类型在4篇网络时评的四大部分中的分布状况(见表6)。

表6　过程类型在4篇网络时评语篇的四大部分中的分布

	新闻背景	新闻事件	评议	结论
物质	3 (14%)	13 (35%)	19 (15%)	15 (54%)
心理	2 (10%)	1 (3%)	5 (4%)	1 (3.5%)
关系	9 (43%)	7 (19%)	72 (59%)	11 (39%)
言语	0 (0%)	8 (21%)	9 (7%)	1 (3.5%)
存在	6 (28%)	7 (19%)	16 (13%)	0 (0%)
行为	1 (5%)	1 (3%)	2 (2%)	0 (0%)
总计	21	37	123	28

新闻背景部分旨在为读者提供阅读、理解新闻的有关背景知识;但是，背景部分并非是网络时评简单的主旨概述！在这部分，作者须为自己的观点营造一个合适的氛围，与此同时，他还须竭尽各种修辞努力来强调情况的严重性，说服语篇社团的其他成员接

① 李泽厚. 论语今读[M]. 北京:三联书店，2004.

受自己的评议观点。

正如斯威尔士[①]提出的研究论文引言部分的 CARS 模式一样，我们认为，网络时评话语社团在语类形成与发展过程中逐步拥有了自己约定俗成的结构，这个语义结构是“问题与解决”，其三个必要的语步为：(1)提出新闻事件中出现的问题；(2)展开评议；(3)得出结论。围绕这三个必要语步的其他选择性步骤是：a. 增加新闻背景，以便为自己的观点增加信息支持；b. 增加相关新闻插入，以便警示读者问题的普遍性以及解决问题方法的必要性；c. 增加互动促发语，以便为结论提供多声争论的空间，加强读者互动。见图 19。

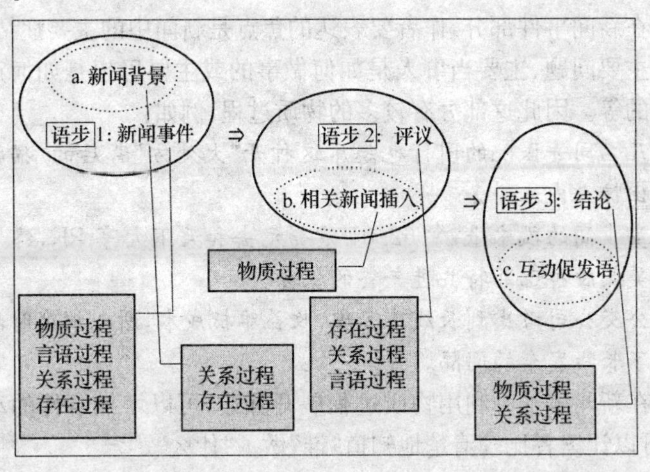

图 19　网络时评各语步的及物性关系分布

这一模式反映了时评的语类结构和作者为达到其交际目的所尽的修辞努力。时评的新闻背景部分以关系和存在过程为主。关系过程指的是反映事物之间处于何种关系的过程，指明归属或性质；存在过程是表示有某物或某现象存在的过程。作者为了给自

---

① Swales J. M. Genre Analysis [M]. Cambridge: Cambridge University Press, 1990.

己选取的新闻提供一个背景参照，通过渲染气氛来显示自己提出的问题及观点的意义和重要性。例如：

中国的有钱人越来越多了。（关系过程）

中国人很有钱。段毕竟是特例。但这样的有钱人还是不少。标志便是豪宅。（关系过程，存在过程）

上海北京广州不去说它了，就是一些人均 GDP 一般般的地方，也常有豪宅问世，……（存在过程）

在我们分析的材料中，物质过程比例较小。那是因为新闻背景部分的交际目的就是提供信息，营造一个气氛，介绍一下新闻的场景。

在新闻事件部分，作者要表达的焦点是新闻中的主要症结、存在的主要问题、主要当事人是如何做事的或主要思想是如何产生影响的等。因此这部分有较多的物质过程，例如：

几名同一医院的同行也怒斥这种开"大处方"背后的"猫腻"，还揭出惊人内幕……

步步高的段永平，拿 62.01 万美元去和天下大亨 PK，终于竞得与美国股神巴菲特共进午餐的机会。

公交公司考虑到长线乘客少，收益难抵成本，所以调度时故意减少了长线发车的间隔。

在新闻事件中利用物质过程展开陈述，可以增加事件的动态性，可以让读者比较清楚地知道"谁"做了"什么"。

在新闻事件部分我们还检索到较多的言语过程，这是作者尽可能地为了增加新闻事件的事实性所作的努力，为了不至于让读者以为是作者本人制造了新闻，作者必须适时地提供消息来源，例如：

最近有市民反映，有一些分长、短线的公交车，……

武汉市青山区一女士也说，今年 7 月，……

而且据知情人介绍："马局长女儿结婚的日子……

新闻事件部分还有相当一部分的关系过程和存在过程，作者的目的还是想让读者了解存在的问题以及问题的严重性，例如：

儿童医院大厅每日都可看到一些身背药品推销包的药商串来串去攻关。

这部分偶尔也出现心理过程和行为过程，以增加新闻的生动性，如：

市民不得已在高温天气下候车，苦不堪言，怨声载道。

但是因为新闻事件部分内容较少，作者只是抓主要事件或突出主要问题，在新闻的生动描述上比较精练。

评议是网络时评的最主要部分。作者在这个部分推出自己的观点，并进一步论证自己的观点。在这一部分中，关系过程占绝对优势，作者尽可能地以事实说话，使自己与语篇保持一定的距离，经过合乎逻辑的分析，旁征博引，逐步证明自己观点的正确。例如：

比如，在暴利行业排名中，饮料业、白酒业比较靠前。那么，公交公司的经营目标也可以像它们一样追逐暴利吗？显然不能。其中道理很简单，饮料业、白酒业是竞争相对充分的行业，而且不具备社会公用产品（服务）的性质。公交公司则不同，竞争既不够充分，且是公用产品（服务）。所以，公交公司的生存规则，应当与其他公用事业的规则一样：一是确保提供好的产品或服务；二是保证薄利；如果出现暂时亏损，可由财政补贴。

在上例的评议过程中，作者不需要运用心理过程或言语过程来支持，关系过程与存在过程可以证明客观事实性和论证合理性。当然，评议过程中有时候也需要互文性的支持，作者随时需要插入相关的新闻报道，以警示读者问题的普遍性和严重性，因此，言语过程也以一定数量存在，其形式可以是：据……报道；……就说过；……还投诉说等。而如果评议中作者希望强调"做事"与"影响"时，则物质过程依旧是作者的选择表达，如：

还有些职业道德低下、技术水平差强人意者，把病人的生死置之度外，对病人及其家属呼来唤去，使得病人及家属低三下四，无所适从，除病痛外还增添了诸多痛苦和负担！

结论是网络时评的最后一个部分。作者在这个部分提出问题的解决方法。为了突出“解决”的动作性，作者运用了较多的物质过程(54%)表达。同时，为了指出问题的性质，作者也运用了不少的关系过程(39%)。例如：

有关部门应该完善有关法规，堵塞各种漏洞，依法治医；同时，作为一种特殊性质的行业，医疗卫生部门也应当采取措施，制定各种行之有效的规章制度，对那些无视病人生死、职业道德低下者，进行严肃处理。(物质过程)

这不仅是对病人权益的侵犯，更是一种行业腐败！(关系过程)

作为选择性步骤的互动促发语在网络时评中很流行，当作者迫切希望听到读者互动的时候，他往往会采用一些主观评价或疑问句来期待读者的互动，这些评价通常为关系过程，如：

武汉儿童医院决定解聘这名责任医师，可以说是动了真格了！(关系过程)

从细微处改善民生，公交就是一个很好的切入点。(关系过程)

在全国，在其他领域，这样的例子还有多少呢？(存在过程)

山西开了一个好头，这其实也不是很难。那么其他省区呢？难道还要允许那些不自觉的官员花着纳税人的钱，一批又一批地到世界各地去吃喝玩乐吗？(关系过程)

网络时评五大部分(含标题)所展示的及物性过程类型分布体现了网络时评语篇呈现出来的从“问题到解决”的一个过程。过程类型和语态的选择也显示了时评作者既要尖锐指出问题，又要运用恰当的语篇策略来“推销”自己的解决方案、企求语篇社团接受其建议的这种迫切要求。这种迫切性体现于时评五大部分的功能与交际目标，同时也决定了五大部分在表达上存在的差异，由此限制了作者在语言形式上的选择。专业语篇社团的文化和规约也制约了时评语篇的交际目标、语言功能的选择和语篇的推进。

由此，我们认为，用及物性理论分析语篇有助于把握语篇的实质和特点，更深地理解语篇的内涵，增强语篇阅读的目的性。总之，该理论对语篇分析、语篇解读甚至语篇本身构建都有重大的理论指导意义和现实意义。

4.5 网络时评的衔接与连贯

本节将通过对网络时评语料的统计与分析，充分描述时评语篇的衔接方式与连贯状况，并解释其存在的根本原因。

衔接是系统功能语言学中一个非常重要的概念。韩礼德和哈桑在 Cohesion in English① 中提出了语篇衔接的概念，并指出“衔接 + 语域一致性 = 连贯”的模式。

衔接与连贯之间的区别与联系是非常重要的。汤普森②认为，衔接指讲话人用来表示语篇中的经验意义连贯和人际意义连贯的语言机制，因此，衔接是一种语篇现象，我们可以断定语篇中哪些成分在起衔接功能。衔接有助于语篇连贯，当然连贯不一定完全依靠衔接。

近年来，关于连贯的研究正在语篇分析中占有越来越重要的位置，主要体现在以下几个方面：连贯是具体的还是抽象的语言现象、连贯与语篇的联系、连贯的定义等。其中，对连贯这一概念的定义成为连贯研究中争议的焦点和解决问题的分水岭。如库克(Cook)③通过“读者在语言选择中的倾向会瓦解连贯的结构”的论述明确表达了连贯受制于语言手段的观点。杰恩斯巴赫(Gernsbacher)和吉汶(Givon)④认为连贯存在于信息发送和接受者的观念之中，并且是二者在信息发送和接受这一互动过程中为达到最佳效果而不断商讨之后产生的结果。语篇只是语篇参与者创建连

---

① Halliday M. A. K. and Hasan R. Cohesion in English [M]. London: Longman, 1976.

② Thompson G. Introducing Functional Grammar [M]. Beijing: Foreign Language Teaching and Researching Press, 2000: 147.

③ Cook G. Discourse and Literature [M]. Oxford: Oxford University Press, 1995: 50.

④ Gernsbacher M. A. & Givon T. Coherrence in Spontaneous Text [M]. Armsterdam: John Benjamins Publishing Co, 1995.

贯的副产品。尤尔[①]在有关连贯的论述中形成了“连贯概念的关键不取决于语言，而取决于人”的观点。这一观点使得语篇的作用被忽略不计。连贯被视为读者的经验行为与解读语篇的行为相契合的产物。克里斯托尔（Crystal）和斯塔布斯（Stubbs）则把连贯定性在语篇交际功能的层面上。克里斯托尔[②]认为“衔接所实现的是语言的表层形式和陈述之间的关系，而连贯指交际行为之间的统一关系”。斯塔布斯[③]则认为“语篇在交际功能上的连贯有赖于语篇产生时的语境知识和语篇使用者的语用知识。由于语篇的连贯实际上是听话人根据语境信息和语用知识来掌握说话人的交际意图，在这个意义上，听话人对语篇理解得越透彻，越能掌握语篇的连贯性”。克里斯托尔和斯塔布斯虽把连贯定性在语篇交际功能的层面上，侧重的却仍是语篇参与者之间的互动关系，尤其是听话人在语篇解读过程中的作用。同时，他们的论述引发出这样一个问题：论述中所提到的语境未指明是语篇内的微观语境还是语篇外的宏观语境。在未作特殊说明的情况下，应是指两种语境。同样，其中提到的语用知识应涉及语篇内的语言手段。较之以上观点，汤普森[④]的看法较为折中：“连贯——存在于作者和读者的意识之中，故不能等同于衔接。二者在许多情形中相联——但所有的语言使用者往往能从少有可辨识的衔接信号的语言中建立连贯。”根据这一论述，连贯被认为是语篇参与者的意识现象。语篇是否连贯及其连贯的程度应取决于读者对该语篇的解释。在通常的情况下，能够有效运用语言衔接手段的语篇被认为是连贯的。另一方面，连贯虽与衔接有联系，但二者间本质上的不同使得

---

① Yule G. The Study of Language [M]. Shanghai: Shanghai Foreign Language Education Press, 1995.

② Crystal D. & Davy D. Investigating English Style [M]. London: Longman, 1969.

③ Stubbs M. W. Discourse Analysis: The Sociolinguistic Analysis of Natural Language [M]. Oxford: Blackwell, 1983: 96.

④ Thompson G. Introducing Functional Grammar [M]. Beijing: Foreign Language Teaching and Researching Press, 2000: 147.

对连贯的研究方法应区别于对衔接的研究方法。

这些论述各有侧重，但其中表达的观点却有交叉的地方。在某些方面有些论述甚至达成了共识。我们可将以上观点大致作如下分类：(1)以库克为代表的语篇连贯派，认为连贯受到语言手段的制约。(2)以杰恩斯巴赫、吉汶、尤尔、克里斯托尔和斯塔布斯等为代表的意识连贯派。他们认为连贯是语篇参与者创建和解读语篇的过程和结果。(3)以汤普森为代表的手段与意识兼顾派，认为连贯同时受到语言手段和语篇参与者作用的影响。本研究比较倾向于汤普森的观点，认为网络时评语篇同时受到语言手段和语篇参与者作用的影响。我们在下文将研究两者的相互作用以及参与者影响的具体方式。

按照巴布利兹(Bublitz)[①]的观点，我们在研究连贯时需要注意以下问题：利用真实的数据；严格区分作者/说话者、读者/听话者或分析者的观点；连贯的手段因语类的不同而不同，故应严格界定属于某一语类的连贯手段。这说明语类不同，语篇所要实现的目的就有所不同。即使是同一语类的语篇，其组织方式和所使用的语言手段也会因受到不同因素的影响而不同。如网络时评就完全不同于新闻报道。即便是围绕相同主题，不同语类作者就会构建起不同的连贯框架，并使其语篇取得不同效果。因此，连贯研究应结合具体网络时评语类的语篇衔接特点，本节重点讨论话题结构衔接、逻辑衔接及评价状语衔接。

4.5.1 话题结构衔接

吕叔湘[②]在讨论语篇的时候说："由熟而及生，是我们说话的一般的趋势。已知的先浮现，新知的跟着来"，并认为"由此来分析主语和谓语，不能说是纯粹机械主义，实在也同时遵从某一种语言

---

① Bublitz W. et al. Coherence in Spoken and Written Discourse [M]. Giessen: Justus Liebig University Giessen, 1997: 3.

② 吕叔湘. 吕叔湘全集[M]. 沈阳: 辽宁教育出版社, 2002.

心理的指示”。李和汤普森[1]在谈到“话题——评议”(topic—comment)的框架时说道,“话题总是表示听者已知的事物,话题为评议的展开提供了一个特定的框架”。张伯江和方梅[2]在讨论主位/述位(theme/rheme)时也说道,如果我们全面考察汉语句子的信息结构,就会发现,有许多情况是“主语/谓语”或“话题/评议”等框架所不能涵盖的。我们知道,无论主语还是话题,都是表示句子开头实体信息的成分,而位于它们前后的一些非实体成分,如情态成分、篇章连接成分等,同样在信息结构中起到了各不相同的作用,却无法得到明确的解释。以上三种语法框架都各有侧重,互有交叉,我们通过语料考察,选择运用话题链机制来讨论时评语篇是如何实现信息传递、完成人际互动功能的。

4.5.1.1 话题与述题

“话题一述题”最早由萨丕尔在1921年出版的《语言论》中提出来,他说:“句子……是一个命题的语言表达。它把说话的主题和对这个主题的陈述二者结合起来。”把“话题一述题”概念运用于汉语研究的第一部著作是赵元任的《中国话的文法》。赵元任指出:“在汉语中,主语和谓语间的语法关系与其说是施事和动作的关系,不如说是话题和说明(述题—作者注)的关系,施事和动作可以看作是话题和说明的一个特例。……在许多语言中,表示施事和动作意义的句子占的比例很高……但在汉语中,即使做了种种调整,这类句子占的比例仍然很低,也许不会超过百分之五十,用含义更广泛的话题和说明也许要合适得多。”

捷克语言学家马泰休斯提出语篇语言学的基本的功能、意义分析方法:句子的实际切分法。他根据词语在句子中的交际功能,把句子分解为两个要素:叙述的出发点和叙述的核心。无论一个

---

① Li Charles N. and S. A. Thompson. Mandarin Chinese: A Functional Reference Grammar [M]. Berkeley: University of California Press, 1981.

② 张伯江,方梅. 汉语功能语法研究[M]. 南昌:江西教育出版社,1996.

句子的结构或内容有多么复杂，只要切分出这两个要素就足够了。叙述的出发点指的是叙述的对象，通常表示已知的信息或从语境可测信息，而叙述的核心是对前者所作的说明，表示新信息或表示为达到某种交际目的而提出的重要内容。这是两个语义表达部分。此后，德国语言学家布斯特把叙述的出发点总称为主题（thema），把叙述的核心称为述题（rhema）。现在世界各国语言学家在对句子进行实际切分时都采用主题和述题这样两个术语。因此，实际切分法也可称为"主题/述题"切分法[①]

1968年，赵元任[②]提出汉语主语和谓语的关系是话题和述题的关系。他说："汉语句子里主语和谓语的语法意义是话题（topic）和述语（comment），而不是施动者的动作（actor's action）。……在汉语里，把主语、谓语当作话题和说明来看待，比较合适。"这是目前可以查阅到的最早的关于汉语主语就是话题的说法。据此，我们就可以描述这个例句：这类问题，还得在制度上下功夫。"这类问题"是主语，而谓语"还得在制度上下功夫"不是施动者和动作的关系，只能是"话题—述题"的关系。这是以结构主义话题分析法的"有关性（aboutness）"为基础的。国内的另一位研究者李临定[③]也持类似的观点，认为主语是位于句子前边的起话题作用的名词或相当于名词的成分。

申小龙指出"汉语语法是在模仿西方语法体系并系统吸收西方语言学理论的基础上建立的。"由于西方语言分析是以形式为纲，而汉语又是一种缺乏形态变化的语言，这就导致了分析方法与语言事实的深刻矛盾。汉语语法史上的许多纷争，就是由这一矛盾开始的。像"台上坐着主席团"这样的句子为找主语争论了多年没结果。因此，传统语法的"主语－谓语"范畴不适合汉语语法分析。韩礼德的"主位－述位"模式是以有形态变化的英语作为研究

---

① 王福祥．汉语话语语言学初探［M］．北京：商务印书馆，1989：16．

② Chao Yuenren . The Grammar of Spoken Chinese ［M］. Berkeley/Los Angeles：University of California Press，1968.

③ 李临定．主语的语法地位[J]．中国语文，1985，(1)：62—70．

对象的，且他认为主题仅指一种特定的主位，所以在研究汉语时不能完全照搬。比较妥当。李和汤普森[①]在研究汉语功能语法时提到了“主语和话题（subject and topic）”的类型学理论。他们通过详细的分类讨论与具体分析，认为汉语是“话题优先”的语言，而英语是“主语优先”的语言。李和汤普森把话题和主语做了系统的对比，认为话题是句子所关，主语是动词所谓；话题不能无定，不能泛指，主语可以无定；话题必须位于句首，主语可以位于句中；话题与句子其他部分之间常有停顿。他们发展了以“有关”来界定话题的理论，认为汉语的话题不一定要跟述语中的一个位置相联系，或者说不必要跟述语中的动词有任何选择性的关系，只要述语跟话题“有关”，句子就可以成立了[②]。我国学者刘宓庆认为“由于汉语主语不必具有名词性，它的范畴比较泛，因此我们将它称之为‘话题’。在他们的基础上，曹逢甫进一步指出，虽然李和汤普森也意识到话题是个语篇概念，他们的讨论却基本上限于句子范围之内，他认为话题与主语的一个很大的区别在于：话题常常将其语义范围扩大到单句以外，而主语不具备这个特点。所以，汉语是一种语段取向的语言，有别于英语那样的句子取向的语言。

形式语言学也对汉语话题结构进行了研究，黄正德[③]提出汉语话题结构类似英语疑问结构，都由移位形成，而且这两种结构在移位过程中受到的条件制约是相同的，这种空位相当于逻辑项中的变项。徐（Xu）和兰格登（Langendoen）（1985）提出异议，认为要么乔姆斯基所说的疑问词移位条件根本不存在，要么汉语的话题结构并非黄正德认为的是由疑问词移位造成的。另外，按照柴夫（Chafe）（1976）的提法，把一些难以用移位来解释、跟英语的话

① Li C. N. & S. A. Thompson. Subject and topic: a new typology of language [A]. In C. N. Li (ed). Subject and Topic [C]. New York: Academic Press, 1976.

② 曹逢甫. 主题在汉语中的功能研究——迈向语段分析的第一步[M]. 谢天蔚译. 北京：语文出版社，1995.

③ Huang C. T. James. Logical Relations in Chinese and the Theory of Grammar [D]. Cambridge: MIT, 1982.

题化很不相同的话题化称为汉语式的话题化，这与功能语言学中认为汉语在这方面跟英语等类型上不同的观点相类似。由此，国内从形式语法角度出发，围绕着汉语话题英语疑问词式移位说展开了论争，出现了一系列文章，以黄正德(1982、1987、1991)、李艳惠(1990)、蒋自新(1991)、宁春岩(1993)、袁毓林(1996)等为代表的是赞成派，以李行德(1986)、汤志真(1990)等为代表的是反对派，双方的论证都各有道理[①]。

对话题的讨论是近年来国内汉语界讨论的一项重要内容，它结合了结构主义、符号学及功能主义的一些特点。随着对语言的语义、语用结构研究的深入，随着功能语言学、语篇分析理论的发展，反映语篇的语用、语义结构成分的话题、述题两个概念，已经成为现代语言学中的一对重要概念，中外学者对它的研究正在日渐增多。

在本研究的论证过程中，小句的陈述对象称为话题(topic)，与小句的述题(comment)部分一起构成小句话题结构，而语篇话题(discourse topic)则构成语篇宏观结构。在语篇宏观结构和小句话题结构之间，存在着各式各样的话题链。

4.5.1.2 话题链之间的衔接

早在1976年，韩礼德[②]就指出，语篇不是杂乱无序地从一个话题跳到另一个话题，而总是以一定话题的连贯性和话题展开的可能性有规律地合理发展的。这就是话题链：小句在进展中，后续小句通常从前一个小句中引出话题，再对这一引出的新话题作出新的说明，从而形成语义紧密相连的若干组“话题－述题”结构，使整个语篇连成一体，语篇各级局部结构、各种微小语篇以各种关系相接在一起，最后层层衔接成一个语篇整体，使语篇在语义内容和

---

① 转引自廖艳君. 新闻报道的语言学研究：消息语篇的衔接和连贯[D]. 长沙：湖南师范大学，2004.

② Halliday M. A. K. and Hasan R. Cohesion in English [M]. London: Longman, 1976.

表达形式上具有连贯性，形成话题链。曹逢甫[1]在讨论汉语主题链时指出，汉语是语段取向的语言，主题是语段概念，大致相当于所讨论的东西，而主语是语法术语，总是和动词有某种选择关系。对前面的语段来说主题起联系和引介作用，对后面的语段起"串联"和"对比"作用。这便是汉语主题在语段组织内的作用。他认为，从交际角度来看，主题串就是一个主题带一个或几个评述，只要检查所有的主题名词组同主题句有无各种关系，就可以衡量段落的连贯程度。曹逢甫被认为是第一个将主题链概念引入汉语句法分析的人，不过他的文章中的主题串分析与我们现在所说的语篇话题链不完全相同。他所说的主题串是句子话题链接，比较狭窄，如：这类问题很严重，仅靠思想教育，效果是有限的，关键还是在制度上下功夫，做到发现一例，查处一例，决不姑息！一串这样的句子，每个小句都可以与主题"这类问题"组成一个"主题－述语"结构，所以可以认为这一组小句中的每一个都是述语，都以"这类问题"为主题，由此删除了后面各个主题。这类紧密相连、具有相同主题的一组"主题－述语"结构就构成了一个主题链。当然，在他的文章中他也提到主题是一个话语概念，主题链是由"主题将其语义范围扩展到多个句子而形成的"，不是一个句法概念，而是一个语篇概念。这一点很重要。话题链是一个语篇分析的概念，包括话题和述题，即语篇中后续句子的话题与前面句子的话题或述题相同或相关，使整个语篇连成一体，像扣环的链条，相连有序。

话题链的衔接构成了整个语篇的话题结构。韩礼德[2]指出，"衔接"是一个语义概念，是语义上的一种联系。如果对语篇中某一语言成分的理解取决于对同一语篇中另一个语言成分的理解，那么这两个语言成分之间结成的关系便是一种衔接关系，它包括

---

① 曹逢甫. 主题在汉语中的功能研究——迈向语段分析的第一步[M]. 谢天蔚译. 北京：语文出版社，1995.

② Halliday M. A. K. and Hasan R. Cohesion in English [M]. London: Longman, 1976.

指示、替代、省略、连接、词汇衔接等五种。国内外许多语言学者都从英语或汉语的角度发表了各自对衔接的理解，有的讨论语篇内词汇或语法特征（如 Hoey [1]、黄国文[2]），有的讨论语篇内的形式衔接（如 Nunan [3]、Berry[4]），所有这些思想都为本节的研究提供了启迪。

由于语篇宏观结构的制约，由小句的话题、述题构成的各个话题链互相之间必然存在联系，它们以各种关系连接在一起，形成局部结构，最后融合为语篇整体结构。通常，语篇结构中的语序是作者注意的问题，是以作者为中心而形成的表述的出发点以及围绕出发点所叙述的内容。本节对话题结构的分析将遵循这一原则。

4.5.1.3 新闻背景反映或解释标题主题

上文已经提到过，标题通常是网络时评所评议的主要问题。标题所展示的主题通常在新闻背景中就得到反映或解释。新闻背景部分的话题结构推进要完成对语篇主题的引进，与标题紧密相接。分析中我们用序数词标注每一个自然句子。例如：

人民时评：病人/成了“唐僧肉”？

李忠春 2002-8-24 21:16:02

①中国人有句话常被挂在嘴边：/ 有啥别有病，没啥别没钱。②第一句话，除了对身体健康的祈祷和祝愿，还有一层，/ 则是表现了病人生病后的无奈和苦恼，/尤其是低收入者生病后的经济困窘和愁烦！③在目前一些地区，在一些医院，病

---

① Hoey M. Patterns of Lexis in Text [M]. Oxford: Oxford University Press, 1991.

② 黄国文. 语篇分析的理论与实践[M]. 上海：上海外语教育出版社，2001.

③ Nunan D. Introducing Discourse Analysis[M]. England: the Penguin Group, 1993.

④ Berry M. Introduction to Systemic Linguistics [M]. London: Batsford, 1994.

人/ 被当成了任意宰割的“唐僧肉”,患者 / 被当成了医院创收和医生发财的工具时,这句话 / 便显得更有份量了。④请看这样一件被新闻媒体揭露出来的真实的故事!

标题中“病人”是主题,“成了‘唐僧肉’”是述题。第一句用中国人常说的话开始,是网络时评贯用的手法,常常与标题主题相关。第①句中的“病”在第②句中得到推进;在第③句,作者标题中提到的主题终于得到兑现,并得到了深层解释。第④句为语篇的话题结构起到了承上启下的连接作用。

人民时评:官民的“话语体系”/为何不通?

柯木 2006 年 09 月 09 日 16:38

①这里说的“官”,/ 是广义的,/ 不仅包括真正的官员、公务员,/ 也包括那些手中握有权力的“大人”。②因为相对于平民老百姓即“民”而言,这些人,这些手握重权的人,比如报社的记者、医院的医生,甚至银行的营业员等等,在平民老百姓的心目中,他们 / 都是官大人,因为他们 / 手中有权,因为他们 / “嘴大”、百姓 / “嘴小”,因为和他们对话 / 困难至极——用一句文绉绉的“官话”说,因为彼此 / 拥有的“话语体系”不同。

这个标题中的主题是“官民的‘话语体系’”,述题是“为何不通”。新闻背景中的第①句话就直接以“官”为主题,第②句仅仅用介词短语介绍了“民”,仍然以“官”为主题,但是述题就不止一个,“官大人”、“手中有权”、“嘴大”等都是“官”的述题。最后部分,直接兑现了标题的主题:话语体系不同。由此,网络时评的标题与新闻背景之间的主题链发展呈现以下模式:

标题主题 — 解释$^{1-n}$ — 映合标题主题的重述或结论

标题话题结构是语篇主旨的精炼概括,作为前言话题结构,与

后面的主体结构形成承续关系。

4.5.1.4 新闻事件对主题话题结构的具体化

主题在标题中第一次提到，在新闻背景中得到直接点明或评议。但是它的具体化通常发生在新闻事件部分。例如：

人民时评：从郝和平的手机看贪官的虚伪和贪婪

新闻背景（略）

①据介绍，郝司长开会时有个习惯动作，/ 先从兜里掏出一个旧的诺基亚手机放到会议桌上。②而案发后，检察官 / 在他家里搜出20多个新款手机，许多连包装都没打开，简直可以办个“手机博物馆”了。③可是，开会时他 / 为什么要把旧的手机摆上桌呢？一 / 是表明他廉洁自律，这是虚伪；二 / 是为了用旧手机“钓”新手机，这 / 是贪婪。④有些见缝插针的企业老板 / 对他说：“郝司长，您怎么还用这么老式的手机啊？”⑤于是，/ 便给他送上新的。⑥检察官说，这叫“钓贿”。⑦郝司长 / 除了会用旧手机“钓”新手机，还会 / 用假名牌手表“钓”真名牌手表。⑧他 / 花100多元买假名牌手表戴在手腕上，开会休息时撩起袖口给人炫耀 /：“看看我花一百多块钱买的名牌，戴上不也挺好吗？你们谁要，我还有一块送给您戴……”⑨这一招也灵，一个上海老板 / 心领神会，给郝司长送上4万元，让他买块真名牌手表戴。

本篇的标题主题是“从郝和平的手机看贪官的虚伪和贪婪”，因此①句开门见山，直奔主题词“手机”；②句的主题还是与手机相关；③句则对手机现象做了解释；④⑤句作为具体细节描述，增添生动性；⑥句对上述行为给出了一个结论，与标题主题相合；⑦⑧⑨句则是手机到手表的话题扩展，尽管并非同一件事，但本质是一样的，为后面评议的扩展提供支持，以使评议的面也能从手机现象走向普遍的、多种形式的行贿受贿现象。

人民时评:病人成了"唐僧肉"?

新闻背景(略)

①武昌的杨先生日前带着2岁的女儿到儿童医院看病,没想到一个"咳嗽"/ 竟花去1000多元! ②此事一出,/ 反响强烈! ③武汉市青山区一女士也说,今年7月,她3岁的女儿 / 被一教授诊断为哮喘,/ 开出1500多元的处方,但孩子的病不到一周就痊愈了,一大半药 / 被浪费了。④几名同一医院的同行也怒斥 / 这种开"大处方"背后的"猫腻",还揭出 / 惊人内幕:眼下,儿童医院大厅每日都可看到 / 一些身背药品推销包的药商串来串去攻关。⑤据保守估计,各类药品的回扣率 / 已达10%。⑥这家医院一"大处方"高手,/ 一个月竟累计开出10万元的药品,仅药品回扣 / 每月就能拿到八九千元!

在这一新闻事件部分,①句将"病人成了'唐僧肉'"的主题具体落实在个人身上。②句插入对这一具体事件的百姓评议。③句再次将"唐僧肉"现象落实到另一位受害者,从数据上增加了例释的力度。④句加叙了医院同行的评议,并进一步指出了与"唐僧肉"直接相关的"药商串来串去攻关"。于是,⑤句和⑥句将话题从"唐僧肉"逐渐深入到背后发现象。

由此,我们发现,网络时评语类新闻事件部分的主题具体化呈现以下模式:

标题主题 — 主题具体化例$^{1-n}$(— 主题深入化$^{1-n}$)

4.5.1.5 评议部分对主题话题结构的深化

评议部分是作者对主题的论证过程,有的分两部分论述,有的分三部分论述或更多,有的还有背景性话题结构或相关新闻话题结构的穿插。所有这些步骤都是主题话题结构以多方、立体的方式向结论方向推进，为到达最后的结论做好铺垫。例如：

①像这样的事例不胜枚举。②病人之所以成为任人宰割的“唐僧肉”，就是因为在一些地方，医患关系扭曲，医疗市场无序，个别医护人员道德沦丧、见利忘义！③现在，在一些医院、一些医护人员眼中，医生是掌握病人生死大权的“特权者”！④这种特权思想肇始于计划经济时期。⑤当时，曾有一种说法，四种职业有特权，一是权，二是钱，三是听诊器，四是方向盘。⑥现在，在计划经济成分还很浓厚的一些行业和部门，这种特权思想仍有很大的市场。

⑦于是，也就出现了“红包”满天飞，有些人竟到了公然索要的地步！⑧找专家，得托人；动手术，得表示一番；还有些职业道德低下、技术水平差强人意者，把病人的生死置之度外，对病人及其家属呼来唤去，使得病人及家属低三下四，无所适从，除病痛外还增添了诸多痛苦和负担！⑨一家媒体曾这样报道，因为后门病人加塞频繁，一位六旬患者四个小时才等来B超结果！⑩恐怕很多人都有类似的痛苦经历!？现在，一些病人及家属视进医院为危途，因为这里有道道不好逾越的“关口”！

评议部分是时评语类的关键部分，作者通过这一部分论证自己的观点，传递自己的思想，使读者在理解的同时参与讨论，展开互动。①句的作用是承接上面的新闻事件部分，因此这里所提到的事例就是指“病人成了‘唐僧肉’”的事例，主题链依然相接。②句为所有这些新闻事件提供了发生的原因。主题是“唐僧肉”，述题是原因。③④⑤⑥则追叙了这种原因的现状与历史。⑦句的转折词“于是”承接的是“特权思想”导致的现象；⑧句则将该现象具体化，反映出“唐僧”形象。⑨句是相关新闻插叙；⑩句是作者自己依据事实所作的推测；⑪句以模糊介入的方式说明病人目前的境况。整个评议部分的主题推进模式如图20所示。

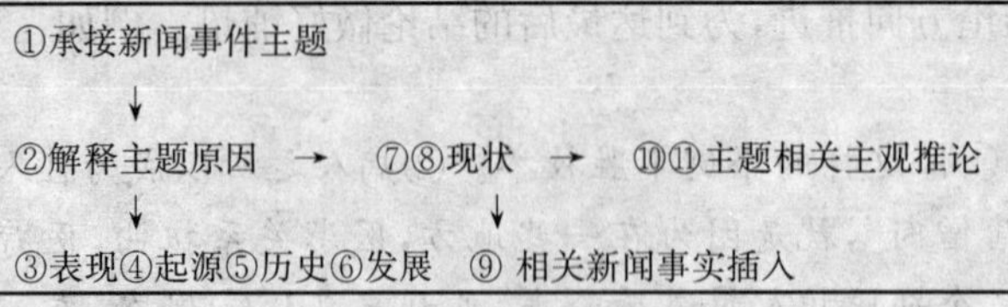

图 20　评议部分的主题推进模式(1)

可见,评议部分对主题的深化层层推进,这一现象尽管在不同的时评语篇呈现不同的模式,但是其推进的方式都是相似的。再看一例:

(本来,马局长的举动是秃子头上的虱子,明摆着违纪了,不值得多说。但笔者注意到,关于这则新闻,千余名网友的态度分成了截然不同的两大类:一半是批评和指责;另一半却是同情和替他叫屈。有人说,这种现象在县一级非常普遍,已经成了一种风俗,谈不上是什么过错;还有人说,与别人相比,马局长算不上大操大办,报道这件事属于小题大做。)①但笔者认为,为马局长叫屈实在不应该,这反映了一些人反腐观的扭曲与错位。

② 错位之一:对风俗、习惯等潜规则的顺从。按理讲,正确就是正确,错误就是错误;流行性感冒不会因为流行而受人欢迎。但是,就像谎言重复一千遍就会成为真理一样,许多错误的行为和现象,一旦经常出现成为常态,就容易混淆是非,使一些人以错为对,以丑为美。所谓"司空见惯浑闲事",说的大概就是这种现象。而现实也反复证明,对潜规则的认同和顺从,恰恰是许多干部违规违纪的起点。晋州国税局长的新闻倒是再一次让我们看到了这种潜规则的巨大破坏力。它提醒我们,纠正类似的错误行为,必先纠正人们"存在即合理"的错误认识,必须改变人们对种种潜规则的默认和顺从。

③ 错位之二:对小问题的忽视甚至原谅。大错是错,小错也是错;二者只有程度的不同,没有质的区别。这也是常

理。但现实当中人们却往往不把小问题、小错误放在心上："大错不犯小错不断"是许多人(当然也包括一些党员干部)的处世原则；对大贪大恶恨之入骨，对因"小错"而受到惩处者表示同情，正成为部分民众的常见心理；热衷于"打老虎"，不屑于"拍苍蝇"的现象，也在一些执法执纪队伍中存在。其实，对个人而言，有多少人不是从"偷针"开始最后发展演变成"偷金"的呢？所以我们要强调"勿以恶小而为之"。对有关部门而言，"老虎"要打，"苍蝇"也必须拍。先进国家和地区的反腐倡廉工作，不少都是从一张纸、一支笔之类的"琐小"之处抓起的。否则，就是失职，就是纵容。

④ 西方有句著名的法谚：法律作用的发挥，不在于其严厉性，而在于其必惩性。法律如此，其他各种规章制度也概莫能外。如果没有对违规现象"发生一起就处理一起"的必惩性，那么，无论规定多么严密、可操作性多么强，都会让人心存侥幸，都不足以让人真正敬畏和遵守。

与上例相似，本篇第①句紧接着新闻事件，没有分自然段，但其作用是一致的，承接与新闻事件相关的标题主题。接着作者评议两个错位的原因，又与标题主题紧密相关。在讨论每一个原因时，作者都谈到了常规性与反常规性，并由此得出主观结论。最后，作者通过评议错位原因，给出自然合理的结论：有错必惩！其评议过程也是对标题主题的层层深化，表现模式见图 21。

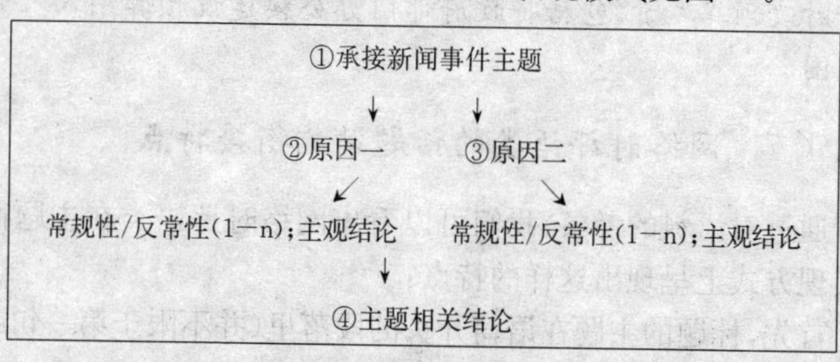

图 21　评议部分的主题推进模式(2)

由此，我们认为评议部分是时评语类的主体，为了证明结论的合理性作者通常需要描述标题主题多方面的现象并揭示各层次的原因，必要时插入相关新闻事实或各方评论，得出各层次的结论，为时评最后的总结论做好铺垫。

4.5.1.6 结语部分对主题话题结构的确认与相关建议

网络时评一个约定俗成的特点就是作者在结论部分都要确认或重申自己的观点。这是对标题主题的呼应。例如：

人民时评：让“第一豪宅”受点儿冷落，好！（标题）

……（新闻背景、新闻事件、评议部分略）

（结论）就以上理由观之，我说：给这里那里的“第一豪宅”之类的“超高消费”，冷遇冷遇，甚至泼泼凉水，甚至去查查他们的老底，捅捅他们的黑幕，也好。

在上面这个结论中，作者不仅重申了标题主题，更增加了主题的普及性。在下例中，我们还可以看到主题重申之后的相关建议，这在网络时评语类的结论中也很常见：

人民时评：捏紧“钱袋子”，煞住“豪奢风”（标题）

……（新闻背景、新闻事件、评议部分略）

（结论）一些代表说，要以刚刚实施的《监督法》为契机，重点监督好财政收支，捏紧政府的“钱袋子”，保证优先用在促进就业、社会保障、教育卫生等关乎“民生”问题的事务上。让这个“钱”用得好、用得值，政府固然要堵塞管理漏洞，人大更要肩负起审查监督政府财政预算之责，包括将政府部门办公楼建设预算纳入人大审议范围。

4.5.1.7 网络时评语类的话题结构衔接特点

通过对语料的考察，我们可以看出网络时评语类在主题衔接的实现方式上呈现出这样的特点：

首先，标题的主题在语篇开头的段落里（并不限于第一句或第一段）得以兑现，与标题主题相关的背景情况在语篇的开头部分得到较为完整的表述。这部分实际上是网络时评语类的新闻背景范畴。

其次，也有些标题的主题在语篇开头的第一段里得以兑现，与标题相关的新闻事实在语篇的开头部分得到较为完整的表述。这实际上是以新闻事实直接展开网络时评的一种写法。通常发生在标题主题比较为人熟知，背景情况无需详细介绍的时候。

再次，新闻评议是网络时评的最主要的部分，标题主题在这一部分得到阐释，作者通常多层次、多方位地剖析主题，因此主题的话题结构呈立体化进展：作者根据历史的、区域的或阶层的等多种现状分析其各自的原因，得出子结论。为最后时评的总结论提供铺垫。

最后，结论部分是标题主题的确认或重申。作者还可能针对主题提出建议或意见，或向读者提供互动性疑问。

综上，我们可以为网络时评提出一个主题推进的模式（带括号的为选择性项目，见图 22）：

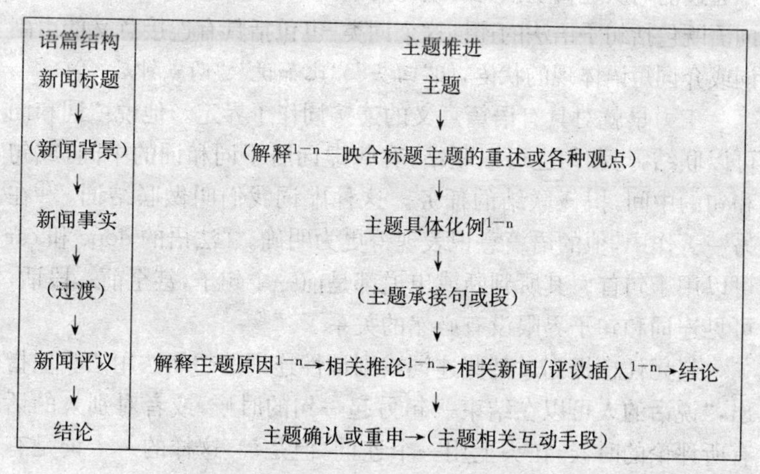

图 22　网络时评主题进展模式

当然，网络时评语篇个性化特征鲜明，面貌形式可能发生诸多变化。但是，语篇类型范例尽管可以随原型发生差异或变化，其交际目的却是一致的：对某一新闻事实表达思想，论证观点，促进交流，形成舆论，改变意识形态。因此具体不同的网络时评语篇仍属于相同的语篇类型，主题话题结构特征鲜明，语篇社团内部人员（相关的作者或读者）对该语篇的内在主题结构十分了解，在建构自己语篇时都基本遵守这些惯例，也就是在遵守"范式"的前提下，追求"变式"。

4.5.2 语篇的逻辑连接

逻辑连接是语篇内深层次的最普遍的连接，无论是显性的连贯还是隐性的连贯，可以没有语法或词汇衔接（二者皆无即为隐性连贯），但决不可没有逻辑上的衔接，否则便无完整的语义整体，也就无所谓语篇了。

语篇中的逻辑连接概念专指相邻句子（群）之间的连接关系。通过连接性词语的运用，人们可以了解句子之间的语义联系，甚至可通过前句从逻辑上预见后续句的语义。因此，这里所说的连接性词语既包括句子语法的连词这个词类，也包括具有连接意义的由副词或介词短语体现的状语，如"回头"、"比如说"、"两点钟后"等。

王力早就对具有语篇意义的连接词作了界定。他说："词和词可以联结，句和句也可以联结；有些虚词居于词和词的中间，或句和句的中间，担任联结的任务。这种虚词我们叫做联结词。"[①]在另一著作中，他的语篇意识表现得更为明确。"法语的 donc 和 car 可以用于句首。其所判断或申说都是前一个句子，甚至前一段话，可见连词和句子界限没有必然的关系了。"[②]

赵元任也提到过某些连词或副词性连词的超句法用法。他指出，"说话的人可以在结束一句另起一句的时候，或者对别人的话有所评论的时候，在头上用一个连词'但是'。这样的一个词是有赖于本句之外的某些词句的，有点像代词有赖于所代的词一样，这

① 王力. 中国现代语法［M］. 上海：中华书局，1954：378.
② 王力. 中国语法理论［M］. 上海：商务印书馆，1951：97.

种依赖关系不在句子之内而在句子之外①。"在同一书中,他确认"状语性连词"的存在,如"你来我就走"中的"就",既是修饰"走"的副词,又是连接上句的连词。总的来说,赵元任的语篇连接概念既包括句间连接,也包括小句间的连接。

韩礼德和哈桑②早期对语篇连接在认识上与王力不谋而合:重点放在句间连接,同时又在分类上下了功夫。语篇连接包括四种语义联系:增补(additive)、转折(adversative)、原因(causal)和时间(temporal)。马丁③在按语义联系的分类上继承韩礼德-哈桑模式,但适用范围与赵元任的观点相仿。马丁的语篇连接范围包括小句,还包括非限定性小句(即传统语法的动名词短语、分词短语和不定式短语),甚至连没有出现的省略连接词也被认为具有隐性连接关系。按系统功能语法的基本理论来说,马丁的观点更有道理。但我们也不得不承认,在实际分析时,如果把句子中的每一个小句,每一个限定性的与非限定性的小句,以致每一个显性的和隐性的小句都做处理,这将可能是一件相当琐碎的工作。即使这样做了,在语篇更高层次上的连接关系反而会被弄得面目全非,看不到真相。特别是汉语动词没有定谓与非定谓的形式区别,分析起来就更加困难。

韩礼德对语篇中连接成分的分类方法在若干年以后得到进一步发展和完善。在《功能语法导论》④一书中,韩礼德放弃了原先的四大类划分法,采用了详述(elaboration)、延伸(extension)和增强(enhancement)三大类。这种以逻辑语义关系(logic-semantic relations)为切入点的更为合理、更为科学的三分法,弥补了早先

---

① Chao Yuenren. The Grammar of Spoken Chinese [M]. Berkeley/Los Angeles: University of California Press, 1968: 792.

② Halliday M. A. K. and Hasan R. Cohesion in English [M]. London: Longman, 1976.

③ Martin J. R. 英语语篇[M]. 北京:北京大学出版社, 2004.

④ Halliday M. A. K. An Introduction to Functional Grammar [M]. Beijing: Beijing Foreign Language Teaching and Research Press, 2000.

的分类法难以将某些连接成分归类的缺陷。朱永生等[①]认为,“由四分法演变为三分法不应该被误认为是一种简化。恰恰相反,在新的三分法中,每一大类都细分为若干个隶属该大类的子类。正因为如此,新划分法十分明晰精细,类型的涵盖面明显扩大,完整性和可应用性也明显增强”。可以说,《功能语法导论》对连接成分的宏观分类和微观分类已经形成了一个严密周详的体系。[②](见图 23)

三分法体系

详述		延伸			增强			
同位	阐明	增补	转折	变换	时空	方式	因果	话题
换言 举例	矫正 题外 毋论 列举 继续 总结 确认	肯定 否定		对立 除外 选择	单一 复合 篇内 序列 单一 式	比较 手段	一般 具体	正向 逆向

图 23 韩礼德的逻辑语义三分法体系

这里还需要提及我国学者廖秋忠以功能和位置作为判断标准对现代汉语篇章中的连接成分的研究。廖秋忠[③]认为,“从功能上来看,连接成分是用来明确表达语言片段之间在语义上的种种转承关系。从位置上来看,篇章中绝大多数连接成分位于句首,在主语之前,只有少数位于句中,在谓语之前。凡是符合这两个标准的词语,都是这里所说的连接成分”。廖秋忠在撰写的《现代汉语篇章中的连接成分》[④]一文时,参考了国内外一些著名学者的分类法,这些学者包括夸克、韩礼德、哈桑、凡戴克、吕叔湘等。但显

① 朱永生,郑立信,苗兴伟. 英汉语篇衔接手段对比研究[M]. 上海:上海外语教育出版社,2001.

② Halliday M. A. K. An Introduction to Functional Grammar [M]. Beijing: Beijing Foreign Language Teaching and Research Press, 2000.

③ 廖秋忠. 廖秋忠文集[M]. 北京:北京语言学院出版社,1992:62.

④ 廖秋忠. 现代汉语篇章中的连接成分[J]. 中国语文,1986,(6):413-427。

而易见，廖秋忠颇有独到的分类方法，严谨周密，令人耳目一新。廖秋忠偏重于描写现代汉语书面语中句子或大于句子的结构之间所使用的连接成分，因此，他在该文中所作的分类是现代汉语篇章中连接成分的类型，而不完全等同于“大于句子的语言单位”的内部结构类型。他把用连接成分以外的词语连接，用小句连接或仅凭语意连接的情况都排除在外。廖秋忠根据连接成分语义和用法近似的原则，并参考前人的分类，首先将篇章连接成分分为两大类：时间关系连接成分、逻辑关系连接成分。时间关系连接成分下又分序列时间和先后时间两类。序列时间描写的是一系列相关事件或一个事件的几个阶段发生的时间，又分：起始时间、中间时间和结尾时间。先后时间描写两个事件或阶段的先后关系或共时关系，又分：以前时间、以后时间、共时。逻辑关系连接成分分为三大类：顺接、逆接和转接。顺接连接成分分为：罗列、阐明、总结、再肯定、释因、纪效、推论、比较。逆接连接成分分为：转折、意外、实情、让步、对立、对比。转接连接成分分为：转题连接和题外连接。有些小类下再分小类，如罗列连接项下再分：序列连接和加合连接，加合连接项下再分：并列连接、递进连接和附加连接。分类细致周密，基本上把现代汉语篇章连接的复杂情况条分缕析地描写清楚了。这种分类描写可以说是科学研究的典型。

下节将运用韩礼德的三分法体系对网络时评语类的连接资源作一全面细致的分类和阐述，必要时将适当借鉴廖秋忠按功能位置分类的分析方法。

4.5.2.1 详述的定义及主要连接成分

韩礼德认为[①]，属详述关系的有两种不同的范畴，即同位与阐明。同位关系又包含换言与举例两个小类。所谓换言，是指语篇中某一成分被用含义相同但措辞不同的另一个说法重新表述；而

① Halliday M. A. K. An Introduction to Functional Grammar [M]. Beijing: Beijing Foreign Language Teaching and Research Press, 2000.

举例,顾名思义,是指采用具体的例子形象地说明问题。阐明关系包含七个子类,它们对于语篇中某一成分或是加以修复,或是进行归纳,或是以某种方式使意义更明确。我们搜集了常见的各子类连接成分样例,详见表7所列。

表7 详述的主要连接成分

<table>
<tr><td rowspan="9">详述</td><td rowspan="2">同位</td><td>换言</td><td>也就是说,这就是说,换句话说,换言之,即,即是说,或者说,具体地说,具体而言</td></tr>
<tr><td>举例</td><td>例如,譬如,比如,以……为例,拿……来讲/说,比方说,就说</td></tr>
<tr><td rowspan="7">阐明</td><td>矫正</td><td>更准确地讲,严格地说,确切地说</td></tr>
<tr><td>题外</td><td>顺便说一下,附带说一声,顺便提几句,附带一提</td></tr>
<tr><td>毋论</td><td>无论,不论,无(不)论如何,不管怎(么)样,反正</td></tr>
<tr><td>列举</td><td>尤其是,特别是</td></tr>
<tr><td>继续</td><td>回到刚才话题,回到那个问题上</td></tr>
<tr><td>总结</td><td>总之,总而言之,一句话,一言蔽之,总的看来,总的来讲/说,总括起来讲/说,概括起来说,总起来讲/说</td></tr>
<tr><td>确认</td><td>其实,事实上,实际上,老实讲/说,讲/说实话,说句老实话,确切地说</td></tr>
</table>

根据以上框架,我们考察了100篇人民时评语料的详述资源分布状况,希望能够说明时评作者如何利用详述衔接策略加强语篇的连贯,并更好地实现其交际目标。我们对连接成分统计具体落实到每一个结构部分,见表8所列。

表8 详述资源分布状况

	新闻背景	新闻事实	评议	结论
换言	0	0	7	0
举例	8	4	72	0
矫正	0	0	1	1
题外	0	0	0	0
毋论	0	0	34	12
列举	7	0	29	18
继续	0	0	0	0
总结	0	0	22	9
确认	0	2	73	21

通过统计，我们发现100篇网络时评语篇中没有题外插入，这说明时评作者由于时间和话题的约束，通常就事论事，不插入不相关的话题。尽管时评语类交际性强，但他毕竟是书面语篇，而题外插入如“顺便说一声”通常出现在口语交流中。基于相似的原因，继续类关联词也没有在100篇语料中检索到。这说明时评作者通常不做无关的旁白，因而也不需要用“回到刚才那个话题”之类的关联词来继续中断的话题。时评语篇围绕主题，短小精悍，一气呵成。

统计数字偏少的还有换言和矫正两类，这说明网络时评作为书面语篇通常不用口语表达，以使语篇读者更好地感受到作者认真严谨的态度。

统计结果显示举例类和列举类最多出现在网络时评中，尤其在评议部分。这说明时评作者为了增加论证的力度，需要随时举例说明自己的观点，如：

(1) 不可否认，在房地产市场中，一些地方政府或其少数工作人员，与房地产商合穿一条裤子，大搞权钱交易。一些官员的亲属，在其庇护下，本身就是呼风唤雨的房地产商，比如前南京市委书记王武龙。也有的官员如前青岛市委书记杜世成，与房地产商有着行贿与受贿的密切联系。还有某些地方的财政收入，主要依赖卖地和房地产行业的收入，政府及其主要官员要么成为房地产商的代言人，要么官商一体大吹房地产泡沫。

有了具体事例支持，作者的观点显得更可信，更可接受。修辞学家陈望道[①]就曾经指出：“实例是很重要的。它是归纳的依据，它有证实或驳倒成说的实力。”这是作者交际策略的体现。“列举”，在廖秋忠的分类中被称作“尤最”连接成分，它指出在一组人、事、物当中最为重要、最为突出的那个，可以使列举后面的内容更加突出、醒目，如：

---

① 陈望道. 修辞学发凡(第四版)[M]. 上海：上海世纪出版集团，2006.

(2) 在一些干部看来,“公事公办”会让对方感觉“不识人间烟火”,不利于“搞好关系”;“酒杯一端政策放宽”,“香烟一敬感情拉近”,不仅能够建立私交与关系网,对办事也是“事半功倍”。尤其是涉及上级考察、经费划拨、项目支持,或是某些事处于“可办可不办”、“可认真可敷衍”、“可快办可拖沓”之间,“地主之谊”尽的“够不够”,“聊表寸心”是否“得体”,就很可能“关乎成败”。

举例和列举的连接资源不仅大量出现在评议部分,也有一些出现在背景部分。新闻背景位于时评开头,作者运用举例来说明背景,可以提醒读者这样的事例不止一个,有助于渲染背景,增加吸引力。

此外,我们还发现,表示“确认”连接的语言资源数量在评议和结论部分居高。在廖秋忠的分类中,它被称作实情连接成分,用于表示它前面所说的话似是而非或以偏概全,而后面说的才是真情或全部情况。运用“确认”连接,作者强调事实性,同时认同该事实,用事实说话。如:

(3) 很可惜,有些领导已经弯不下腰、俯不下首、迈不出步,不深入实际、不深入群众了,终日泡在会议上、埋在文件堆里、陶醉于官话、大话、恭维话中,舒舒服服混日子。其实,他们自己本来也是老百姓,不当官后还是老百姓,但一当官,却忘记了老百姓生活的艰辛,有的恐怕已经不“打的”,更不挤公交车了。

由于“确认”连接可以使读者感受到事实性及作者对该事实的认同,这类资源的运用就可以使作者把自己的观点与某些事实联系起来、等同起来。这类连接不仅用于事实,还可以用于两种思想的等同,如:

(4) 古语有云:“生于忧患,死于安乐。”毛泽东同志也曾说过:“宜将剩勇追穷寇,不可沽名学霸王。”事实上,“忧患意识”与不懈的进取精神,对于现阶段中国社会的发展意义深远。

由此，我们认为，“确认”连接可以使主观思想呈现得更为客观，时评作者乐于采用这一策略来联盟读者。它们不仅出现在评议部分，还大量出现在结论部分，这可以使作者的结论听起来更有事实支持，更合理。

最后需要指出的是毋论和总结连接成分在评议和结论部分的大量使用。毋论条件的连接成分，表示作者/说话者即使无法确定上文所说的情况哪一个符合实情或者是否真有其事，或者不知道实际的情况，但他肯定结果的真实性。总结连接成分就是把前面已经说过的话加以归纳，用简单的一句或几句话把要点概括出来。这种归纳主要是帮助读者掌握作者的意图。例如：

(5)西方有句著名的法谚：法律作用的发挥，不在于其严厉性，而在于其必惩性。法律如此，其他各种规章制度也概莫能外。如果没有对违规现象“发生一起就处理一起”的必惩性，那么，无论规定多么严密、可操作性多么强，都会让人心存侥幸，都不足以让人真正敬畏和遵守。

(6) 人民群众反腐败呼声强烈，以胡锦涛同志为总书记的党中央反腐败决心坚定，不管小“萝卜”、大“萝卜”，不管他们带出多少“泥”，应该都不会放过的。

(7)如何更好地监管约束警察权，如何有效提升执法者的整体素质，不仅需要司法界的进一步探索，也有赖于公、检、法系统的相互监督与有效制约，更离不开社会民主与法制建设的不断完善。总而言之，执法者绝无法律“赦免牌”！

毋论和总结都是比较主观的表达方式，作者在这两个部分，经过大量的说理和举例来论证自己的观点，需要得出一个概括性的、具有普遍意义的结论，这两类成分有助于他实现这个交际目的，它们可以使作者的推论更具有事实性、符合逻辑性，更显得自然合理、易于接受。

4.5.2.2 延伸的定义及主要连接成分

延伸是表达在前句或基本小句的语义之外，从正面或反面增加新的陈述，或交待其例外情况。① 延伸的子系统及主要连接成分见表 9 所列。

表 9　延伸的主要连接成分

			语　例
延伸	增补	肯定	再说，再则，而且，此外，况且，还有，
		否定	也不，既不……也不
	转折		可是，但是，然而，从另一方面来说，却
	变换	对立	相反(地/的)，恰恰相反，反而，反过来说，反倒，倒是，反之
		除外	除了，除此之外，
		选择	要不，或者，不然

同样，我们根据以上框架，考察了 100 篇人民时评语料的延伸资源分布状况，希望能够说明时评作者如果利用延伸衔接策略加强语篇的连贯，并更好地实现其交际目标。我们还是将连接成分统计具体落实到每一个结构部分，见表 10 所列。

表 10　延伸资源分布状况

		新闻背景	新闻事实	评议	结语	
延伸	增补	肯定	0	0	52	0
		否定	0	0	49	0
	转折		0	0	163	15
	变换	对立	0	0	8	1
		除外	2	0	26	13
		选择	1	0	37	4

综上，我们发现延伸资源基本集中在评议部分，统计结果以转折为最多数。转折成分表示所连接的事件，或是条件或愿望与实际或预期结果不协调，或者情况不协调，但不形成强烈的对立或对比。它们是逆接成分中最常见的一类。② 因此网络时评中评议部分的转折成分的主要作用是凸现作者的观点。例如：

---

① 胡壮麟. 语篇的衔接与连贯[M]. 上海：上海外语教育出版社，1994：107.

② 廖秋忠. 现代汉语篇章中的连接成分[J]. 中国语文，1986，(6)：413-427.

(1) 对于党政机关主要领导干部来说,离职前的经济责任审计,在一定程度上管住并约束了他们的经济行为。但是,发生经济问题,出现各种管理漏洞的,并不仅仅限于党政机关,一般事业单位、公共公益性单位也同样存在。后者存在的问题及其影响,在一定程度上并不比前者弱,但由于种种原因,对后者的监督管理却存在不同程度的"空白点"、"空白带"。近期发生在高校的一些事件说明了这一点。

(2) 随意更改,公交公司的成本倒是降了下来,但对整个城市造成的损失,却是难以衡量的。

在上述例句中,位于"但是"前的是已知信息,或常识,或事实;而位于"但是"后的信息则是作者新推出的观点,通过转折连接得到强调。

转折成分在评议部分的第二个作用是警示。这种转折连接方式的表达效果有助于强调作者的感受或评价,表示作者对他所期待以外的情况心存遗憾或失望。

(3)我国古代有杀头、腰斩、直至诛灭九族等酷刑,但是,杀"鸡"难以儆"猴",难以根除腐败现象。

从统计表中还可以发现,转折连接出现在结论部分也比较多,这也说明网络时评作者比较习惯于在结论中强调自己的观点。网络时评是一种凸现个性的语类,如以下两句来自两篇时评的结尾:

(4) 除了有的是"作秀",图宽大和活命,有的确也是良心发现,人性回归。但有点晚了,代价太大了。

(5) 这些,都值得欢呼。但我还是想说,一定要想想扳倒郑的"铁三角"如何来之不易,一定要想想,如果凡事都要几任总理批示都解决不了,如果凡事都要"老外""出马"才解决问题,那么,这样的反腐,所要支付的成本也实在太大太大了。

以纯个人主观的表达来结尾是网络时评语类的特点之一,它可以直接吸引不同意见者的参与,呼唤网友互动。

增补连接成分的运用在评议部分也比较多,肯定与否定参半。运用增补成分可以使原来的观点得到正面的或反面的加强。如:

(6) 由此可见，在各级政府公务开支改革的过程中，制定规范只是一方面；落实与执行更必须考虑、消除各类“人为因素”的干扰。此外，如何克服分税制带来的“各自为政”同样十分重要。

(7) 这表明，信访举报不是没人管，没效果，而是有人管，也管得了，信访举报不会是“泥牛入海无消息”，也不会是“秦香莲”告“陈世美”的状落到“陈世美”手里，而是能够摆到“包拯”的案头。

网络时评作者运用较多的肯定或否定的增补来支持自己的论证，就像传统修辞中的重复与排比一样，适度的运用可以增强语势，给读者以证据确凿的印象。

最后需要提到的是出现在评议、结论和背景部分的除外和选择连接。这两种连接是互相联系的，除 A 即 B，或 A 或 B，看以下两个例句：

(8) 除了有的是“作秀”，图宽大和活命，有的确也是良心发现，人性回归。

(9) 是呵，跨国做生意，如果贪豺腐虎当道，贿赂风行，生意不砸锅才怪！或者，干脆入乡随俗，去恶性竞争。除此，还有别的活路吗？

作者在时评中运用这两个连接为读者提供了两个选项，大部分出现在评议部分，少量出现在结论部分，极个别出现在背景部分（可以忽略），这说明作者内心具有讨论的欲望，他把两种可能都告诉给读者，希望能够说服读者，或者引发读者思考。其结果可能是，有的读者观点相合，有的读者观点正好相反，再有的读者拥有不止这两种选项。上述无论哪一种，都可以促发读者在网站上留下互动评论，促成舆论导向。

4.5.2.3 增强的定义及主要连接成分

增强，是指语篇中的一个成分为另一个成分补充必要的信息，从而达到增强语义、使其更加完整的效果。

属于这一大类的连接关系种类繁多。它们在“增强”的大范畴内可以粗分为时空（spatio-temporal）、方式（manner）、因果/条件（causal/conditional）和话题（matter）四个小类。请看表 11 中所列的分类及相关连接成分。

表 11　增强的主要连接成分

			语　例
增强	时空	单一式	之后：尔后，而后，后来，此后，接着
			同时：正在这时，就在这时，与此同时
			之前：原先，此前，事前，事先，以前，迄今
			结尾：最后，终于
		复合式	即时：立刻，马上
			中断：不久，不一会儿，不多时，稍后，半晌
			重复：下次，下一次，再次
			特定：第二天，次日，一小时后，那年，当时，当年
			持续：其间，一直，始终
			终止：到那时为止
			时刻：此时此刻
		篇内序列单一式	先后：接下来，其次，第二，首先……其次
			同时：在这一点上，这里，现在
			在前：讲到治理，到现在
			结尾：最后，末了，终于
	方式	比较	正向：同样，与此相仿地
			逆向：相反，与之相反
		手段	由此，通过……
	因果/条件	一般	所以，于是，因此，由于
		具体	结果：结果，故而，结果是
			原因：正因为如此，由于这一原因
			目的：为此，鉴于，考虑到
		肯定	那么，在这种情况下，如果那样
		否定	否则，不然，要不是
		让步	尽管如此，退一步说，固然，诚然
	话题	正向	在这方面，在这个问题上，在此
		逆向	在其他方面，在别处

时空连接关系又可细分为单一式(simple)、复合式(complex)和篇内序列单一式(simple internal)三种。复合式是指同时附带其他语义特征的时空连接成分。篇内序列单一式是指表示语篇中文字陈述的先后次序的时空连接成分,与被陈述的事件发生的时间先后无关。与时空关系并列的方式连接关系又细分为比较(comparison)和手段(means)两种。因果关系可分为一般(general)和具体(specific)两类,条件连接关系则分为肯定(positive)、否定(negative)以及让步(concessive)三类。话题连接关系分为正向(positive)与逆向(negative)两种。

下面我们来统计100篇人民时评语料,考察其增强型连接资源的分布情况,以发现其主要倾向性策略。(见表12)

表12　增强资源分布状况

	新闻背景	新闻事件	评议	结语
时空连接成分	17	29	203	27
方式	2	3	53	5
因果/条件	0	0	122/49	5/2
话题	0	0	26(正23/逆3)	3

上述数字统计提示我们,增补连接成分基本上出现在评议部分,其中时空连接成分在评议部分共有203项,包括"之前"、"之后"、"同时",复合式"当年"、"当时"以及篇内序列单一式"首先"、"这里"、"现在"、"最后"等。例如:

(1) 各级领导干部要切实加强对家属和身边工作人员的教育、提醒、约束,使他们自觉严格要求自己。同时,要防止别有用心的人从他们身上打开缺口。

(2) 这种特权思想肇始于计划经济时期。当时,曾有一种说法,四种职业有特权,一是权,二是钱,三是听诊器,四是方向盘。

(3) 现在,一些病人及家属视进医院为危途,因为这里有道道不好逾越的“关口”!

从上述例句我们发现,作者运用这些时空连接成分,可以使语篇趋于连贯,也可以提醒读者关于某一议题的历史情况及当前要务。作者在评议过程中大量使用时空连接可以比较有序地展开自己的思路,使自己的论证过程更具逻辑性。时空连接同时出现在新闻背景部分和新闻事件部分,这是比较容易理解的,因为作者需要利用这些时空连接资源清晰介绍某一时间段内某一地区发生了某件事情,或存在某种思想,及时地把读者的视线引向网络时评所关注的主要新闻事件或主要议题。出现在结论部分的时空连接成分主要是有助于作者罗列多种建议,指出当下或未来的某个时段、在某个区域,我们该先做什么,再做什么,或同时做什么,例如:

(4) 有关部门应该完善有关法规,堵塞各种漏洞,依法治医;同时,作为一种特殊性质的行业,医疗卫生部门也应当采取措施,制定各种行之有效的规章制度,对那些无视病人生死、职业道德低下者,进行严肃处理。

方式连接成分也主要出现在评议部分,表达事件发生的相同性、相似性或相反性,也可以表达动作实现的手段。例如:

(5) 很显然,拔出个大“萝卜”很不容易;同样,清理大“萝卜”带出的“泥”也不容易。

用类比等方式来表达相同或相似的道理可以使语句深入浅出,生动易懂,使理论性评议不再显得深奥难读。这也是网络时评作者的交际手段,他不想通过网络时评使自己成为一个严肃的学究,他的目的是要影响尽可能多的网络读者的思想,使他们容易接受并乐于接受时评的观点。

因果/条件连接也较多出现在评议部分,作者通过因果关系资源的使用,向读者清楚表达思想或事件的因果关系,以帮助读者梳理思路,辨别因果,如:

(6) 黑恶势力之所以在有些地方做大,纠集成为一股“势力”,其中有一条原因,就是一些人被他们吓住了,被他们震慑了,以为他们很了不起,很有力量。其实,一切张牙舞爪的黑恶势力在党和政府面前，在人民群众面前，都是纸老虎，只要真一动手，即戳穿之。

(7) 现在，在计划经济成分还很浓厚的一些行业和部门，这种特权思想仍有很大的市场。于是，也就出现了“红包”满天飞，有些人竟到了公然索要的地步！

时评作者也常用条件连接来展开评议，包括肯定的推论或否定的设想。例如：

(8) 在特定的年代里，假如你的祖上成分“不好”，那么上学、入党、参军、工作等等，就会受到歧视，社会地位有可能一落千丈。

这里“假如”是作者的假设，“那么”则是作者的推论，均系作者主观所为。有的顺理成章，有的难免偏颇或类比不当，读者由此产生赞同或抵触，继而形成互动。

最后一类是话题连接成分。这类连接数量较少，而且基本上是正向话题连接成分，那是因为网络时评语类短小精悍，受到篇幅和时效的限定，无法洋洒。这一点我们在话题连接部分也曾谈到，网络时评语类的话题衔接非常紧密，通常不扩散到其他话题。即使插入一些旁征博引的新闻事件或言论支持，也是一些密切相关的内容。

综上所述，网络时评语类中逻辑连接成分最多出现在评议部分，其次是结论部分，第三是背景部分，最少是新闻事件部分。这说明网络时评的语类结构基本固定，尤其是新闻事件部分通常不需要较多的逻辑连接成分。而在评议部分作者需要推出合理的、连贯的论证过程，逻辑连接成分有助于作者达到这一部分的交际目的。

详述连接中出现最多的是举例和确认，说明网络时评作者较多运用举例来支持自己的论证，并用事实来确认自己的观点，事实胜于雄辩，也许是作者的写作指导思想之一。在延伸连接中出现最多的是转折和增补。作者通过转折连接来凸现自己的观点或新信息，又通过增补来强化该信息。在增强连接中出现最多的是时空连接成分和因果/条件连接成分。通过时空连接成分作者使议题更具逻辑性，并借此提醒读者关于该议题的过去、现在及将来，使读者开拓视野，从多方位关注议题。此外，因果/条件连接成分的大量使用可以使读者更多地感受作者主观的假设和推论，使读者产生接受或质疑的欲望，由此推进互动。

网络时评较少用到或基本不用到的连接是题外连接、矫正连接、继续连接和话题逆向连接等，这说明作者在有限的篇幅内更倾向于紧凑有序的评议，不希望插入其他无关或关系不密切的话题。

4.5.3 评价状语衔接

4.5.3.1 评价状语及其分类

评价状语(evaluative adverbial)是语篇的作者或说话人为传递个人情感或对事件可能性的评论而借助的一种常用手段。近年来，许多语言学家逐渐把语篇研究重心从语篇命题内容转移到语篇的人际内容上，其中一部分评价语言学派的研究者开始对评价状语感兴趣，因为评价状语所执行的评价功能作为人际功能的一种特殊表现形式对语篇局部和整体结构的组织产生了很大的作用。但是还是有许多语言学家忽略了表达人际意义的评价手段实际上也起着句际连接、组织局部和整体语篇的作用。对此，汤普森和亨斯顿[①]从三个方面总结了评价的功能：(1) 表达作者或说话人的意见并同时反映该作者或说话人以及他们所处社团的价值体系；(2) 建构并维持说话人或作者和听话人之间的关系；(3) 组织话语。

评价状语主要是指作者对句子的个人态度、句子内容以及风格的评价，其形式为副词、副词短语、介词短语或非限定性状语从句，语义作用的范围覆盖整个句子，也包括在逻辑上连接两个句子

---

① Thompson G. & Hunston S. Evaluation in Text: Authorial Stance and the Construction of Discourse [M]. Oxford: Oxford University Press, 2000: 6.

或语段的非评价状语(我们已经在连接部分讨论),即传统语法学家所说的句子状语。评价状语与夸克[1]所说的外加状语相类似,也与韩礼德[2]的情态状语接近;而非评价状语则大致相当于夸克的联加状语和韩礼德的连接状语。评价状语又可以进一步细分,其中夸克和韩礼德的分类已为大家熟知。我们现在参考拜博(Biber)和菲尼根(Finegan)[3]的评价理论,从评价视角出发来看评价状语的分类。拜博和菲尼根用立场(stance)一词表达个人情感或评论的语法单位,并将评价分为三类:认知评价、态度评价和风格评价。相对应地,评价状语也分为三类:认知评价状语指作者或说话人对主句中提到的信息的确定性、真实性、来源等的评论;态度评价状语表达态度、情感、判断、期待、价值等。风格评价状语评论说话的方式,即信息表述的方式。这三类状语的例子分别列举如下:

认知(确定性):也许,他们不是要故意歧视外地人员。

认知(真实性):这真是意味深长。我们可真的要由衷地感谢这些洋药商。

认知(来源):很显然,当年她是见利忘义、利令智昏了。

态度:最可气的是,许多表格叫人填“出身成分”。填那个干什么?

风格:退一步说,假如是真正的犯罪嫌疑人,他也绝不会把伪装自己的绰号和真实的个人信息傻乎乎地填写在表格里。

在下面的分析中,我们将以此分类法来讨论网络时评的评价状语衔接功能。

---

① Quirk R., S. Greenbaum, G. Leech and J. Svartivik. A Comprehensive Grammar of the English Language [M]. London: Longman, 1985.

② Halliday M. A. K. An Introduction to Functional Grammar [M]. Beijing: Beijing Foreign Language Teaching and Research Press, 2000.

③ Biber D. and E. Finegan. Styles of stance in English: lexical and grammatical marking of evidentiality and affect [J]. 1989, 9(1): 93-124.

4.5.3.2 评价状语的衔接功能

语言学界一直对评价状语，即外加状语和情态状语是否具有语篇组织功能存在争议。韩礼德[①]把情态状语归入人际功能，连接状语归入语篇功能；但是另一方面，他又提到评价状语作为情态状语的一个子类就像连接状语一样"出现在小句中语篇的结构有重要意义的地方"，有一定的语篇功能。这一说法前后不是非常一致。夸克[②]认为评价状语"不过给一个完整的句子再增加一点信息"，所以说他的观点是基本否定的。我们认为评价状语的人际功能和语篇功能是相融合的：在大多数的情况下，评价状语的作用相当于一个表明态度的连接词或附加状语，目的在于和潜在的读者进行交流，避免语篇展开过程中出现的唐突，把语篇的各个部分连接起来。温特(Winter,1982 , 1994)、荷以(Hoey ,1983) 和林德(Linde,1997)也从社会语言学的角度强调语篇结构的形成是一个互动的过程，其中每一个部分都是作者和读者相互协商的结果[③]。我们认为这种交流或协商就蕴含着对话性(dialogism)。下面我们将着手探讨对话性的本质特征及其如何左右评价状语组织语篇的结构，包括局部结构和整体结构。

4.5.3.2.1 评价状语的结构衔接

正如我们在理论基础部分所提到的，对话性是巴赫金语言学派的语言学理论和文学批评理论的核心概念，它指口头话语或书面语篇中存在两个或两个以上相互作用的声音，其中包括说话人和听话人或作者和读者，它们形成同意和反对、肯定和否定、问和答的关系。在巴赫金语言学派看来，不论话语或语篇，都是对他人

---

① Halliday, M. A. K. An Introduction to Functional Grammar [M]. Beijing: Beijing Foreign Language Teaching and Research Press, 2000: 81.

② Quirk R., S. Greenbaum, G. Leech and J. Svartivik. A Comprehensive Grammar of the English Language [M]. London: Longman, 1985: 631.

③ 转引自林芳. 评价状语语篇组织功能的底层机制[J]. 2003,(5): 87-91.

话语的回应，并期待自身也得到回应。沃洛斯诺夫（Volosinov）[①]认为每一个话语或语篇都表达了“一个”与“其他”的关系。对他来说，话语或语篇是我们与他人之间架起的桥梁，是“由发话人和受话人、说话者和他的对话人共享的领地”，语言的本质就是对话性。与此同时，巴赫金[②]还认为我们可以把话语分成独白性语篇和对话性语篇，大约相当于书面语篇和口头话语。“独白性语篇的典型特征是作者试图以自己的声音淹没其他的声音，对话性语篇则存在两个或多个相互作用的声音。”虽然沃洛斯诺夫和巴赫金一方面坚持认为任何话语都具有对话性，另一方面却又把某些语篇视为独白性的，但这并不矛盾。独白性和对话性是相对的，是个程度问题，即使最典型的独白性语篇也具有某种程度的对话性。对话性在很大程度上与韩礼德的人际功能重叠。对话性决定作者和读者之间必然存在互动与交流，这在语篇的局部结构即句际关系上体现得特别明显。我们以温特指出的基本句际关系匹配、逻辑序列和期待为例。匹配关系的典型特征是“小句之间存在很大程度的系统性重复”[③]。通过它们我们可以比较属性、人物、行为、事件等之间的共同点和不同点。逻辑序列关系和匹配关系截然不同，它要表述的是“时空上的变化，从简单的时空变化到仿效时空变化的推理或因果序列”[④]。期待关系存在范围很广，几乎任意一个小句之间都或多或少存在期待关系，要么同读者的预期结果一致，要么出乎读者的意料。这三种基本小句关系的本质特征是它们构建了作者和读者之间的对话或互动，这一点我们可以从网络时评语篇中找到例句加以证明：

(1) 有些领导已经弯不下腰、俯不下首、迈不出步，不深

① Volosinov V. N. Marxism and the Philosophy of Language [M]. Translated by Matejka L. and Titunik I. R. New York: Seminar Press, 1973: 86.

② Bakhtin M. The Dialogic Imagination: Four Essays [M]. Austin: University of Texas Press, 1981: 321.

③ 转引自林芳. 评价状语语篇组织功能的底层机制[J]. 2003, (5): 88.

④ Ibid.: 89.

入实际、不深入群众了，终日泡在会议上、埋在文件堆里、陶醉于官话、大话、恭维话中，舒舒服服混日子。（匹配关系）

甲：有些领导已经弯不下腰、俯不下首、迈不出步，不深入实际、不深入群众了

乙：那他们干什么呢？

甲：终日泡在会议上、埋在文件堆里、陶醉于官话、大话、恭维话中，舒舒服服混日子。

(2) 如何更好地监管约束警察权，如何有效提升执法者的整体素质，不仅需要司法界的进一步探索，也有赖于公、检、法系统的相互监督与有效制约，更离不开社会民主与法制建设的不断完善。（逻辑序列关系）

甲：如何更好地监管约束警察权，如何有效提升执法者的整体素质，不仅需要司法界的进一步探索……

乙：还需要什么？

甲：也有赖于公、检、法系统的相互监督与有效制约，更离不开社会民主与法制建设的不断完善。

根据例(1)、例(2)以及我们考察的语料中的其他句子，我们认为网络时评话语的本质属性之一是对话性，三种句际基本关系只是实现它的语义手段而已。现在让我们来看看评价状语如何借助对话性体现网络时评语篇结构的三种句际关系。

4.5.3.2.2 评价状语的逻辑衔接与匹配衔接

网络语篇作为独白性语篇，其生成不需要受话人在场，但这并不意味着受话人不存在，因为任何语篇都有所指向，都预先假定了受话人。不过，由于书面语篇所假定的读者通常不在面前，作者无法与之当面对话，他惟一的办法只能不断将自己置身于读者的位置，审视自己的每一句话。语篇作者在语篇生成过程中为了降低独白性，增加对话性，也就是增加语篇的人际意义，必须考虑到受话人对他所传递的信息可能的反应，并借助各种手段把它表现出来，比如可以借助提问的方式来表示这些假定的读者的反应。我

们在本文中所讨论的评价状语是作者对读者可能提出、但实际上并未提出的问题的回答或评价，是另一种常见的增强文章对话性或人际意义的方式，它的意义在于表明作者不仅是通过命题之间的逻辑连接关系来引导读者，而且他也把自己对一个命题和另一个命题之间的关系的评论当作引导读者的一种手段，如下例所示：

(3) 当然不是说所有的房地产商都是见利忘义、违法乱纪的不法奸商。应该承认，多年来尤其在部分以至完全终结单位福利分房以来的若干年来，房地产商人为我国住房数量增长和质量提高立下功劳。

(4) 这一年，药监腐败露出水面，而且一露头就是大鱼，一条条大鱼。当然，最大的要属国家药监局前局长郑筱萸了。

(5) 她……倘若早点算算账，走正道不走邪道，或者有错及时改正，也不会落下今天这个下场。很显然，当年她是见利忘义、利令智昏了。

以上各个例子中的让步关系具有两个显著的特征：(a) 构成让步关系的第一个小句前面有一个表明信息真实性的认知评价状语，分别是“应该承认”、“当然”、“很显然”；(b) 构成让步状语的第二个小句并不是我们对第一个小句期待的结果，比如在例(5)中，很显然表明了“她”当年见利忘义的事实是不容置疑的。

我们发现，在网络时评语篇中，添加评价小句的方法是非常有效的。评价状语和非评价状语之间的最大区别在于非评价状语看起来只表达逻辑连接关系，比如“而且”只表示添加。但是例(3)、例(4)、例(5)中的评价状语不仅表达了人际意义，而且该意义还使两个小句超越仅仅是表达让步的逻辑关系。它们代表的是作者和读者之间的一种对话和互动。最直接明了的证明是例(3)中的“应该承认”。它所包含的动词是勉强承认某事为真，而这个事实一定由某人断言或暗示过。让步承认的命题实际上并不是作者提出的观点，作者不得不提及它完全是考虑到会有人，当然也包括读者将提出这样的想法，所以提前一步采取措施。于是本来可以用“客观”的逻辑连接词，如“虽然”和“尽管”表达的让步关系却用上了

"主观"的有强烈人际意义的评价状语。"应该承认"暗示作者和读者之间就语篇的生成进行过协商，我们可以把他引导的表示让步关系的书面语篇改写成说话人和听话人之间的话语转换，如例(6)所举例句。所以说，实现让步关系的评价状语体现匹配关系，而匹配关系又体现了对话性，它意味着作者正在辩驳假想读者的反对意见。

(6) 甲：不是所有的房地产商都是见利忘义、违法乱纪的不法奸商吧。

乙：对，还是有好的地方，应该承认，……为我国住房数量增长和质量提高立下功劳。

4.5.3.2.3　态度评价状语的期待关系衔接

我们知道在语篇的每个连接处，前一个小句的命题内容指示后一小句是否为读者所期待，读者是可以选择的。期待关系本质决定它是实现互动的根本途径。通过评价状语直接评论某个命题正是表明期待关系，向读者指明该命题是如其所料还是出其不意的最有效的手段，例如：

(7) 问题是，明知这家伙就是"行政不作为"，明知这家伙就是第一贪官，但就是扳不倒，就是告不赢。十分具有戏剧性、讽刺意味的是，《新民周刊》报道说，"一位了解内情的人士透露，郑、郝、曹'铁三角'落马的导火索，是外国一家公司举报了几家企业向中国药监局行贿20万欧元！"

(8) 很显然，原因不在于没有制度，我们的制度很好，也很细，问题在于，在靠制度管权、管事、管人时，往往不是真管而是假管，不是依法办事而是依权办事，不是严肃纪律而是儿戏纪律，比如考察干部，往往是领导点谁就是谁，并未真正发扬民主，听取群众意见，考察走了过场。

在例(7)和例(8)中，作者利用"十分具有戏剧性、讽刺意味的是"和"问题在于"先否认读者就前面相邻部分语篇构建的肯定的期待，接着陈述作者自己所了解的事实。正是这种期待关系使我

们可以很轻易地把例(7)、例(8)改写成说话人和听话人之间的对话,比如例(8)可以改写如下:

甲:很显然,原因不在于没有制度,我们的制度很好,也很细。

乙:那就管得很紧了吧?

甲:问题在于,在靠制度管权、管事、管人时,往往不是真管而是假管,不是依法办事而是依权办事,不是严肃纪律而是儿戏纪律,比如考察干部,往往是领导点谁就是谁,并未真正发扬民主,听取群众意见,考察走了过场。

除了这些标记与期待相反的态度评价状语,如:不幸的是、令人吃惊的、更可气的是等,还存在许多表示期待得到实现的状语,如:显然,可以预见的是,可喜的是,等等。

4.5.3.2.4 风格评价状语的语篇整体结构衔接

评价状语不仅仅只是在语篇局部结构起作用,它在组织语篇的整体结构方面也有突出的表现。温特[①]详细阐述了两种基本语篇整体结构,其中一种是情景评价结构(situation and evaluation),其基本功能是“先说明对某事物所掌握的情况,然后谈谈个人的看法”。我们可以用一句或几句表达情景,也可以用一句或几句表达评价。温特认为:“我们可以把情景看作代表编码者向自己提出问题:‘我在谈论谁/什么’;评价可以看作向自己提出另外一个问题:‘我是怎么看这件事的’,或者‘我对这件事感受如何’,等等。当然,实际上评价成分也在回答读者向作者提出的问题‘你对这件事感受如何’,因此带有这种结构的语篇的对话性特别明显。”例如:

(9) 贪官们为什么那么容易“自肥”?说来很简单,就是因为所有的运作不透明、不公开,内部的监督不起作用,外部

---

① Winter E. Clause relations as information structure: two basic text structures in English [A]. M. Coulthard (ed.). Advance in Written Text Analysis [C]. London and New York: Routledge, 1994: 56-66.

的监督由于不透明和不公开而徒叹奈何。

(10) 如何更好地监管约束警察权，如何有效提升执法者的整体素质，不仅需要司法界的进一步探索，也有赖于公、检、法系统的相互监督与有效制约，更离不开社会民主与法制建设的不断完善。总而言之，执法者绝无法律“赦免牌”！

从例(9)可以看出，“说来很简单”调节的是语篇局部结构，而例(10)的“总而言之”则调节了整个语篇，这在结语部分非常多见，如“总之”，“一句话”，“最后，也是最重要的是”，“概括起来说”等。

4.5.3.3 评价状语衔接策略小结

从上述的各个例子我们可以看出，评价状语不仅增强书面语篇的人际功能，由于它是对话性的语言学体现，我们可以轻易地把书面语篇中的语段转换成作者和读者之间一问一答式的对话，体会到文章衔接非常紧密，从而也增强文章的连贯性，并同时证明评价状语也具有语篇功能。

最后，我们对人民时评 100 篇语料做一个评价状语的检索与统计，以发现网络时评语类在评价状语作为修辞手段在选择策略上的倾向性，见表 13 所列。

表 13 评价状语在网络时评语篇结构各部分的分布

评价状语	新闻背景	新闻事件	评议	结语
认知类(确定性)：也许，可能，……	11	2	56	14
认知类(真实性)：真的(是)，确实，……	3	2	104	41
认知类(来源)：据(说)，……	11	38	41	0
态度类：可气(恨，悲，笑……)的是，令人……的是，……	10	9	33	13
风格类：总而言之，简单地说，一句话，退一步说，……	5	9	53	45

上述统计数据显示，评价状语最多出现在评议部分，而其中的最多数量为认知(真实性)资源，这说明作者希望通过强调来加重自己命题的分量，使新闻事件或相关新闻事件与自己的评议紧密

衔接，语义更连贯，真实性程度高，论点更容易接受。因此，这类资源几乎不出现在新闻背景部分，因为该部分不需要作者提供强调命题来验证自己的观点。

其次是认知（确定性）资源在评议部分的分布。“也许”、“可能”这类让步关系短语，帮助作者打开了协商的空间，引入了对话性，拉近了作者与读者的距离，使强调命题与多声协商之间衔接更融洽。

认知（来源）类资源在新闻事件中分布最多，其次是在评议部分，因为评议部分也有相关新闻插入。作者为了使自己传递的新闻事件具有较高的可信度，通常提供消息来源，因此这类资源不出现在结语部分。而新闻事件部分也没有认知类（确定性）的短语，如“也许”，因为这一部分需要事实，而不是预测或协商。

态度类资源分布在语篇各个部分，其中又以评议部分居多，这是因为态度资源凸现作者的主观性，而网络时评语类本身多是主观为主、客观兼容的语体，作者需要适度把握个性化态度性评价状语的使用量，在适当的时候衔接主观与客观命题，以避免过多地掺入个人情感。态度性评价状语不仅可以调度主客观命题，更可以使语篇远离说教，更自然，更富有人情味，更像近距离交心，而非远距离引导。这是态度性评价状语的对话衔接功能。（关于时评语篇态度资源的详细讨论请见第五章的“态度资源与交际策略”。本节只讨论态度类评价状语的衔接作用。）

风格类评价状语最多出现在结语部分，其次是评语部分。结语部分用到最多的是“总（而言）之”，这是由结语部分的功能所决定的，作者需要用简洁明了的语言重申自己的观点或提出解决问题的建议。评议部分用到比较多的是“简单地说”，“换句话”，“退一步说”，“概括地说”，等等，这些表达可以使作者用另一种形式重复自己的语义，使前言和后语自然衔接，加深读者的印象。实际上它所体现的也是一种作者与读者的对话衔接功能。

4.5.4 语篇的连贯

4.5.4.1 连贯概念的意义及特点

胡壮麟曾经指出[①]:语篇的衔接与连贯是语篇研究的核心,也是语篇研究能否站得住脚的关键。如果一个语篇前后衔接,意思连贯,那么,其可接受性则八九不离十。在英语中,"连贯"与"衔接"都来自同一个词根 cohere,其意思是"粘合"、"凝聚"、"紧凑"、"前后一致"等。现代汉语词典把它解释为"连接贯通"。所以,在英语和汉语中,连贯一开始不是一个语言学概念,也不是一个理论概念。随着语篇研究的发展,连贯成为评价语篇质量的重要标志,所以也就越来越受到重视。

在韩礼德和哈桑的《英语的衔接》[②]出版以前,连贯还只是一个一般概念,没有得到重视;在维多森出版他的《作为交际的语言》[③]一书之前,连贯也没有被人作为一个理论概念来研究。

然而,韩礼德的《英语的衔接》一出版,连贯就成为一个讨论的热门话题,一系列专著连续出版了,都把连贯作为一个重要的话题来讨论。大多数人都对韩礼德和哈桑的理论持批评态度。例如,凡戴克[④]认为,连贯不仅是线性的,也是层级性的;不仅有微观结构,还有宏观结构。同时,他还说,连贯是一个分级性概念,信息有完整与不完整之分,所以连贯是一个语义概念。

维多森第一次把连贯概念置入一个理论框架中。他把衔接看作由句子表达的命题之间的显性关系;把连贯看作非语言行为之

---

① 胡壮麟. 语篇的衔接与连贯[M]. 上海: 上海外语教育出版社, 1994.

② Halliday M. A. K. and Hasan R. Cohesion in English [M]. London: Longman, 1976.

③ Widdowson H G. Teaching Language as Communication [M]. Oxford: Oxford University Press , 1978.

④ Van Dijk T. A. Text and Context: Explorations in the Semantics and Pragmatics of Discourse [M]. London: Longman, 1977.

间的关系，所以连贯是一个语用概念。

布朗和尤尔[①]则认为，人类在解释一个语篇时，不需要语篇形式特征来解释一个语篇。他们自然地假定语篇是连贯的，然后在这种假设的前提下，来解释语篇。也就是说，他们假设：类比原则和区域解释原则限制了他们的视线。他们认为，决定语篇连贯的条件是在语言外，包括语境的一般特征、主题发展、主位结构、信息结构、交际功能、一般的社会文化知识和推测等。但他对这些决定语篇连贯的因素的研究不是很系统，相互之间的联系没有交代清楚，各自的理论地位没有阐述清楚。

从语言整体和其所涉及的方面和因素来讲，他们对连贯的认识在很多程度上是相互补充的：各自都涉及语篇连贯，各自又都不能包括语篇连贯所涉及的所有方面。连贯仍然是一个有争议的概念。许多系统功能语言学研究者认为连贯是一个广义上的语义概念。

首先，从连贯与情景、意义和形式的关系上讲，连贯是意义领域的概念，它是情景语境与语言形式相互作用的结果。更具体地讲，它由情景语境决定，由形式来体现。从情景语境的角度讲，如果语篇在情景语境中行使适当的功能，它就是连贯的。它意味着语篇与情景语境的关系已经建立起来。从语篇本身来讲，语篇的语义连接与发展顺利进行，语篇各个不同部分在整个语篇中起作用，形成一个语义整体。

衔接是语篇的不同成分和部分之间比较具体的语义联系。他们可以是线性的，也可以是层级性的；是显性的（具形式特征表达），也可以是半显性的（具外指衔接机制表达），还可以是隐性的（语篇成分之间的空缺表达）。从形式上讲，它们可以是语法的、词汇的或音系的。

语域是把语篇中的衔接机制与情景语境联系起来的机制。它使语篇在情景语境中起适当的作用。连贯是语篇在情景语境中产

---

① Brown G. and Yule G. Discourse Analysis [M]. Cambridge: Cambridge University Press, 1983.

生的总体效应。当语篇在内部和外部、线性和层级上都衔接时，语篇就形成一个意义整体；当这些衔接机制与情景语境相关时，它就行使了它的功能。当这两个条件都满足时，语篇就是连贯的。

所以说，语篇连贯概念主要由三个相互关联的方面确定。语篇内部各个部分在意义上是相互联系的，也就是说，是衔接的（但不必是在形式上都具有内部衔接机制）。这是第一个最基本的条件。其二，语篇的衔接形成的语义网络形成一个语义整体。这个整体应该是完整的，没有漏洞、空缺、矛盾的。其三，语篇必须适合情景语境，在语境中有适当的功能。前两项都受到第三项的控制。例如，不同的语类对语篇内部的意义关系有不同的要求。一个词汇列单，或一系列从意义上不相关，但在结构上相似的句子，可以在语言训练语类（如语言基础教材）中组成一个连贯的语篇。

4.5.4.2 语篇所体现的连贯原则

连贯是一个整体性的概念，只有当语篇的部分之间、上下层之间相互联系，能够形成一个整体，同时也是社会交际事件中进行交际的需要，语篇才能是连贯的。那么，什么样的意义形式可以形成连贯的整体呢？坎普贝尔（Campbell）[①]曾经对这些意义形式做过详细的研究，总结出了 6 种意义形式，他把这些可以使语篇连贯的语义关系看作语篇连贯的原则，即如果要构建连贯的语篇，就需要遵循这些原则，即下文论述到的第 2～7 条原则。张德禄[②]又在此基础上增加了两种特殊的语篇连贯宏观原则，即下文论述到的第 1 条与第 8 条原则。现在我们逐条分析网络时评是如何体现这些原则的。

（1）语类优先原则：

所谓语类优先原则，就是指每一个语篇都必须属于某个语类，

---

① Campbell K. S. Coherence, Continuity and Cohesion: Theoretical Foundations of Document Design [M]. New Jersey: Lawrence Erlbaum Associations, 1995.

② 张德禄. 语篇连贯的宏观原则研究[J]. 外语与外语教学，2006.

而每个语类又都有一定的宏观语义结构。语篇语类的宏观语义结构是凌驾于其他各种原则基础之上的，是在语类结构选择以后才选择其他实现这些结构的模式。如我们在第三章语篇抽样分析中看到的“病人成了‘唐僧肉’？”的纲要式语义结构为：标题^发表信息^（新闻背景）^新闻事件^评议^（相关新闻插入，评议）^结语。这同时也是我们考察了许多篇网络时评语篇后得出的语类结构，其中括号内为选择成分。这一结构是网络时评话语社团在长期的交流中根据交际目的逐步确立的，已经融入于话语社团成员的思维之中，成为约定俗成的交际模式，不会轻易更改（但有可能逐步发展演变）。作者以此为标准来创造，而读者也以此为标准在阅读中期待。任何改变都将使读者感到意外而影响接受。因此，纲要式语义结构是网络时评最根本的衔接手段，要求作者严格地按照该纲要式语义结构展开，这是语篇连贯的首要保证。我们检索了人民时评的100篇语料，发现它们都基本上执行了该原则，区别仅在于选择成分的不同。这也就意味着，网络时评的读者会在语篇的起始搜索新闻事件梗概，会在语篇的结尾寻找作者的建议，而不会反其道而行之。

（2）相似性原则：

连贯的成分之间应该具有相似性，从而形成一个统一的单位①。两个或者多个相似的东西可以被自然地认为组成一个整体，是形成连贯语篇的主要意义组合方式之一，例如：

尽管如此，谈起举报贪官，有人仍在摇头和叹息，仍有担心和害怕，而担心和害怕也是有一定原因的。在有些人眼里，贪官位高权重，树大根深，上面有神乎其神的“背景”，下面有盘根错节的“基础”，而且心黑手毒，岂是一纸举报、一个电话就告得倒的？还有人以为，如今贪官为数不少，信访门庭若市，举报多如雪片，谁去受理？谁去查处？对此很没指望，很

① Campbell K. S. Coherence, Continuity and Cohesion: Theoretical Foundations of Document Design [M]. New Jersey: Lawrence Erlbaum Associations, 1995.

没信心。不错，确有这样屡告不倒的“不倒翁”，也有“打虎不成反被虎伤”的悲剧，但要看到，在老百姓和贪官这一对尖锐的矛盾中，在老百姓同贪官的激烈斗争中，看主流，看本质，老百姓处于强势地位，贪官处于弱势地位，不是百姓怕贪官，而是贪官怕百姓，因为贪官有“短”捏在群众手里，因为党纪国法神圣。无论是谁，官再大，权再大，谁也没有党纪国法大。

这一段读起来感觉非常精彩，相似性表达起了主要的作用。我们的划线部分包括了相似的命题内容，如“在有些人眼里”和“还有人以为”；还有相似的结构，如“有人仍在摇头和叹息，仍有担心和害怕”，“不是百姓怕贪官，而是贪官怕百姓”；还有相似的尾韵，如“官再大，权再大，谁也没有党纪国法大”；还有重复，如“因为贪官有‘短’捏在群众手里，因为党纪国法神圣”。所有这些内在的相似性衔接手段，都使时评语篇的句际联系更加顺畅，组成了一个连贯的整体。

(3) 相近性原则：

相近性指衔接指称项目一般为距离相近的被指物或者人。在两个指称项目同时出现时，它所指的是距离它最近的那个项目或者事物。此原则很少反映在网络时评语篇中，这也可能与该语类的交际目的有关，网络时评作者为了使自己的观点明确，针砭的对象清晰，较少选择用指称代词来指邻近提到过的人、物或事。例如：

三亚是个美丽的地方，是旅游胜地。可是，在三亚发生过一些令人不愉快的事情。春节期间，山西省政协副主席吕日周到三亚旅游，遭遇购物短斤缺两、2000 元现金被盗。三亚市副市长碰上这样一件事：几个顾客在某酒楼消费了 363 元的酒菜，却被索要 863 元，而且店家态度恶劣。副市长代表市政府向顾客道歉，酒楼停业整顿并立案查处。

前 4 个句子都提到了三亚，但是作者用了 4 个“三亚”，而没有选择“它”或者“那里”之类的代词指称。节选的最后两句都提到了“副市长”，作者也没有选择“他”来指称。这是该语类明确区别于描写类或故事类体裁的文艺作品的地方。作者必须“就事论事”，避免任何不必要的误解。

(4) 强化原则：

相似性和相近性连贯的连续出现可以相互强化，使连贯性更强。我们在讨论相似性和相近性原则时提到，相似表达在网络时评中非常多，而相近指称则很少。所以说，表现在网络时评中强化现象常常是多组相似表达汇聚，使连贯性得以加强，如：

人民群众在现实生活中随时随地都会碰见一些不公平、不合理的可气、可恨之事。他们迫切希望有关领导了解情况，予以解决。这是人民群众对党和政府的高度信任和支持，是各级领导立党为公、执政为民的机会，也是建功立业、取信于民、凝聚人心的机会。很可惜，有些领导已经弯不下腰、俯不下首、迈不出步，不深入实际、不深入群众了，终日泡在会议上、埋在文件堆里、陶醉于官话、大话、恭维话中，舒舒服服混日子。其实，他们自己本来也是老百姓，不当官后还是老百姓，但一当官，却忘记了老百姓生活的艰辛，有的恐怕已经不“打的”，更不挤公交车了。

这个片断的主要内容用比较简单的大白话来解释就是“人们需要好领导解决问题，但是领导出问题了”。汉语表达中常见二字组、三字组尤其是四字组连续并用的现象，这也是网络时评语篇修辞策略之一，以朗朗上口加深读者的印象。

所谓强化不是决定语篇是否连贯，而是对语篇连贯的程度进行强化，提高语篇连贯的程度，使语篇内部的关系更加和谐，更加密切。

(5) 冲突原则：

此原则也适合于整体中部分之间的衔接：两个部分不同，但同时出现在语篇中，而且还是两个相互不同、但又相互关联的部分。例如：

武汉市青山区一女士也说，今年 7 月，她 3 岁的女儿被一教授诊断为哮喘，开出 1500 多元的处方，但孩子的病不到一周就痊愈了，一大半药被浪费了。几名同一医院的同行也怒斥这种开“大处方”背后的“猫腻”，还揭出惊人内幕：眼下，儿童医院大厅每日都可看到一些身背药品推销包的药商串来串去攻关。

这个片断中报道的不是一则新闻，而是两则，表面看来所涉人物不同、经历不同、时间不同、行为不同。作者将两则不同的新闻紧密排列，其原因就是新闻的背后有关联，是想揭发病人挨斩的原因，并通过罗列多条不相干但又相关的新闻事件，逐步推出自己的观点：病人之所以成为任人宰割的“唐僧肉”，就是因为在一些地方，医患关系扭曲，医疗市场无序，个别医护人员道德沦丧、见利忘义！

冲突原则实际上是通过另外一种语义关系来发展语篇的手段：一方面它可以通过这个手段建立对比，使矛盾的双方共同发展来促进语篇整体的发展；另一方面，可以通过这个手段来形成转折，引入新的次级主题，扩展语篇的意义范围。冲突原则实际上在网络时评语篇中应诠释为支持原则或互助原则。所谓的“冲突”实际只是表面上的不同而已，在语义上是不对立的。类似例句的互助表达在网络时评上比比皆是，但是如果“冲突”意味着矛盾，那么在网络时评的25篇语料中我们几乎没有发现。我们认为，在网络时评有限的篇幅内，互助连贯的表达才是作者的修辞选择策略。

(6) 密度原则：

形成语篇衔接的相似性和相近性在语篇中应该保持一定的密度。相似的和相近的部分是以高密度的形式凝结在一起的。至于多大密度还需要进一步研究。同时这种密度可以在不同语篇中有不同的表现，可以分为：均匀密度；部分稠密、部分稀疏；不均匀密度。

我们认为，按照网络时评的语义结构，每个部分内部的语篇衔接都比较稠密，但是结构之间的衔接则有一定的空间。比如，作者在新闻事件部分为强调事件的严重性可能罗列了许多相似的表达，甚至引入了多个相似或互助的新闻。但是当他转入到评议阶段的时候，他需要先给读者一定的思考时间，然后提出自己的观点。这并不意味着语义结构之间的不连贯，而是遵守了一种策略性的密度稀疏原则。只有稀疏与稠密互为支持，才能使语篇拥有一定的韵律，抑扬顿挫。

(7) 大小与对称原则：

如果两个部分要形成衔接，部分之间的大小要控制在一定的范围内，不能形成一个特别大，而另一个特别小的现象。那么最好的形式是两者形成对称结构，即两者的大小相同，从而形成完好的衔接。

网络时评语篇不是非常遵守这个原则，这与网络时评的交际目的相关。作者希望读者能够接受他的观点或与其产生互动，因此评议部分所占的篇幅最大，而新闻事件部分所占的篇幅相对较小。作者假定新闻事件是已知信息，他只是把一部分内容在语篇中强调一下，而不需要像新闻记者那样详细报道全部的新闻内容。当然，由于评议部分内容较多，作者通常分层次论述，采取多段落的形式，所以，我们只能说，那些段落的表面形式特征是大小比较对称的，而语义结构分布并不均匀。

(8) 指称链贯穿全文原则，即意义一致性原则：

每个语篇至少有一个衔接链贯穿全文，作为语篇主题的标志。这是一个大家都比较熟悉的语篇连贯原则。如果在语篇中出现衔接的连续性(cohesive continuity)，它们就形成衔接链，有些衔接链是局部的，只出现在语篇的某个或某些部分，这些衔接链对部分语篇构建起作用，表示在语篇的某个部分，有这种意义关系贯穿段落的始终。但在一个完整的语篇中，起码要有一条衔接链贯穿语篇的始终来表示语篇整体意义关系的连续性。而且在大多数情况下，有3-5条衔接链贯穿语篇的始终，这种现象就是指称链贯穿全文原则。如语篇“病人成了‘唐僧肉’?”，从标题开始我们就接触“病人”、“唐僧肉”、“成了”，随后在新闻背景介绍中我们接触到的是关于百姓生病的痛苦，由此引出医疗机构的状况；在新闻事件部分，我们接触到两个小患者与家属求医情况，由此引出大处方和药商；在评议部分我们接触到上述现象背后的历史原因以及支持性相关求医新闻事件插入；在结语部分，我们接触到改变目前病人挨斩的建议。这里的多条指称衔接链连接了病人、医生、医疗机构、医疗状况、医患关系等，实际上与我们在话题衔接部分讨论的内容遥相呼应，也是网络时评作者为在有限的篇幅中(网文通常不宜太长，因为读者比较年轻，从心理上来说缺乏耐心)表达连贯的思想、实现自己的交际目的的主要修辞手段。

4.6 小　结

总而言之，网络时评作者运用各种手段，利用各类语言资源来实现其交际目的，尤其是标题与发表信息、及物性结构和衔接与连贯。

网络时评作者运用这些标题策略，及时抓住读者心理，为语篇的互动开了好头。网络时评五大部分所展示的及物性过程类型分布体现了网络时评语篇呈现出来的从“问题到解决”的一个过程。过程类型和语态的选择也显示了网络时评作者既要尖锐指出问题，又要运用恰当的语篇策略来“推销”自己的解决方案、祈求语篇社团接受其建议的这种迫切要求。

网络时评语篇的语类结构各个部分在意义上是衔接的，是没有漏洞、空缺或矛盾的，各衔接机制组成的语义整体是完整的。网络时评语篇的衔接手段作为语义内容连贯的重要标准之一保证了网络时评的高度连贯性，语篇适合情景语境，符合社会交际事件中进行的交际的需要。读者可以在语篇衔接机制的引导下，顺应作者刻意设计的连贯脉络，进而解读整个语篇。

第五章　网络时评语类的评价研究

韩礼德在《功能语法的引言》[1]中写道，功能语法是朝向语义的语法。当我们把评价作为人际意义的资源来讨论时，我们更注重的就是语义，而不是语法本身了。人际意义的定义中包含了“态度”一词，所谓态度即是一种评价，可以是作者的，也可以是语篇建构的，还可以是语篇背后的多种声音的。评价资源韵律般地分布在整个语篇中。汤普森[2]指出，“评价是任何语篇的意义的一个核心部分，任何对语篇的人际意义的分析都必须涉及评价。评价理论讨论的是语篇/说话人表达、协商特定的主体间的关系以及意识形态的语言资源。在这个大范围里，该理论更为关注的是评价、态度和情绪的语言以及一系列把语篇的命题和主张人际化的资源。评价理论探讨某个话语领域中作者在何种语境、用什么语言手段、为了什么修辞目的作出价值判断，把他们的命题归于外在的来源或为他们的语言加上情态。研究者的出发点是语旨模型以及系统功能语言学关于人际意义的论述，其中有关于人际功能的词汇语法手段的详细描述。研究者也考察各种人际词汇语法选择和语旨变体的相互关系，如权势高低。我们运用评价理论展开讨论的关键问题就是语篇如何建构与它的可能的读者之间的评价性的或意识形态性的接触。我们要通过研究语篇所表现的评价姿态是如何被建构、如何与语篇可能的读者的姿相兼容、相一致，来理解网络

① Halliday M. A. K. An Introduction to Functional Grammar [M]. Beijing: Beijing Foreign Language Teaching and Research Press, 2000.

② Thompson G. Introducing Functional Grammar [M]. Beijing: Foreign Language Teaching and Researching Press, 2000: 65.

时评语篇的交际特性或修辞潜势。也就是说，我们有必要研究语篇用了什么语言手段，把读者的立场建构得具有开放性，能或多或少地接受不同的观点，能或多或少地与那些不同的姿态进行协商。

评价系统研究如何运用语言来进行评价、采取立场和调节人际关系。因此，它研究的内容包括：说话人或作者如何对其他说话人或写作者及其话语以及对物体、事件和情况作出判断，从而联合持相同观点者，并与持不同观点者保持距离；在文本中如何明确地表达态度和感情上的反应以及如何暗示、假定、推测；如何应对持不同观点者可能提出的挑战和反驳。

该理论在语篇分析领域得到了广泛的应用，产生了比较大的影响。马丁明确表示，他的评价理论是有关"作者或讲话者同意或者不同意，热心或者憎恨，欢迎或者批评以及如何使其读者或听者也具有相同的情感和价值；用语言机制来建构共同的口味、情感和规范的评价的。"①同时，他还明确表示，他的评价理论是在话语语义层面上。所以，他的意义范畴化是用于体现社会交往特征的②。

关于评价理论的总体框架和分支框架本书已经在理论基础部分(2.5.1;2.5.2;2.5.3)作了详细的介绍，下面我们将运用评价理论来分析网络时评语类的评价资源与交际策略。

5.1 态度资源与交际策略

目前已经有很多语言学家对语言中的态度意义作了研究。汤普森和亨斯顿(Hunston)③指出在研究语言表达观点时莱昂斯(Lyons)用了内涵含义这个术语，他关注的是语言现象，是从语言

---

① Martin J. R. & White P. R. R. The Language of Evaluation [M]. New York: Palgrave Macmillan, 2005: 1.

② Ibid.: 9.

③ Thompson G. & Hunston S. Evaluation in Text: Authorial Stance and the Construction of Discourse [M]. Oxford: Oxford University Press, 2000: 2.

角度进行的研究，还有一些其他研究者从语言使用者的角度研究态度意义(affect)。拜伯(Biber)等[1]研究了表达态度(stance)意义的资源，他们认为态度可以由语法成分、词汇选择、伴随语言的成分(如高音、音调等)和非语言成分(如肢体语言、眼神等)来表达。拜伯的态度意义涵盖了情态意义和态度，即马丁所说的评价的内容。但是对态度意义的研究一直没有系统的理论指导，而怀特和马丁等发展起来的评价理论(appraisal system)在分析语篇的态度意义方面已经被证实是较有效的理论。

汤普森和亨斯顿[2]指出评价系统具有以下功能:表达说话者或作者的观点并反映其所在社会或地区的价值观念系统;建立并保持交际双方的关系;构建语篇的功能。这和韩礼德的元功能理论是一致的。我们在此将从人际功能角度对评价资源进行分析，即评价是作为人际意义的资源来讨论的。

评价系统关注作者对人物、地点、事物、事件、现象等的肯定或否定的态度以及如何协商、表明自己的态度立场。评价理论把评价性资源按语义分为三个方面:态度、介入和级差。态度意义是评价系统的核心，它又包括情感、判定和鉴赏三个子系统(见图 24)。态度是评论者从情感感受、伦理道德和社会规范领域、美学和社会价值这些侧面表达对被评价物的感受和评价。态度具有级差，用来表达不同程度的评价意义。在马丁和罗斯[3]的研究中，他们分析了态度来源的问题，即关注评价意义是由谁做出的。

情感系统分性质(quality)、过程(process)和评注(comment)三个子系统。其中“性质”表示情感主要通过运用过程词汇(性质动词)来表达，如“使某人开心”。情感系统的过程主要是指心理过

① Biber et al. Longman Grammar of Spoken and Written English [M]. Beijing: Foreign Lanugage Teaching and Research Press, 2000.

② Thompson G. & Hunston S. Evaluation in Text: Authorial Stance and the Construction of Discourse [M]. Oxford: Oxford University Press, 2000: 6-13.

③ Martin J. R. & D. Rose. Working with Discourse: Meaning beyond the clause [M]. London: Continuum, 2003.

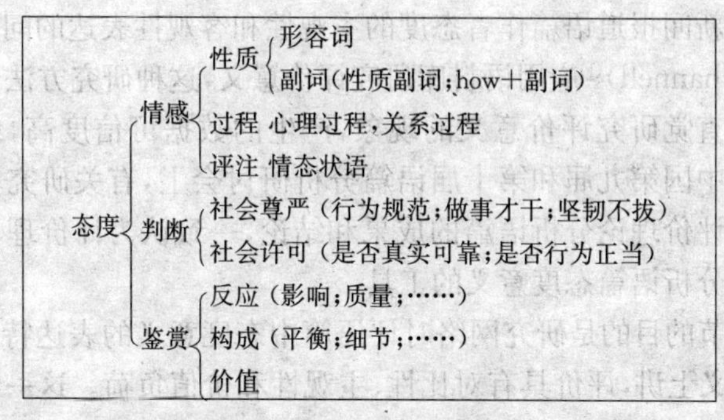

图 24 态度系统示意图①

程和行为过程。"评注"表示情感主要通过性质副词(情态状语)表达,在小句中为人际主位,用来评注小句过程,如:可悲的是,他丢了职位,还丢了人格。

判断系统是对行为举止的评价,分社会尊严(social esteem)和社会许可(social sanction),两者都有正面(肯定)和负面(否定)的含义。社会认同的正面含义让人羡慕,负面含义被人批评。被人批评的行为不具法律含义,只可能受到道德上的谴责。社会许可的正面含义受人表扬,负面含义被人谴责。被人谴责的行为有法律含义。社会尊严的判断与评价对象的正常性(normality)、能力(capacity)和顽强性(tenacity)有关。社会许可的判断与评价对象的诚实程度(veracity)和伦理观念(propriety)有关。

鉴赏系统指对文本、行为及自然现象的评价。该系统包括反应(reaction)、结构(composition)和评估(valuation)。反应包括影响和质量,结构包括平衡与细节。

应用评价理论对不同语类的态度意义的研究近年来有了较大的发展,如对学术语篇、新闻报道语篇、文学语篇、自传语篇中评价意义的研究。在应用评价理论对新闻报道语篇的分析中,怀特②

① Martin J. R. & White P. R. R. The Language of Evaluation [M]. New York: Palgrave Macmillan, 2005.

② White P. R. R. Telling media tales: the news story as rhetoric [D]. Sydney: Department of Linguistics, Unviersity of Sydney, 1998.

分析了新闻报道语篇作者态度的主观性和客观性表达的问题。查奈尔(Channell)[①]应用语料库研究评价意义，这种研究方法超越了以往靠直觉研究评价意义的现象，产生的数据可信度高，结论真实。在中国第九届和第十届语篇分析研讨会上，有关研究者讨论了应用评价理论分析语篇的成果和结论，一致认为评价理论是一种有效分析语篇态度意义的工具。

本节的目的是研究网络时评语篇中态度意义的表达特点。从概念意义上讲，评价具有对比性、主观性和价值负荷。这一特点有利于我们对评价资源的认定。王振华[②]在对评价理论的研究中认为语言评价的功能是由语言的各个层面来体现的，除词汇层外，还有句法层、语篇层、音系层。本节讨论网络时评书面语篇中态度的表达，语料中表达态度意义的资源涉及词汇层、句法层和语篇层，不涉及音系层和上文提到的非语言成分、伴随语言成分表达态度意义的现象。

我们还是利用人民时评作为研究语料，抽取其中的4篇：(1)人民时评：病人成了“唐僧肉”?；(2)人民时评：让“第一豪宅”受点儿冷落，好！(3)人民时评：捏紧“钱袋子”，煞住“豪奢风”；(4)人民时评：信访举报有人管，不怕贪官告不倒。我们认为网络时评是具有独立见解的言论，应有丰富的态度评价资源，态度可以是作者的，也可以是语篇构建的，还可以是语篇背后多种声音的[③]。通过对上述语料中的态度资源进行数据分析、观察和研究，希望能够得出网络时评语类中态度意义表现的特点。

语篇中表达态度意义的语言资源的统计数据如下面表格所示。态度资源的出现频率是以汉语的句子为单位统计的，其标志为句号、感叹号、问号、省略号。在一个句子中的不同位置出现两个不同的词汇表达态度意义记为两例，而在同一位置出现用逗号

---

① Thompson G. & Hunston S. Evaluation in Text: Authorial Stance and the Construction of Discourse [M]. Oxford: Oxford University Press, 2000.

② 王振华. 评价系统及其运作——系统功能语言学的新发展[J]. 外国语，2001，(6).

③ 李战子. 话语的人际意义研究[M]. 上海：上海外语教育出版社，2002.

或顿号隔开的词汇表达同类评价意义记为一次。统计见表 14。

表 14　态度资源统计

	语篇 1		语篇 2		语篇 3		语篇 4		总计		平均值
情感	+0 −4	11%	+0 −2	6%	+1 −1	4%	+1 −4	13%	+2 −11	13	8%
判断	+4 −15	54%	+7 −13	59%	+11 −15	53%	+17 −11	72%	+39 −54	93	56%
鉴赏	+3 −9	34%	+8 −4	35%	+15 −6	43%	+4 −10	15%	+32 −19	59	36%

上表显示表达情感、判断和鉴赏意义的语言资源占所有表达态度意义的资源的比例分别为 8%，56%，36%。可见网络时评中态度意义多以（占一半以上）判断意义表达出来，其次是鉴赏意义，约占 36%，这说明作者关注评价人类的行为和客观世界多于关注从情感意义层面的评价，这可以从它们表达态度意义的特点来解释，情感意义是表达被评价物在情感上对评价者的影响，对情感意义的描写有可能削弱时评的说理性。

5.1.1　情感意义的表达

在本研究中，情感意义的表达不包括由判断和鉴赏引起的情感意义的例子，如下面这一类的例子中说话者在表达肯定的判断意义的同时，也表明他对被评价者的情感意义是否定的、憎恶的：病人之所以成为任人宰割的“唐僧肉”，就是因为在一些地方，医患关系扭曲，医疗市场无序，个别医护人员道德沦丧、见利忘义！而在进行语言分析时只把它看作是表达判断意义的资源。情感意义可以说是作者表明对被评价物的态度的最明显的一种表达方式，在所分析的语言资料中，情感意义的表达占态度意义表达总数的 9%。该比例远远低于态度意义中判断和鉴赏形式的出现频率。这是因为情感意义关注的是评价者的心理感受，过多的情感意义的表达势必造成观点的过于私人化，感情用事，从而缺乏一定的说服力。而网络时评文章多是关于问题性新闻事件，作者的交际目的是揭露真相，昭示读者，明辨是非，解决问题，引领舆论导向。情感渗透过多，有可能使读者误会，以为是作者本人感情用事，或是新闻人物感情用事。网络时评作者在有限的篇幅中不愿意让情感资源影响其交际目的。

对情感意义的研究涉及到这一态度意义是正面的还是负面的；是谁做出评价的，如果不是作者的，那又是谁的；是与作者的观点相合的还是相悖的；评价的对象又是谁；是显性的还是隐性的；已有的还是作者临时添加的；等等。我们发现 12 例情感资源中有 10 例是负面的，只有 2 例是正面的。这从一定程度上说明网络时评主要针对问题性新闻事件，多体现作者或新闻中人物的负面情感。即使时评的主题是为某一做法叫好，整篇文章还是先要着重揭示所存在问题的严重性，再为解决问题叫好。这些评价全部来自正文，没有一例来自引语，所以都是由作者做出，表达了作者的观点。评价的对象基本上是普通人，只有 2 例明确指代表委员，2 例明确指贪官。作者用以下代词或名词来指他所评价的对象：病人、很多人、贫民百姓、国人、群众、老百姓，如：

(1) 则是表现了病人生病后的无奈和苦恼，尤其是低收入者生病后的经济困窘和愁烦！（负面情感）

(2) 对病人及其家属呼来唤去，使得病人及家属低三下四，无所适从，除病痛外还增添了诸多痛苦和负担！（负面情感）

(3) 就“每平米均价 11 万元”而论，贫民百姓就要吓得直伸舌头直跌跟头。（负面情感）

(4) 二是中国的房地产的黑幕老是让国人不舒服。（负面情感）

(5) 损害了党和政府的形象，群众反映强烈。（负面情感；暗含）

(6) 谈起举报贪官，有人仍在摇头和叹息，仍有担心和害怕。（负面情感）

(7) 在有些人眼里，……；还有人以为，如今贪官为数不少，信访门庭若市，举报多如雪片，谁去受理？谁去查处？对

此很没指望，很没信心。（负面情感）

(8) 老百姓看在眼里，恨在心头。（负面情感）

情感表达的价值在于它可能是说话人对某个现象采取的姿态的最明显的表现。上述8例是以普通人为评价对象的例句，我们发现这些情感都是负面的，而且作者没有用假设、虚拟或将来时态，而是用事实描写来表现这些情感，说明问题性网络时评关注民生，尤其是处于负面情感状态的普通人。作者用这些语言资源来表达事件或现象在情感上对他们的影响，并从情感的角度评价该现象。另有2例没写明评价对象，但是我们可以体会出隐性的评价对象是普通人：

(9)（武昌的杨先生日前带着2岁的女儿到儿童医院看病，没想到一个"咳嗽"竟花去1000多元！）此事一出，反响强烈！（负面情感，暗含）。

(10) 查处的案件46.2%来源于信访举报，这个数字鼓舞人心。（正面情感）

第9例尽管没有明确指出反响是正面还是负面，但是从上下文来看，作者对新闻事件的描述是负面的，因此他所暗含的与受众共享的情感也应该是负面的。第10例是唯一描写普通人的正面情感的句子。作者把新闻数字告知受众，并体会到欣喜。从情感部分关于普通人的描写资源中我们可以看到网络时评语类对普通人心态的关注多于个别人。网络时评把普通人的情感放在首位，作者与其共享情感。这是作者为自己的讨论视角争取空间的策略。他以表达普通人的基本情绪反应来陈述问题性新闻事件，至少可以争取到部分读者的关心，这就有可能使他在语篇中的立场更有可能被读者看成是合适的、自然的、有理由的。

12例中只有剩余2例有明确的其他评价对象：

(11) 这（胡锦涛对重庆代表团的讲话）引起代表、委员们的热烈反响（正面情感）

(12) 举报信访是揭露贪官的有力武器，贪官很怕这一招。（负面情感）

上面第11句出现在新闻背景部分，作为背景事实介绍给大家，描写一个小群体的欣喜，作为正面启始曲来奠定文章的基调，也体现了作者的正面情感。它与后面新闻事件中提到的严重的奢侈浪费问题形成反差，可以使受众在阅读中由欣喜转为憎恨，但又为后面的评议部分提供基础：无论问题多么严重，背景中提到的事实值得欣喜，这一问题正在得到重视。

第12例描写贪官的负面情感，突出"举报信访"的正面力量和贪官的负面性。举报信访的逻辑主语是普通人，其情感也应该是相对立的。

最后，我们可以把语料中的情感资源作一数据总结(见表15)。

表15　情感资源统计

资源总数	12项(正面2项，负面10项)
资源特征	10项明示，2项暗含
评价对象	普通人10项(正面1项，负面9项) 少数人2项(正面1项，负面1项)
评价者	作者
资源位置	背景1，新闻事件2，评议9

由此，我们认为，情感资源在网络时评中尽管数量少，但是也能说明该语类的部分特点：关注普通人的负面情感并加以明确揭示；作者对所有的情感描述负责并分享普通人的情感。这些评价充满了主体间性的含义。作者用情感表达来评价事件时，其实是在邀请读者和他分享那种情绪反应，或者至少希望他的读者把那种情感反应看成是适当的和可以理解的。当读者接受了这种邀请时，作者和读者之间的团结一致或共同情感得到了加强。一旦这种情感连接建立以后，读者就有可能对作者及语篇所蕴含的意识形态方面的东西持开放的态度。反过来，我们也可以由此推论，作者把个人的情感描述为普通人的普遍情感有可能增加文章的主观色彩，在联盟受众的同时又可能受到其质疑，因为受众也是普通人。当读者把作者所表达的普遍性情感价值看作是不合适的或无效的时候，作者与读者之间的团结很有可能遭到削减，共享的意识形态方面一致的可能性也会随之减少，导致争议的产生。因此，无论是肯定或质疑都有可能促进互动。

5.1.2 判断意义的表达

判断系统指一系列有制度规定的规范对人类行为的肯定和否定评价的意义。和判断有关的社会规范有：规则、规定、社会期待、价值系统等。也就是说，我们作评判时，可以把一个行为判断为道德的或不道德的、合法的或不合法的、社会可接受的或不可接受的以及正常的或不正常的。判断资源在网络时评中占大多数，即作者表达的评价意义的一半以上是对人的行为的评价，占态度资源总数的59%。对判断意义的讨论需要我们关注以下若干方面：显性与隐性判断资源的分布；正面与负面判断资源的分布；判断资源的评价者是谁；判断评价的对象是谁；社会许可与社会尊严的两种资源区别等。

在讨论判断资源时我们首先要区分显性的判断（explicit judgment）与隐性的判断（tokens of judgment，即标记性判断）。在显性的判断里，评价是用词汇手段明确表达的，在隐性的判断里，评价是通过"标记(tokens)"来表示的，即对价值的判定是由表面中性的表意手段来表示，但它们其实在特定的文化中能引起判断上的反应。当然，这些标记假定了读者和作者拥有同样的社会规范。他们依赖行动和评价之间的常规化的联系。正因为这样，这些标记在很大程度上取决于读者的立场，每一个读者都会根据自己的文化和意识形态立场来解读语篇中的判断的标记。它们还受制于语篇语境的影响，而建立语篇人际立场的一个重要策略就是巧妙地安排显性的和隐性的评价，从而使读者能同意作者对语篇中的标记的解释。语料中显性与隐性判断资源的具体特征数据见表16。

表16 显性与隐性判断资源统计

	语篇1	语篇2	语篇3	语篇4	总数
显性肯定判断资源	4	7	11	17	39
显性否定判断资源	5	8	13	10	36
隐性肯定判断资源	0	0	0	0	0
隐性否定判断资源	10	5	2	1	18

上述数据显示，判断资源总数因语篇而异，但有一条是一致的，即都没有隐性肯定资源。而且从总量上来说，隐性资源明显少于显性资源，这一点说明网络时评作者倾向于做显性表达，直接把自己的判断加在评价对象身上，如：

(1) 奢侈之风不可涨，尤其党政机关、领导干部更要树立节俭意识。

(2) 群众眼睛雪亮，群众监督有力，许多贪官正是栽在这上头。

(3) 贪官怕告，清官是不怕告的。

但是语篇1的情况与其他三篇不同，它的隐性否定判断资源有10项，而显性只有9项。这说明语篇1具有特殊性。首先，语篇1的主题是讨论比较敏感的医患关系。作者用隐喻作为标题：病人成了"唐僧肉"，其本身就是一个隐性的负面判断。隐性判断可以保护作者受到道德质疑或法律谴责。其次，隐性判断可以让读者在阅读时拥有更多的思考空间，得出自己的判断，而不受作者显性判断的文字束缚，如：

(1) 武昌的杨先生日前带着2岁的女儿到儿童医院看病，没想到一个"咳嗽"竟花去1000多元！

(2) 一位六旬患者四个小时才等来B超结果！

(3) 儿童医院大厅每日都可看到一些身背药品推销包的药商串来串去攻关。

前面的数据统计表还有一个特点，即语篇1、语篇2、语篇3的否定判断资源多于语篇4，语篇4的肯定判断占多数。我们发现这一现象与文章的交际内容相关。我们再来回顾一下语篇的题目：(1)人民时评：病人成了"唐僧肉"？(2)让"第一豪宅"受点儿冷落，好！(3)人民时评：捏紧"钱袋子"，煞住"豪奢风"；(4)人民时评：信访举报有人管，不怕贪官告不倒。前三篇主要谈论问题，一是病人被斩的问题，一是建豪宅等超高消费的问题，再一是行政机关的豪奢风。作者以问题为题，旨在警醒受众问题的严重性，因此，通观全篇，我们发现负面判断多于正面。而语篇4的题目首先是信息性的，作者告诉读者"信访举报有人管"，因此语篇中尽管有一些对贪官行为的负面判断，语篇主旨还是提醒受众有关信访举报如何展开、现有成绩、今后任务等信息，鼓励受众着眼当今和未来，采取正面的行动，达到目的，如：

在老百姓同贪官的激烈斗争中，看主流，看本质，老百姓处于强势地位，贪官处于弱势地位，不是百姓怕贪官，而是贪官怕百姓，因为贪官有“短”捏在群众手里，因为党纪国法神圣。无论是谁，官再大，权再大，谁也没有党纪国法大。

由此，我们认为，问题性网络时评的判断资源以否定居多，而当作者具有较强的号召性意图希望联盟读者采取行动时，肯定性判断资源趋向增多。

此外，前面曾提到，情感性资源在网络时评中通常由作者做出评价。而判断资源则不完全如此，有很多判断资源出现在直接或间接引语中，见表17。

表17 引语中的判断资源统计

	引语中判断资源(来源)
语篇1	3项(医疗界同行，病人家属，一家媒体)
语篇2	1项(中国老话)
语篇3	9项(胡锦涛讲话1，与会代表7，温家宝讲话1)
语篇4	3项(中央纪委和监察部)

从上述数据可以看出，作者借用他人的判断资源以支持自己的观点可以加强语篇的说服力，因为这些资源通常具有较高的权威性或可信度、公正性、客观性，尤其当这些资源来自于高层领导、相关新闻人物、媒体、古话谚语等的时候。

对判断资源的分析还需要我们关注其评价的对象，我们发现每一个语篇的评价对象都各异，见表18。

表18 判断资源评价对象统计

	判断资源的评价对象统计(项)
语篇1	医生12，患者2，有关部门(含医院、医药商等)5
语篇2	普通人11，大款(泛指或特指)12
语篇3	普通人10，地方政府机关14
语篇4	普通人13，举报者6，贪官8

从上述数据可以看出网络时评中的判断资源评价对象为新闻相关人物、相关机构以及普通百姓。对前两者，作者褒贬分明，尤其当判断针对问题人物或问题机构时，作者策略性地使用显性的负面判断。当评价普通人的行为时，作者一般以正面判断为主，偶尔的负面判断也只出现在假设从句或让步从句中，如：

(1) 面对贪官，人们必须挺起胸，直起腰，勇于斗争，倘若前怕狼后怕虎，患得患失，倘若都指望别人斗争，自己却躲到一边，那将助长贪官之气焰，挫伤自己之威风。

(2) 人们切不可被贪官貌似强大的假象唬住了，以为他们很了不起，真正了不起的是奋起与形形色色的腐败现象，与大大小小贪官作斗争的人民群众。

最后，我们将分析判断资源的两个子类在语篇中的出现频率和分布情况。前面曾经提到，判断可以分为社会许可和社会尊严这两大子类。对社会许可的判断牵涉到由文化显性或隐性地编码的某些规则或规定。那些规则可能是道德的或合法的，所以对社会许可的判断与合法性和道德性有关。从宗教的角度来看，对社会许可的违反会被看成罪过，从法律的角度看，会被看成是罪行。因此，违反社会许可就可能受到法律或宗教的惩罚。社会许可从总体上分有肯定和否定两种趋势，有的与真实性、诚实度相关，有的与合适性、伦理性相关。另一类判断是关于社会尊严的。对社会尊严的判断牵涉到的一些评价会使被评判的人在他所在的社会中的尊严得到提高或降低，但却和法律或道德上的含义无关。因此，对社会尊严的否定会被看成是没有作用的、不合适的或不受鼓励的，但不会被看成罪过或罪行。社会尊严从总体上分也有肯定和否定两种趋向。可分为行为习惯的常规性、能力强弱、坚韧可靠性。

下面是语料中两大子类的判断资源特征数据统计(表 19)。

表 19　判断系统两大子类数据对比

判断意义	语篇 1	语篇 2	语篇 3	语篇 4	总数
显性社会许可	9　58%	9　50%	14　69%	16　68%	48　62%
隐性社会许可	2	1	4	3	10
显性社会尊严	5　42%	7　50%	6　31%	6　32%	24　38%
隐性社会尊严	3	3	2	3	11

上述数据显示，网络时评中关于社会许可的判断资源多于社会尊严；显性的社会许可资源多于隐性的社会许可资源。这说明语篇作者更关心所评价对象行为的合法性或道德性，并给予直接的评价。

最后，我们对网络时评语料中的判断资源做一数据总结(表 20)。

表 20　判断资源统计

资源总数	93 项(正面 39 项，负面 54 项)
资源特征	显性肯定 39 项，隐性肯定 0 项，显性否定 36 项，隐性否定 18 项
	显性社会许可 48 项，隐性社会许可 10 项
	显性社会尊严 24 项，隐性社会尊严 11 项
评价对象	普通人 34 项，新闻相关人物 40 项，新闻相关机构 19 项
评价者	作者 77 项，领导层 12 项，老话 1 项，新闻相关人物或机构 3 项
资源位置	标题 4 项，背景 12 项，新闻事件 17 项，评议 42 项，结论 18 项

由此，我们认为，网络时评中判断资源占态度资源中的最大多数，负面判断大于正面判断，这是因为网络时评语类大部分是以讨论问题性新闻事件为主，作者也以针砭时弊和解决问题为己任。判断资源中显性判断大于隐性判断，说明作者直截了当的态度，在有限的篇幅中尽快将自己的判断传递给读者；但适量隐性判断资源的运用可以提供给读者思考的空间，得出自己的结论。判断资源的评价对象大部分为新闻相关人物和新闻相关机构，表现出时评作者“就事论事”的针对性；其他对象主要为普通百姓，表现出普

通百姓行为与新闻事件的密切相关性。判断资源的评价者基本上是作者,说明作者不避讳自己直接参政议政的身份或言行,但也适量运用领导层或相关人物机构的判断评价来支持自己的观点以增加说服力。判断资源出现于网络时评语篇结构中的各个部分,但又以评议部分居多。这说明合理的判断资源可以增加评议部分的论证力度。

5.1.3 鉴赏意义的表达

鉴赏是评价产品和过程的系统。鉴赏包含了处于美学这个大范畴下的价值以及“社会评价”这一非美学范畴,包括诸如“重要的”、“有害的”等意义。可以把鉴赏看成是被制度化了的一系列人类对产品、过程和实体的积极或消极的价值观。因此判断评价人类的行为,鉴赏通常评价制造的或自然的物品以及更抽象的结构,如计划和政策等。当人被看成是实体而不是能做行为的介入者时,对人可以是鉴赏而不是评判,因此,我们可以说“一个美丽的少女”、“一个重要的人物”等。

鉴赏可以分为三个子范畴:反应、组成和评估。反应描写语篇在接受者情绪上的影响。因此,在反应这一范畴里,评价是要依据产品或过程的影响或质量来完成的。在组成这一范畴里,产品和过程通过成分得到评价,看它是否符合结构的构成常规,关注一个物品的复杂性和细节。在评估或“社会价值”这个范畴里,我们根据各种社会常规来评价物体、产品和过程。这与所涉及领域紧密相关,因为适合某一个领域的社会价值在其他领域可能会不相关或不合适,如在视觉艺术领域通行的社会价值在政治领域可能就不会有广泛的实用性。在对网络时评话语的分析中发现,其主要的价值是有关社会意义或危害性。

在对语料进行分析之前,我们预测网络时评语料的政论性和问题性题材决定了社会价值的评价比例可能比较大,下面是语料中鉴赏意义的分布情况(表21)。

表 21 鉴赏资源统计

	语篇 1	语篇 2	语篇 3	语篇 4	比率
反应	2	2	3	2	15%
构成	2	5	4	3	24%
社会价值	8	5	14	9	61%

上述数字验证了我们的预测，鉴赏评价资源主要集中在社会价值子范畴。这是由网络时评语篇的政论性、问题性题材所决定的。美学范畴的产品视觉冲击或构成在该题材中几乎为零，我们没有发现这类表达，如“这是一幢令人惊叹的房子”或“那是一套质地精细的茶具”。占 39%的反应与构成子类中的鉴赏资源主要为抽象的非美学范畴，如：

(1) 恐怕很多人都有类似的痛苦经历！

(2) 几名同一医院的同行也怒斥这种开“大处方”背后的“猫腻”，还揭出惊人内幕。

(3) 这个“钱”与以往比，固然不少，但相对全国这么大的“一摊子”，手稍微捏得不紧，钱就出去一大笔。

因此，我们需要把重点放在社会价值范畴中的鉴赏资源上。我们需要考察鉴赏资源的正面与负面区分、资源的评价者与评价对象、资源在语篇结构各部分中的分布等(见表 22)。

表 22 鉴赏资源评价对象统计

	语篇 1	语篇 2	语篇 3	语篇 4	总数	比率
社会价值资源项	+2	+2	+6	+4	14	39%
	−6	−3	−8	−5	22	61%
评价对象	古话，内幕，思想，状况，说法，机构，……					
评价者	作者 23，领导层 5，普通人 5，新闻相关人物 3					

依据上述数据，我们发现在社会价值范畴中正面与负面鉴赏资源并存，负面多于正面，但区分并不巨大，这说明作者在揭示问题的负面状况的同时也要实事求是地反映情况。但是有些正面鉴

赏在语篇中具有一定的修辞效果，理解时应把其视作负面意义，具有讽刺性，如：

(4) 这种特权思想仍有很大的市场。

(5) 据保守估计，各类药品的回扣率已达10%。这家医院一“大处方”高手，一个月竟累计开出10万元的药品，仅药品回扣每月就能拿到八九千元！像这样的事例不胜枚举。

所以说，鉴赏与判断相似，其正面与负面意义的体会与理解与话语社团内部的文化意识相关。网络时评作者在运用反语表达时，就已经预测自己的读者是能够理解的。

鉴赏资源评价的对象各异，重复较少。但是我们发现作者主要就新闻相关事件、机构、现象、思想等做出评价。评价者除了作者本人，还包括领导层、普通人和新闻相关人物。评价对象和评价者与鉴赏资源的肯定或否定没有特殊的联系。

此外，我们还需要区分判断和鉴赏。两者都是明显的多声争议的地方，两者都表现出凸现作者的主体间性。这种区别可以参考这两个范畴相关的社会评价得到解释。判断，是建议语境(the context of proposal)中情感的机构化——它的语义是由情感倾向决定并影响的责任。它可以被看作是隐含了一种要求，最终建立于行为以上的情感倾向。鉴赏，相反的，是命题语境(the context of proposition) 中情感的机构化 ——它的语义是将情感倾向表现为声明。在这种情况下，我们可以看到为什么判断可以被诠释为比鉴赏具有更多的人际意义。这里还有同样大的功能差异存在，它区分了互动意义和信息意义。前面我们曾经看到信息价值如何被置于同意的风险中，而互动价值如何被置于服从的风险中。这种同意与服从的区别因此可以被看作位于鉴赏与判断区别之下，服从的人际价值超越了同意的人际价值。

这种区别反映在这两个范畴的词汇语法上。因为判断涉及人类行为的评价，它的作用是评价执行者和某些过程。可以说，它最主要的是体现在方式状语上，如“他草草地处理完了手头最后一件案子”当然，在语法隐喻中，他可以被体现为一种词语(他草率的行为)或名词(他在处理这件案子上的草率)。相反,鉴赏涉及实体的评价,不是行为,所以它的语法就更是名词了,最典型地就是通过前置修饰词语体现事物。在很多情况下,所评价的事物就是韩礼德[1]所说的虚拟实体(virtual entity)—— 这是一种语法隐喻下的事物,它所指的现象从语义上来说就体现了一种过程(如"一场乏味的报告",分析开来就是"他说话有点乏味。")。这种语法隐喻就是一种抽象概念具体化的语义,借此,某种暂时的、瞬间的过程(the Process)都被诠释成了固定的,永久的东西(the Thing)。同时,它可以消除对任何相关人类机构指定,由此抑制了责任的认定。我们认为,事物(无论实际的还是虚拟的)的评价所涉及的主体间性作用的凸现没有判断中对人类行为的评价所涉及的强烈。对事物的鉴赏中,人际价值不是很多,因为它只是一个物体,不是一个人类执行者。由此,人的需要没有直接被隐含。这种评价对联盟带来的挑战不一定对准人类行为,或者说不一定对人类行为提出要求,而是对准某些作为永久实体独立存在的事物的组构。

5.2 介入资源与交际策略

我们的习惯做法是把语言交流,特别是书面形式的语言交流,看作一种自我表达、交流者内在思想的外化或信息持有者向信息缺乏者提供信息。如果坚持这种观点,我们就会只研究语言结构和它的"自我表达"功能。许多语言学家认为,这种观点太狭隘,甚至错误,因为它把"自我表达"看作语言交流的决定因素,而语言交流应看作建立交流关系的人之间的互动。因此,话语,即使是独白或书写文本,也不是孤立的,而始终在某种程度上受交际

---

① Halliday M. A. K. Things and Relations: Regrammaticising Experience As Technical Knowledge [A]. Martin, J. R. & Veel, R. (eds) Reading Science. Critical and Functional Perspectives on Discourses of Science [C]. London: Routledge. 1998.

互动中的给予和接受、作用和反作用的调节。所有话语，在某种程度上，都要把前面的话语考虑在内或对它做出反应，都要预测现实的或潜在的对话者的可能反应或反对。这样，许多话语，甚至书面独白与网络时评，都包含引起反应或预测的因素。这就是话语的对话性。

网络时评是以新闻为基础的写作，具有显著的互文性和对话性。在一篇网络时评中，作者通常需要通过引文回顾新闻报道，强调新闻热点，为评论提供事实与舆论的铺垫。通过引入新闻与相关新闻及评议，可以突出作者观点的逻辑性与科学性，同时强调论点对意识形态的导向作用。那么，网络时评作者在转述新闻、阐述个人观点的时候，就要处理好与事实及其他观点的关系，以使自己的观点得到更好的承认，同时又不违背事实、并能够与目标读者建立和保持恰当的社会关系，促使其更易于接受时评的新观点。

既然任何语言交际都是交际双方的互动，甚至是多方面的相互作用，就必然有许多语言资源介入。介入资源向说话人或作者提供手段，以便调整或协商命题的辩论能力。更具体地说，这些资源不论是单方面的话语，还是多方面的话语，都能被解释为一种内在的对话潜力，也就是说，与现在、过去和将来的交际过程相关的功能。这样，通过调节话语的对话地位，以及改变它在现在、过去、将来的交际过程中的位置，就能改变话语的辩论条件。

鉴于介入系统对语义资源的讨论更加系统、深入、广泛，体现了一种积极的交际观，我们将借鉴此系统来考察网络时评的评价策略。我们的语料还是选用前面考察态度资源时所用到的4个人民时评语篇：(1)人民时评：病人成了“唐僧肉”？(2)人民时评：让“第一豪宅”受点儿冷落，好！(3)人民时评：捏紧“钱袋子”，煞住“豪奢风”；(4)人民时评：信访举报有人管，不怕贪官告不倒。

我们将通过考察上述语篇的自言和外言资源来探讨网络时评的介入策略(表23)。

表 23 介入资源统计

		语篇 1	语篇 2	语篇 3	语篇 4	总数	比率
自言	否定	2	8	4	4	18	14.3%
	意外	3	4	3	3	13	10.3%
	一致	10	13	5	4	32	25.4%
	强调	9	8	7	16	40	32%
	引发	2	3	2	2	9	7%
外言	支持	1	1	4	2	8	6%
	中性引述	2	2	1	1	6	5%
	疏远引述	0	0	0	0	0	0

5.2.1 自言中的强调与一致资源

数据中强调资源(pronounce)使用比率最高(32%),一致资源(concur)次之(25.4%);两者相加,构成了介入资源的大多数(57.4%)。强调是指说话人着重提出的代表个人的命题,不掺杂任何外言的可能性。一致则表达显而易见或意料之中的事实。网络时评作者在语篇中发表观点并宣传观点,常常需要借助这两种资源,如:

(1) 病人之所以成为任人宰割的"唐僧肉",就是因为在一些地方,医患关系扭曲,医疗市场无序,个别医护人员道德沦丧、见利忘义!现在,在一些医院、一些医护人员眼中,医生是掌握病人生死大权的"特权者"!

作者在语篇例句(1)中运用"之所以"和"就是因为"作为"一致"资源来解释主题现象,强调自己的观点:在一些地方,医患关系扭曲,医疗市场无序,个别医护人员道德沦丧、见利忘义。该观点因受到原因命题的支持,实现了由原因命题所建立起来的期待。这种期待和实现期待的关系提高了反对作者观点的人际代价,使作者的观点在语篇内部(intra-textual engagement)与不同或相反评论的对话中取胜。在接下来的命题中:现在,在一些医院、一些医护人员眼中,医生是掌握病人生死大权的"特权者"!一个"是"

动词就将该状况刻画为话语团体内部的“已知”的事实，表明不仅仅代表他个人的立场，而且还拥有大家共同的期待，因而关于“医生是特权者”的观点是预料之中的。观点宣传在与语篇外的不同或相反评价的交锋中（inter-textual engagement）再次取胜，使命题更加无可辩驳。运用“一致”资源表明承认该观点可能面临分歧，而且通过提高挑战观点所付出的人际代价，积极地阻挡和压制不同或相反的立场。网络时评作者常常利用一致资源加强其观点的理由或证据，表明其对宣传自己观点的强烈愿望。

网络时评作者运用强调把自己作为对命题负责任的来源直接明确地添加到语篇里，表达出对该命题的深信不疑。根据韩礼德[①]关于高值情态（high value of modality）的似是而非（paradox）的论点“我们只有在不确信的时候，才宣称我们确信”，网络时评作者运用强调恰恰说明了对被拒绝接受可能性的承认，只不过他相信这种可能性是最小限度的，或者说他必须尽量使这种可能性达到最小限度，例如：

（2）这不仅是对病人权益的侵犯，更是一种行业腐败！

（3）无论是谁，官再大，权再大，谁也没有党纪国法大。

（4）在老百姓同贪官的激烈斗争中，看主流，看本质，老百姓处于强势地位，贪官处于弱势地位，不是百姓怕贪官，而是贪官怕百姓，因为贪官有“短”捏在群众手里，因为党纪国法神圣。

如例（2）、例（3）所示，网络时评作者通过“更”和“无论”这些加强资源的使用，分别表达对自己观点的肯定和深信不疑。在例（4）中，因果关系把前半句的命题置于意料与期待之中，给读者以自然结论的印象。由此，作者将分歧立场的势头压制到最低限度，把对自己观点的任何怀疑、拒绝所需付出的人际代价提高到多声资源里的最高限度。

---

① Halliday M. A. K. An Introduction to Functional Grammar[M]. London: Edward Arnold, 1994: 362-363.

强调与一致可以通过直接增加所持立场的人际筹码，提高挑战该立场所需付出的人际代价来压制分歧。作者运用上述资源明确表态支持一个立场，而只是隐讳提到分歧立场。但并不是所有语篇都是完全一致的。根据语篇3的数据，我们发现只有7项强调，5项一致，所占资源总数最少。那么我们就需要看到语篇的特殊性。本篇以胡锦涛书记的讲话作为新闻背景，多次引用了大会代表的发言以及温家宝总理的发言。受到语篇的篇幅限制，作者自己的宣言数量就减少了。在该语篇的创作过程中，作者也许认为借用外言的力度尤其是党和国家领导人的发言更能够压制分歧。

5.2.2 自言中的意外与否定资源

意外资源（counter-expectation）常常被网络时评作者用来强化问题的严重性，例如：

(1) 于是，也就出现了“红包”满天飞，有些人竟到了公然索要的地步！

(2) 这家医院一“大处方”高手，一个月竟累计开出10万元的药品，仅药品回扣每月就能拿到八九千元！

例(1)的“于是”作为“一致”资源表示意料之内，顺接上文，承认下文，使读者对下文有一个自然期待。但是“竟”却表示命题属于作者的意料之外。作者强调了问题的严重性，与自然期待在语篇内部展开对话，最终取而代之。例(2)中“竟”的用法与例(1)同，但是作者在后面部分用了“仅”，使得命题“药品回扣每月就能拿到八九千元”与存在于语篇之外(inter-textual)大家共同所有的自然期待“医院的问题很严重”展开对话，因为药品回扣仅仅是问题之一，读者就能够感受到其他问题还有很多。表面上看，“仅”弱化了后面的命题，但实际上是强化了主句。网络时评的语类特点要求作者有理、有力地提出问题及解决建议，意料之外资源可以用来突出作者的观点。网络时评作者常常利用意料之外将问题的严重性作为没有实现的期待带入对话，通过意外的证据增加问题的严重性。利用证据说明观点可以使命题显得客观公允,但是意外资源的运用作为作者劝服过程中的重要策略又使语篇显得非常主观。然而,网络时评的语类特点从一开始就是在引导读者支持作者的观点,作者的个人化主观色彩可以引发质疑、推进互动。

前文曾经提到,否定不是肯定的简单对立。否定评价包含着肯定评价的可能。否定可以将评价引入对话,承认它,挑战它,最后通过做出否定回答而彻底排挤掉可能出现在那个位置上的肯定期待。否定将自己呈现为对肯定摆出的针锋相对的姿态。在两种相互矛盾的立场之间对话分歧最大。否定常用在批评中,如:

(3) 查处的案件46.2%来源于信访举报,这个数字鼓舞人心。这表明,信访举报不是没人管,没效果,而是有人管,也管得了,信访举报不会是“泥牛入海无消息”,也不会是“秦香莲”告“陈世美”的状落到“陈世美”手里,而是能够摆到“包拯”的案头。

作者在例(3)中提出了对话模式,曾经的事实与当前的事实,通过否定资源使读者确信曾经的事实已经不在期待之中。这样的写作策略比单纯使用肯定命题更有说服力。如果去掉否定资源,句子就是:信访举报有人管,也管得了,能够摆到“包拯”的案头。这样,作者说服读者的风险就可能比较大,就会使读者误认为作者不了解形势。再看一例:

(4) 中国不是欧美富国。富人有,但绝对比不上人家多。说句老实不客气的话,中国还是一个发展中国家。这类事,还是不张扬,不显摆为好,不要老是大张旗鼓,有意刺激、刺伤大多数国人的。

例(4)的思想实际上很多国人都有,作者提出异议,运用否定,比直接提出肯定的建议更有效。作者否定了负面状况,从而加强了正面建议的力度。由此,我们认为,意料之外可以帮助作者强调问题的严重性,否定策略可以帮助作者将自己的建议建立在事实的基础上。

5.2.3 自言中的引发资源

"引发"指语篇中的声音所表现的命题建立在和其他命题的联系之中，因而表现为许多声音中的一种，从而引发了对话。网络时评语篇中引发资源较少，这与该语类的特点相符，因为网络时评作者迫切希望自己的观点为读者所接受，从而联盟读者；或希望自己的观点受到读者重视和讨论，从而促进互动。引发资源容易使命题表现模糊，使作者对该命题缺少承诺，这与网络时评作者的创作愿望相反。他们通常立场坚定、旗帜鲜明，避免模棱两可或妥协。当然，引发资源也有助于承认与分歧立场对话的可能性，并且为对话协商提供一个更宽松的环境。时评作者在评价阶段突出自己的评价权威和专家姿态，与读者的亲近程度降低，适度运用引发资源有助于开启与分歧立场的对话空间。例如：

(5) 恐怕很多人都有类似的痛苦经历！

(6) 武汉儿童医院决定解聘这名责任医师，可以说是动了真格了！

例(5)就是作者联盟读者的策略之一，把自己、读者、很多人联系在一起，但又不一定是所有人。例(6)是作者对新闻事件处理的判断，他不想使自己的看法过于绝对，因此加了"可以说"作为缓和策略。但是这样的引发资源在所选语篇样本中较少发现。网络时评作者更多地选择直截了当的肯定或否定命题。

引发还包括"求证语(appearance)"，例如：

(7) 在目前一些地区，在一些医院，病人被当成了任意宰割的"唐僧肉"，患者被当成了医院创收和医生发财的工具时，这句话便显得更有份量了。

作者在例(7)中将命题呈现为语篇前面部分累计起来的证据推导出来的结论。他一方面通过"便显得"这样的求证资源表明评价所依赖的证明过程是可争议的，表示出对分歧立场的承认和尊重；另一方面，将评价表现为是演绎过程推导出的合乎逻辑的结果，减轻了评价的压力，增加了评价的权威，评价的人为因素在证据的外衣下得到掩盖。这样的评价在网络时评中不多，主要位于语篇开头的背景部分或结尾的结论部分。这可能是因为开头部分的求证资源有助于引发读者的阅读欲望，结论部分的求证资源有助于让读者接受一个貌似合乎逻辑的结论。

引发资源还包括少量传闻(hearsay)，表示该评价是以某个身份不确定的人的评价为基础的，从而表明传闻所限定的意义可以协商。网络时评作者利用适量的传闻资源来开启与异议之间的对话，例如：

(8) 几名同一医院的同行也怒斥这种开"大处方"背后的"猫腻"，还揭出惊人内幕：眼下，儿童医院大厅每日都可看到一些身背药品推销包的药商串来串去攻关。据保守估计，各类药品的回扣率已达10%。

这里作者都没有明确评价的来源，有可能引起读者的质疑，但同时也唤起了互动。网络时评语类不同于严肃的书评或学术论文，它是比较主观化的文体，重要的是观点明确，论证全面，而不一定要对引言加明确的脚注。当然，模糊的传闻不能过多出现在语篇中，否则必将降低其可信度。

5.2.4 外言资源分析

巴赫金认为，多声语篇的语用动机在于"作者利用他人的言语以谋求自身的目的"，因此，"要理解作者的真实意图，必须将话语的产生根源归于另一个说话人。这样一来，同一个话语内，就会出现两种意图，两种声音。"①

外言资源包括"支持"和"摘引"，其中"摘引"又包括"中性引述"和"疏远性引述"。"支持"表示作者同意某一外言命题，通常以间接引语来表达，融入到作者自言语篇中，表达作者对该命题的支持；"中性引述"明确指出外言人，通常以直接引语来表达，作者不

---

① Bakhtin M. Problems of Dostoevsty's Poetics[M]. Minneapolis: University of Minnesota Press, 1984.

表示支持或反对该外言。“疏远性引述”说明作者不赞同该外言命题，认为是错误的或缺乏可信度，表达形式可以是直接引语也可以是间接引语，但我们通常能从动词的选择或副词的添加上辨别其亲疏。

数据显示，由于网络时评的语类特点，外言资源不受重用，因此我们也不准备展开详细讨论，仅举两例说明：

(1) 另一方面，这个“钱”要用在“刀刃”上。代表、委员普遍认为，要重点花在解决人民群众最关心、最直接、最现实的“民生”问题上。

(2) 一家媒体曾这样报道，因为后门病人加塞频繁，一位六旬患者四个小时才等来B超结果！

例(1)可以归类为“支持”资源，作者所提出的观点与代表们的观点一致，作者用间接引语的方式直接与自己进展中的语篇相结合，读者阅读时也不会过多考虑引语与作者断言的分界究竟在何处，完全融合一体。例(2)是“中性引述”，作者仅仅是引入相关新闻事件来说明问题的严重性，所引内容并非他人所提出的观点，因此也没有考虑支持或疏远的问题。

5.2.5 单声与多声的融合优势

语言多声性理论认为，语言具有与生俱来的自我论辩潜力，自我论辩性是语言系统内的固有属性，话语的产生是包括言语主体的观点在内的多种声音论辩的结果。话语的多声性和论辩性指的是它的深层结构，而非表层结构。就表层结构而言，话语是一个独白结构，实际说话人只有一个；但就深层结构而言，话语却是一个由多种声音参与的对话结构，存在多个理论意义上的说话人。鉴于“说话人”概念指称的复杂性，Ducrot[1] 建议用“言者（locutor）”和“声主（utterer）”将话语的表层结构与深层结构中(或实际意义与理论意义上）的说话人区分开来。前者对“话语的说出”这一物

---

① Ducrot O. Slovenian Lectures [M]. Ljubljana：ISH，1996.

理性质的言语行为负责，后者则对同一话语中所隐含的诸种观点或声音负责——这些声音中既有言语主体自己的观点，也有其他非主体“说话人”的观点。在话语生成的一瞬间，先前发生的言语事件被激活和调用，成为言语主体自己的思想观点的触发点以及话语产生的语言背景；这些理论上的“说话人”在言语主体的精神世界中各抒己见，展开论辩；论辩的结论对应的是话语的真实意图。

我们知道，在单声的情况中，说话者要么假定，要么选择强调，这样他的话语就没有很大的多声争论。当然，这是以事实为基础的。说话的意思被作为已知信息或自然信息或常识，或至少无可非议 —— 如：“这不仅是对病人权益的侵犯，更是一种行业腐败!” 相反，多声的体现，就承认了多声协商的可能性，把这句话明确地放在社会多声环境中 —— 这可能是对病人权益的侵犯，也可能是一种行业腐败。多声体现承认了多声反对的可能性，明确地把话语放在了社会多声的语境中。多声体现，在一种看似矛盾的现象中，通过主动地承认不同意见，为不同社会地位者的协商提供了空间，甚至当体现本身采取了一种立场或至少显示一种可能立场时。由此，多声体现使说话者能够对付有争议的、新颖的或意料之外的意义，而不一定致命地伤害与读者的联盟，并可能由此与不同意见者结成联盟。在介入系统讨论中我们也谈到，联盟不是一种简单的一致意见 —— 联盟可以在不同观点的说话者之间达成。这是一种说话者之间同感或共鸣的程度衡量，在某种程度上他们愿意保持交流。相反，单声体现对可能的变化不做任何让步。这样一来，它在可能有不同意见的语境中，修辞或人际上的风险更大。通过简单地描述或忽略可能的选择性立场，它关闭了所有通向其他立场空间的通道。由此，一个面对一系列单声命题并持不同意见的读者会拒绝阅读语篇，因为他认为该语篇携带的命题是误导的、错误的、不相关的、有偏见的或不真实的。由此，当这样的命题在社会立场广泛不同的语境中运行时，更加可能对说话者和受众的联盟带来致命的伤害。因为这样的命题忽略了联盟否定的可能性，就可能带来联盟摧毁的风险。因此，含有这种意义的语篇就不太可能让有抵触心理的读者接受它的明确命题或潜在假定。当然，我们也提到，作为时评作者，他的强调命题还是非常重要。他需要做到旗帜鲜明，所以会在评议与结语部分用较多的单声，或者说是单声与多声的有机融合，使读者在协商中接受或在协商中反驳。新闻网站的点击量与互动量标志着该网站的影响力，时评作者的文章阅读量与反馈率标志着该作者本人的受欢迎程度。因此，选择单声与多声的融合体现是非常有策略的——这是一种语境意义的功能选择，有机会带来质疑、挑战和反对，有机会使联盟处于风险中。所以说，由于媒体肩负着达到并影响尽可能大的读者市场的使命，他们有很好的理由策略性地利用介入资源。

在分析态度资源时我们发现时评作者的单声出现频繁，如描述情感和价值鉴赏。比如：

在目前一些地区，在一些医院，病人被当成了任意宰割的"唐僧肉"，患者被当成了医院创收和医生发财的工具时，这句话便显得更有份量了。

这里的划线部分表现了一种负面的社会价值，用作者自己的声音直接命题，没有任何其他介入价值。同样，我们发现在作者声音的语篇中也有单声情感资源：

这类事，还是不张扬，不显摆为好，不要老是大张旗鼓，有意刺激、刺伤大多数国人的心。

这里的情感价值（刺伤心）的体现没有利用介入的协商语义。这说明情感和价值鉴赏可能通过不明确承认多声的方式得到体现。它们至少体现出在不同立场运行的当前情景语境中存在着总体的一致。这是网络时评声音的特征，它融合了单声、多声与读者。因此，联盟的语法，就是协商的语法。网络时评的声音联盟方式就是单声领衔、多声支持的原则。它可以包容广阔的语义范畴，似乎只有联盟协商（情感，价值鉴赏）才行，或者有可能联盟协商（鉴赏：反应和构成），或者必定需要联盟协商（判断和互动）。

这就说明作者的声音再次加重了介入价值方面的可能性，尤其是多声与单声相对的可能性。正如我们所证实的，这是一种相互支持的模式，其结果是联盟协商。但是，这种相互支持的交际动力是什么呢，它的修辞结果又是什么呢？正如我们在前面提到的，答案就是大众媒体需要在两个目的之间协调——达到尽可能多的受众，同时又为社会秩序开发一种意识形态上有争议的模式。当我们考虑需要多方支持的语义时，策略性选择多声体现的理由就变得很清晰了。当我们需要强调观点、刺激互动时，主观的单声选择就是理所当然的了。所以说，网络时评的介入体系与态度体系相似，都呈现一种韵律般的表现。

所有相关范畴——事件描述、社会评价、行为变化要求——都隐含在媒体首要关注上：描述那些被它试图诠释为对社会秩序有风险的事件和议题。当它们提供暗含判断的时候事件的描述就有了隐含意义，由此就指向了社会秩序中的潜在问题。同样，它们有时呈现一种经验现实，这种现实与社会秩序是相悖的，比如"一位六旬患者四个小时才等来B超结果！"就是这种情况。态度价值，关心的是社会准则和价值体系，自然也适用。互动价值也有重要作用，因为它们涉及个人或机构在行为上的改变，其理由是他们违反了社会准则、社会期待、社会愿望或需要。

因此，所有的范畴都指向潜在的社会不稳定现象，正因为如此，所有都存在着潜势，成为多声争议的焦点，而使一致联盟处于风险之中。但是，作者通过运用单声强势介入和多声支持介入的策略（这种修辞模式的作用就是支持作者在对社会秩序不平衡现象作判断时的主体间性作用）为不同的处理方法找到了依据。通过这样支持作者的作用，语篇把意义体现为具有广泛的社会基础，其潜势就是主观性与客观性交融了，既能够减少对它的意义的可能的抵触，又能呼唤良性的互动。同样，它也可以减少意义使联盟处于风险中的可能性。正如我们已经谈到的，隐性的判断与显性的判断在语义上都是判断，只是形式不同而已——"重庆某镇政府举债400多万元修建豪华大楼，河南某地政府花费1.2亿元建

'世界最豪华区政府办公楼'"这种描述就是一种暗含的隐性的判断,它们需要读者来补充判断价值,用社会许可或社会尊严来诠释经验描述。当然,作者的主观性渗透在这种事件描述的各个部位。它会决定一些语法项,比如哪些参与者被诠释为执行者(因此是主动的、执行的),哪些是目标(因此是被动的)。它会决定哪些事件描述是首要的,它们如何被安排在语篇中,他们是如何得到语篇中其他地方的明示评价资源的支持的。因此,在所有这些情况下,主体间立场是时明时隐的,也就是说它不是完全位于语篇的表面而带来即时的挑战,又不完全隐含。因此它们会激发适度的互动而不是反抗。时评作者也不太需要承认这种价值会给联盟带来潜在风险。

时评作者还通常在语篇单声语境中使用情感价值。这种情况可以从词汇语法中预测到。情感常常通过心理过程实现,因此是一种经验范畴,作为由语言提供的对外在现实的观点的一部分。因此,在描述情感状态时,作者的声音简单地表现为反映现实,就如前面所提到的事件描述的情况一样。因此,当语篇描述到"这类事……刺伤心"时,它的目的就是把它当作事件的经验状态来表达。事实上,情感反映和情感状态的描述可以被看作是事件的描述,因为它们很简单地表现了经验范畴之间的关系。但是,情感描述与事件的其他描述不一样,因为正如我们所见,它们非常可能故意激发(provoke)判断。因此,研究情感过程可能会使作者声音下面的主体间性变得比较明确。读者可能通过他们被激发的判断去注意语篇的主体间性。这时,作者的声音就有一定的联盟风险。如果他被认为是个人化情感,读者就有可能反驳;但如果他被认为是非个人化情感,读者就有可能当作事实接受。作为印刷媒体的新闻记者,如果长此以往,他也许有可能担心报刊的销售量,但是作为网络时评的作者,他不担心这样的风险,因为通过互动,他有再交流的机会。

我们还应该注意,情感如果是作者自己的反应,个人的单声介入会强烈地凸现作者主体间性。对于作者描述自己的愤怒、恐惧、悲哀、厌倦等，是明确地将他们的主观性注入语篇。这样做会使他们成为判断的靶子，判断的评价就纯个人化了。因此，作者的情感可能会成为一个多声争议的地方，成为一种将联盟置于风险之中的价值。这时候时评作者的交际目的就有可能有煽情因素在里面，他想以情动人，联盟更多的读者。

此外，时评语篇含判断资源最多，明示的判断和互动的要求都使作者最完全地局限于多声语境的价值。作者的单声会使这些价值充满争议，因为这些价值非常一致地要求承认对联盟的威胁。这两种价值都指向个人或团体的行为，判断试图评价行为，而互动又试图改变或影响行为。两者都共有一种责任语义，互动价值直接断言责任，判断价值隐含责任。因此，这两种价值的社会性和人际性都比其他形式的评价强。同样，这些价值具有最大的潜力使联盟处于风险之中。因此，它们大多出现在风险得到承认的多声语境中。

5.3 级差资源与交际策略

级差系统是对态度与介入程度的分级资源，包括语势(force)和聚焦(focus)两个子系统。语势可以调节可分级的态度范畴的力度，如提升(raise)或降低(lower)。聚焦是把不能分级的态度范畴分级。聚焦分清晰化(sharpen)和模糊化(soften)。在前文介绍评价理论的时候我们就提到，级差不局限于任何一个次领域，而是跨越整个评价系统，评价的价值都根据强度分级，在高与低之间的连续体上。分级不仅可以体现在程度副词上，如：非常、很、有点儿等，还可以体现在表达情感、判断、鉴赏的动词上，如：喜欢、喜爱、珍爱、偷、抢、劫等。

由此，级差资源应该是与态度和介入系统资源水乳交融的，完全可以放在这两个子系统的分析里面一并完成。但是这样做有可能削弱级差资源的功能，使分析不够全面。因此，我们专门在这一节讨论以级差资源为中心的语言现象，以发现其协助交际者实现交际目的的交际策略。

5.3.1 级差调整下的态度资源

从前面的讨论中得悉网络时评中态度资源占所有评价资源的最多数。随机抽取任何一个样本，关注任何一行，我们就会看到态度资源。而且，这些态度资源往往不是孤立存在的，在级差资源的调整下，态度显得时明时暗、抑扬顿挫，例如：

(1) 中国人有句话常被挂在嘴边：有啥别有病，没啥别没钱(鉴赏)。第一句话，除了对身体健康的祈祷和祝愿，还有一层，则是表现了病人生病后的无奈和苦恼，尤其是低收入者生病后的经济困窘和愁烦！

例句显示，情感的级差语义通过近义词得到了表达，这些近义词的排序通常由低向高提升。尽管这里作者描述的是病人，但是病人属于普通人群，作者由此表达了普通人的情感。“祈祷和祝愿”是正面提升，表达非现实情感；而“无奈和苦恼”、“困窘和愁烦”是负面提升，表达现实情感。级差在这里的作用就强调了现实问题的严重性。作者利用名词本身的级差语义，而不是级差副词“很”、“非常”之类，是因为级差副词可能使语篇显得过于主观。再来看一个例句：

(2) 在目前一些地区，在一些医院，病人被当成了任意宰割的“唐僧肉”，患者被当成了医院创收和医生发财的工具时，这句话便显得更有份量了。

这里划线部分是判断资源，其中“医院创收”尚在比较正常的范围之内，或者说是“社会许可”，那么“医生发财”就有违“社会许可”了。而且这两个判断资源又共同修饰了“工具”，整个小句是关系过程，“病人被当成了工具”，隐喻“工具”的鉴赏语义也因判断资源的修饰而提升。“工具”原本是一个中性词汇，没有态度意义，但是关系过程、判断资源与鉴赏资源的共同合作，使作者的评价显而易见。对于指涉读者来说，增强的态度资源有可能激化作者/读者的对立，从而带来互动，带来更大范围的讨论。所以，级差语义有

助于主体间立场(inter-subjective positioning)的表达。再来看一例级差副词的使用:

(3) 病人之所以成为任人宰割的“唐僧肉”,就是因为在一些地方,医患关系扭曲,…… 现在,在一些医院、一些医护人员眼中,医生是掌握病人生死大权的“特权者”!

(4) 现在,在计划经济成分还很浓厚的一些行业和部门,这种特权思想仍有很大的市场。

在例(3)中我们看到聚焦降低的级差表达“一些”。作者在没有完全掌握数据的情况下,弱化指涉对象的界限,缩小矛盾。这种做法在有些研究者看来属于“模糊化”策略。在例(4)中我们看到“很”修饰形容词,用来强化形容词的力度。这是比较常见的级差修饰现象,级差副词可以被利用,以强化或弱化情感、鉴赏或判断资源。

因此,使用加强的态度性词汇只是说话人对言语事件的一种显性的“闯入”,其实说话人一直就在话语中,通过这些加强手段,说话人更准确地表达态度,其人际意义显著。

5.3.2 级差调整下的介入资源

介入资源,无论是自言还是外言,都可以受到级差资源的调整。一种是对投射者的调整,另一种是对介入方式的调整,例如:

(5) 难怪有人说,这真算得上是名副其实的黄金屋了。

(6) 几名同一医院的同行也怒斥这种开“大处方”背后的“猫腻”。

在例(5)中,作者认为不需要使投射者清晰化,因为重要的是后面命题的内容而不是投射者,所以他用了模糊化策略,“有人”,我们不知道有多少人,具体为谁。在例(6)中,如果作者用“说”代替“怒斥”,介入方式就显得中性。“怒斥”还协助调整了主体间立场,使读者意识到并不是所有的医生都是对立面,缓和了作者与指涉读者间的关系,拉近了两者的距离。

5.3.3 级差资源的统计与分析

下面我们来检索与统计前面所提到的 4 篇语料中的级差资源。为便于分析，我们在分类过程中，把例(3)现象归入表中的第一类“级差副词＋名词”，因为像“在一些地区，在一些医院”等资源不能被分类到态度系统或介入系统中去，但是它们确实有模糊聚焦的作用，有体现主体间立场的功能，不可以遗漏(见表 24)。

表 24　级差资源统计

	提升力度	降低力度	清晰聚焦	模糊聚焦
级差副词＋名词 (如：一些地区，有的问题)	/	/	8	27
情感资源的级差语义 (如：无奈和痛苦，非常难受)	13	1	/	/
判断资源的级差语义 (如：医院创收，医生发财，很努力)	42	6	/	/
鉴赏资源的级差语义 (如：关系扭曲，市场无序，有点脏)	28	3	/	/
介入资源的级差语义 (如：抱怨，怒斥，有的说，有人认为)	14	0	2	8

从表 24 我们可以发现提升力度的资源远远多于降低力度的资源；而模糊聚焦的资源又多于清晰聚焦的资源。前者说明，网络时评作者在提出问题时倾向于增加问题的严重性，在讨论解决问题时，倾向于提高建议的积极性。后者说明，网络时评的主要对象是“问题”及其解决，而不需要作者像法官那样将矛头确切对准某机构或某人。

此外，我们还可以发现，级差语义与态度资源如影随形，最大数字依然落在判断资源上。这又一次说明时评作者以评价人的行为为己任，好恶分明，为加深读者印象提升判断力度，如：

(6) 贪官位高权重,树大根深,……而且心黑手毒……

(7) 面对贪官,人们必须挺起胸,直起腰,勇于斗争,……

(8) 给这里那里的"第一豪宅"之类的"超高消费",冷遇冷遇,甚至泼泼凉水,甚至去查查他们的老底,捅捅他们的黑幕,也好。

无论以反面人物为判断对象(例 6),还是以普通人(例 7、例 8)为判断对象,作者都不忘记提升力度,就像在主旋律上标记重音,使乐曲更加抑扬顿挫。

在鉴赏资源的级差语义中,我们发现作者也是利用提升资源来描写问题或现象,降低力度的情况非常少见,主要用在让步关系中,如:

(9) 在行政机关中间类似讲排场、比阔气的现象时有发生。

(10) 现在,一些病人及家属视进医院为危途,因为这里有道道不好逾越的"关口"!

(11) 在计划经济成分还很浓厚的一些行业和部门,这种特权思想仍有很大的市场。

(12) 仅靠思想教育,效果是有限的,关键还是在制度上下功夫。

这里的例 9、例 10、例 11 都是提升力度,有通过近义表达的,也 有通过程度副词表达的。只有例 12"有限的"是降低力度,因为本句体现的是一种让步关系,为后面的清晰化策略"关键"作铺垫。

由于级差资源是横跨整个评价系统的,因此,在下文的语类结构评价分析中,我们将不再单列分析,而是把它们与态度系统或介入系统合并考虑。

5.4　网络时评语类结构的评价分析

评价理论是在系统功能语言学的框架里发展起来的,主要针对评价语义的阐释。我们将在当前部分运用该理论,从主体间立场的角度分析网络时评的语类结构(generic structure),发现该语类结构对评价系统的选择产生制约,评价系统在不同语类结构里的系统性变化体现了语篇的修辞策略和篇章策略。评价理论与系统功能语言学相比超越了语气和情态,涵盖了构建修辞潜势的更加广泛、更加系统的人际意义范畴。评价理论目前成为我们解读网络时评的修辞潜势的理想的理论框架;而网络时评则是评价理论尚未涉猎的语类,成为体现该理论在汉语中的阐释力度的理想语料。

5.4.1 评价视角下的语类结构

Bhatia 把语类定义为一种规范化的交流模式。Bhatia 指出,语类是用于满足特定的话语社团的需要而产生的,因而语类是相对稳定的结构,它在一定程度上限制了各种词汇语法资源的使用。每一篇网络时评语篇可以各有结构特色,但是它的必要元素是确定的:标题、新闻事件、评议、结语。新闻背景是可选部分,但是因为语料中大部分语篇有这个部分(约占语料的 71%),因此我们在做语类结构分析时也把它作为主要部分之一。评议与相关新闻插入常常融合在一起,从形式上很难拆分,有些时评还多次重复这一部分,所以我们也把这一相融胶合的部分看作一体,统称为评议部分。由此,我们的语类结构分析主要考虑以下四个部分:标题、新闻事件、评议、结语。从语篇的布局看来,评价并不是成为独立的一部分而作为语篇的结尾,而是自始至终贯穿在整个语篇当中,语篇中的每一个语步都渗透着作者的评价立场。

网络时评的语场针对新闻事件,尤其是问题性新闻,提出个人的观点,加以论证,得出解决问题的建议,联盟读者,唤起互动,推动意识形态自然化。网络时评的语旨为作者与读者的关系,互不相识,但是由于网站的相对集中的读者群,多数读者又是该专栏的常客,经常参与互动。因此作者的语言正式度比印刷媒体低,常含口语化表达。网络时评的语式为书写体,通过网络传播,并取得互动。

传统的系统功能语言学语类理论继承了语法学家对经验意义的偏爱，不够重视人际意义和篇章意义[①]。本研究将从人际意义的角度对网络时评的语类结构进行分析，最相关的语域变体应该是语旨，而且正是语旨突出了网络时评别具一格的语篇特点，而且"要理解某一种类语篇的修辞潜能或交际特性，就必须研究语篇所表现的评价姿态是如何被构建得与语篇可能的读者的姿态相兼容、相一致的"[②]。因此我们有必要对网络时评作者与读者之间的关系作更细致的分析。怀特[③]在对媒体语篇的分析过程中，将书面语篇的读者身份划为三类：(1)作者同盟(co-authorial)，指在书籍正式出版之前参与书籍修改、创作的编辑；(2)指涉读者(implicated)，指在语篇中被表扬或批评的对象，他们将成为最感兴趣、最敏感的读者；(3)大众读者(average or general)。网络时评所体现出的作者与读者的关系既简单又微妙。简单是因为网络时评作者同盟较少，由于网络的时效性关系，作者只能在有限的时间内匆忙写作，并放到网站上发表，网站编辑通常不进行修改(我们为此曾经与网站进行了交流，获得这一信息)。因此网络时评作者是基本独立的，他代表自己，也部分地代表新闻网站。我们认为，这第一类读者尽管存在，但不重要，不产生大的影响。而微妙则体现在网络时评的指涉读者上，他们是最感兴趣、最敏感的读者群，他们或多或少地与该网评发生一定的关系，阅读并参与积极的互动。他们尤其关注语篇中的评价资源，发现作者的立场，并及时予以质疑或辩驳。大众读者通常为网站上的普通访客。但由于网站本身的专业性与受欢迎度，其访客群也相对固定。阅读人民时评的访客通常比较关心时事，关心新闻进展，关心当前问题及其解决方式和解决效果。因此，网络时评受到语场及功能限制，应在对新闻背

---

① Martin J. R. 英语语篇[M]. 北京：北京大学出版社. 2004：546-560.

② White P. R. R. An Overview(EB/OL). http：// www. grammatics. com/ appraisal，2001.

③ White P. R. R. Telling media tales：the news story as rhetoric [D]. Sydney：Department of Linguistics，Unviersity of Sydney，1998.

景与新闻事件进行扼要介绍的基础上，强调问题，提出自己的观点，表达自己的态度，提出解决问题的建议，而不是一味抱怨或赞美。网络时评与读者关系之所以微妙是因为他们的立场既不对立也不一致，作者的目的也不是一味劝说，全盘接受，而是希望唤起互动，在更多的交流之后，逐步改变大众关于某一议题的思想意识。由于这一交际目的，时评作者会充分考虑可能存在的分歧而积极寻求主客观之间的策略空间，从而提高网络时评言之有理、持之有故的说服力。评价理论将帮助我们对网络时评进行主体间立场的分析，以发现该语类的修辞策略和篇章策略。

当前部分的数据统计来自于人民网的人民时评(http://opinion. people. com. cn/GB/8213/50661/index. html)。我们下载了该网站发表于2007年1月10日到2007年4月11日的人民时评共50篇。我们对这些语篇进行了细致的分析，对每个评价资源的确认与分类都作了标记。表25记录了这50个样本语篇中每百字出现的评价资源数及其频率在不同的语类结构的分布情况。

表25 评价资源数及其频率在不同语类结构的分布情况

评价资源	新闻背景		新闻事件		评议		结论	
	篇	频率	篇	频率	篇	频率	篇	频率
情感	11	0.36—0.77	34	0.17—0.39	36	0.18—1.23	6	0.13—0.36
判断	16	0.49—1.21	34	0.21—0.79	50	0.98—5.67	42	0.65—1.58
负面判断	16	0.24—3.32	34	0.31—4.22	50	1.23—6.65	13	1.14—1.93
自言显性判断	12	0.31—1.65	34	0.42—1.86	50	1.08—6.46	10	1.01—2.03
自言隐性判断	8	0.28—0.97	16	0.29—1.99	41	1.01—1.27	6	0.23—0.98
外言介入判断	13	0.36—1.29	12	0.52—1.94	26	1.32—1.54	9	0.14—0.78
正面判断	14	0.31—1.11	13	0.32—1.65	43	1.66—3.15	41	1.45—4.86
自言显性判断	13	0.21—1.32	12	0.44—1.98	40	1.83—2.99	36	1.02—3.12
自言隐性判断	3	0.14—0.95	0	0	3	0.35—1.02	6	1.01—1.34
外言介入判断	9	0.42—0.99	6	0.32—1.09	19	1.22—1.91	21	1.39—1.76
鉴赏	6	0.31—2.98	42	0.35—4.21	50	1.23—6.06	27	2.11—3.21

（续）

评价资源	新闻背景		新闻事件		评议		结论	
	篇	频率	篇	频率	篇	频率	篇	频率
负面鉴赏	35	0.14—1.67	37	0.64—2.16	43	1.04—4.69	21	1.35—2.34
自言显性鉴赏	28	0.44—1.99	35	0.32—2.11	38	1.32—4.12	16	1.06—2.38
自言隐性鉴赏	16	0.32—2.31	23	0.17—1.16	23	0.84—2.03	9	1.06—1.35
外言介入鉴赏	25	0.98—1.77	25	0.34—1.02	29	0.96—1.98	7	0.34—0.97
正面鉴赏	31	0.22—1.01	14	0.38—1.86	26	1.01—2.05	25	1.52—2.34
自言显性鉴赏	22	0.31—0.97	11	0.53—1.69	23	1.12—3.61	24	1.51—3.01
自言隐性鉴赏	16	0.23—0.88	6	0.23—0.96	9	1.10—1.26	9	0.84—0.99
外言介入鉴赏	19	0.14—0.96	5	0.12—0.34	18	0.63—1.74	11	0.81—1.94
自言	50	0.23—3.99	48	1.25—6.38	50	1.39—7.68	50	1.75—4.96
否定/意外	25	1.02—2.31	29	1.20—3.01	48	0.96—3.88	12	0.39—2.78
一致	12	0.99—2.01	27	0.98—1.67	39	0.63—2.89	34	0.68—3.15
强调	46	1.32—3.26	41	1.03—3.69	50	1.96—4.75	49	1.39—3.52
引发	25	0.23—2.96	21	0.32—0.99	47	0.67—3.49	35	1.64—2.92
外言	32	1.02—1.96	48	0.63—3.12	50	1.30—2.98	21	0.94—1.62
支持	23	0.96—1.86	23	1.05—1.59	46	1.85—3.69	19	0.55—2.18
中性引述	6	0.21—0.67	13	0.31—1.56	23	1.36—3.65	17	0.86—2.89
疏远性引述	0	0	5	0.20—0.84	3	0.36—1.07	0	0

表25中的“篇”指的是这50篇时评语料中有多少篇在该结构部分出现了某种资源。“频率”指的是该资源在这一结构部分每100字出现的该资源频率变化范围。

数据显示，从态度系统中三个次系统在网络时评语篇的运用频率上来看，时评作者较少运用情感资源，显然是力求表明网络时评作者是基于新闻事件提出问题，而非基于一种主观的、个人的情感反应。判断的高频率分布和鉴赏的较高频率分布是由于网络时评的语场和社会功能决定的，因为判断和鉴赏都是制度化的情感(institutionalized feeling)，对语场的限定较为敏感。由于网络时评强调新闻事件，新闻事件包含人和事，所以时评的对象既包括人，也包括事。如果我们从主体间立场的角度作进一步解释：对人类行为的判断与对事物的鉴赏相比，前者所包含的评价者的主体间立场更强，判断更容易受到挑战，因为评价的焦点是人而不是事物或现象。网络时评作者要尽量准确地指出谁的行为该为某个严重的问题承担责任。合理运用判断和鉴赏资源是他们的写作策略。他们通常不怕分歧或挑战，因为刺激互动是他们最终实现交际目的、改变意识形态的主要步骤。

数据还表明，网络时评作者在不同语类结构中运用评价资源的频率呈现系统性的变化。判断和鉴赏用来突出网络时评作者的主体间立场，从所面临的潜在的质疑和挑战的程度来讲，判断大于鉴赏，负面评价大于正面评价。显性的表达大于隐性的表达。因此，判断和鉴赏资源的频率分布可以说明网络时评作者的主体间立场在时评语篇四个阶段中受到的挑战程度依次为：弱—渐强—强—渐弱，就像一段抛物线，在评议处呈现高潮。

从数据中还可以看出，自言表达伴随着判断与鉴赏资源的逐渐上升共同到达高潮。自言表达多于外言表达。外言表达的走势并不与此并行。这说明网络时评作者采取的主体间立场越来越趋向于主观。也就是说，判断与鉴赏、正负面评价、显性与隐性评价、单声与多声、自言与外言的差别对于主体间立场的主、客观之间的倾向有重要启示。很明显，网络时评作者在新闻背景阶段表达出一种与在评议阶段截然不同的主体间立场，而在新闻事件叙述中表现出的主体间立场比较折中（见图 25）。

图 25　评价资源在网络时评语类结构中的系统分布

5.4.2 新闻背景部分的评价分析

在新闻背景部分，网络时评作者介绍与新闻事件相关的形势，通常比较中肯、客观。因此，此阶段负载了较少的判断与鉴赏，常以自言融合外言来体现。这与负载最多评价价值的评议阶段形成鲜明的反差。例如：

> 中国人有句话常被挂在嘴边：有啥别有病，没啥别没钱。第一句话，除了对身体健康的祈祷和祝愿，还有一层，则是表现了病人生病后的无奈和苦恼，尤其是低收入者生病后的经济困窘和愁烦！在目前一些地区，在一些医院，病人被当成了任意宰割的"唐僧肉"，患者被当成了医院创收和医生发财的工具时，这句话便显得更有分量了。请看这样一件被新闻媒体揭露出来的真实的故事！

费厄克劳夫[1]将这种外言融合内言或参考其他文本的过程称作显性互文性（manifest intertextuality）。从互文性的角度看，外言出现在背景阶段的介入是必然的。那么我们还可以从主体间立场的角度对此作出解释：网络时评作者考虑到开篇即提供个人化观点的介绍会负载更多的人际价值，可能会在大众读者中引发分歧，因而通过民间谚语、传统老话等来旁征博引，使所论及的新闻背景显得言之有据，以避免独立承担对所说内容的责任。而且，外言和自言都可以用来开启与分歧立场对话的空间，都可能导致质疑与挑战。但背景阶段融合外言与内言的方法对于客观策略来说是至关重要的。有时作者提供新闻背景的出处，有时则故意模糊自言与引述的界限。根据费厄克劳夫注意到的显性互文性的渐变程度，外言可以使网络时评作者与外部声音一致程度的变化幅度处于相对宽松的空间。"与自言不同的是，外言资源可以不确定作者和外部声音的一致程度，使之处于模糊或不挑明的状态。这样

---

[1] Fairclough N. Discourse and Social Change [M]. Cambridge: Polity Press, 1992: 104.

使得语篇能够介绍负载潜在分歧的价值，从而模糊作者将这些价值介绍到语篇里的主体间作用。”①。我们发现，这种外言与自言融合的表达在新闻背景介绍部分确实很多，例如：

胡锦涛总书记参加重庆代表团审议时强调，“要进一步增强‘节俭’意识，始终发扬艰苦奋斗的精神，团结带领广大群众不断夺取改革开放和社会主义现代化建设的新胜利”。这引起代表、委员们的热烈反响，他们表示总书记提出的节俭意识针对性强，尽管财政收入宽裕了，但奢侈之风不可涨，尤其党政机关、领导干部更要树立节俭意识。

读者其实不清楚作者与代表们的观点之间是否有分界线，在何处。但是这样做可以包容来自读者的潜在的分歧，不至于认真计较观点来自何人。又如：

对贪官的累累罪行，老百姓看在眼里，恨在心头，很想把他们扳倒，可又感到无可奈何。比如，想向领导机关或纪检、监察机关写信、打电话举报，可又担心“泥牛入海无消息”，还害怕“秦香莲告陈世美的状子落到陈世美手里”，遭到贪官的打击报复。这是一个认识上的误区。其实，举报信访是揭露贪官的有力武器，贪官很怕这一招。群众眼睛雪亮，群众监督有力，许多贪官正是栽在这上头。

此例也相似，作者甚至没有点明外言的出处，引号的作用仅仅用来说明这是来自另一个文本。另外，像“误区”、“栽”这样的用词，已经被预先假定，看似单声介入，但其实包含了外部声音的意味。投射的认知过程通过读者的心理过程来实现，因此这样的用词也可以被看成是外言介入。背景阶段常通过自言与外言的整体交融得以体现，避免使用引述词如“说”、“声称”、“建议”、“争论道”等，从而使网络时评作者与外部声音的一致程度处于更加模糊的状态，实际上是作者实现该部分交际目的的策略。

---

① White P. R. R. Telling media tales: the news story as rhetoric [D]. Sydney: Department of Linguistics, Unviersity of Sydney, 1998: 274.

在新闻背景中除了通过自言与外言交融对背景进行介绍或适度评议外，还为下阶段的新闻事件介绍提供过渡。新闻事件是网络时评语篇产生的先决条件。所以本段是两个结构部分相呼应的集中表达，可引导读者更好地解读新闻事件。但是新闻背景部分是网络时评语类结构中的可选元素，有的作者仅用一句话作为背景介绍，有的直接进入新闻事件，因此所提供的数据不能完全说明与结构其他部分的区别。

5.4.3 新闻事件部分的评价分析

在新闻事件部分，判断与鉴赏之和频率居中；负面评价使用量不受限制；有适量外言介入，主要为自言。作者在叙述新闻事件时通常提供外言出处，如：

> 武汉市青山区一女士也说，今年7月，她3岁的女儿被一教授诊断为哮喘，开出1500多元的处方，但孩子的病不到一周就痊愈了，一大半药被浪费了。

> 传媒有报道称："据说每套的面积400－1200平米，每平米均价11万元。"

从互文性的角度看，新闻事件中人物介入与传媒介入是必然的，这说明作者的时评是具有互文针对性的。从主体间立场的角度解释：时评作者考虑到对新闻事件的介绍附着了更多的人际价值，可能会在大众读者中引发分歧，因而他需要引用具体的人物或机构来承担对所言内容的责任。但是新闻事件部分又不同于新闻报道语类，作者在该部分的交际目的与新闻报道语类的交际目的不同。新闻报道语类主要是将具体的六要素（when，where，what，why，who，how）尽可能完整地告诉读者，使读者清楚了解新闻事件（尽管现在很多研究正试图证明新闻也不是完全客观的，但是让读者了解这六个要素至少在硬新闻中还是有主要的交际目的）。而网络时评作者的交际目的是让读者接受他对新闻事件的解读观点，因此，他在新闻事件介绍部分运用了一定的策略，即形式上让读者体验双重的人际关系(时评作者与读者、新闻作者与读者),让读者在这个部分相当于读到新闻报道;而实质上该双重关系是不完整的,因为时评作者在介绍时是有选择性的,是断章取义或多源重组的。作者并不确切提供外言来源,甚至将多重来源的新闻加以自言整合,因此我们常常可以读到以下句子:

传媒有报道称:……(不指明哪个传媒)

但这回的一则消息则稍稍有点让人意外。……(作者自己的鉴赏)

从重庆某镇政府举债400多万元修建豪华大楼,到河南某地政府花费1.2亿元建"世界最豪华区政府办公楼",更有甚者还建成"小布达拉宫"、"小天安门"、"小白宫"。(多源重组,"更有甚者"也是作者自己的判断)

从修辞的角度来看,时评作者首先要做的就是吸引受众对相关新闻事件的关注,也即让自己的话语具备足够的吸引力。他可以从所拥有、所知晓的一系列的人物、事件、物体和它们的相互关系等入手,根据需要来激活、强调形势的某些方面而压制、弱化或隐藏其他方面,并最终能够让有意展示的那些方面占据受众意识的中心位置,实现修辞学家佩若尔曼和奥尔布莱特①所说的"活现(presence)"。通过评价性表达,修辞者可以再现并让受众"亲历"已经发生的场景,从而让受众认可附加于其间的评价者的观点或意图。佩若尔曼提醒我们,"让一个人自行去感知某一事物的存在是不够的";"活现,以及增加活现感的努力"决不等同于"原原本本再现现实(fidelity to reality)"。通过话语创造"活现",因而意味着对事实的"修辞化和策略化利用":"修辞者仅仅着眼相对于自己的修辞目的是相干的、可资利用的、具有对自己有利的争议空间

① Perelman Chaim, L. Olbrechts- Tyteca. The New Rhetoric : A Treatise on Argumentation [M]. Notre Dame: University of Notre Dame Press ,1969.

并且可以通过自己力所能及的操纵(manipulating)而得到确认的那些事实。他必须回避、掩盖,甚或压制那些虽然与涉及争议十分相干却无助于达成自己的修辞目的,甚至有损于这一目的的那些所谓'不方便的事实(inconvenient facts)'。"时评作者有意识地提及、凸显、强调某些精心挑选的事实,以便能够按照修辞形势所要求的修辞意图调节受众情感,从而在受众中产生对自己的话语"最具接受性的心理状态"。在有些形势下,时评作者甚至"策略性地抛出对自己不利的事实"来"增加他真正想说的话的分量和可信度"。佩若尔曼和奥尔布莱特所强调的"活现"或事实的技巧性表述,远非只是指在文体上进行"美化",而是突出通过"活现"来达到作者与受众间的"情感交融"和受众对话语的"信奉"或认可。

总之,新闻事件部分与新闻背景部分相仿,网络时评作者经常利用这种表面上显得十分客观的策略来实现自己主观的目的。这是网络时评作者实现新闻事件结构部分的交际目的的需要。

5.4.4 评议部分的评价分析

在评议阶段,读者期望时评作者合理论证,顺理成章,因此作者的评价姿态和专家权威被突出,社会评价的潜力被最大化。较之其他三个阶段,评议阶段的负面评价最多。在评议阶段,作者自由地、不受任何约束地表达任何评价,不管是社会尊严还是社会许可,不管是对新闻人物还是对新闻事件,不管是指责还是赞美,作者都可以以自言形式介入,并且直接、显性地表达。这说明网络时评作者准备面临更多挑战、付出更多人际代价的姿态。可以说,评议阶段与上述两个阶段相比更加主观。但是,其他介入资源的使用还是表明了作者为在主、客观之间谋求策略空间所做的努力。作者也充分估计到这些评价可能会受到挑战和质疑,因而充分利用介入资源,适时引入不同的观点展开讨论。通过模糊朦胧其主体间立场,尽量减少引发分歧的可能性,从而既满足大众读者,做出评判性的、创见性的评价,又使指涉读者易于接受这些评价,从而提高网络时评的说服力。介入资源的显著增加表明了时评作者在这个阶段公开地承认了分歧声音的存在和与这些声音进行对话的必要性。因此,在评议阶段,评价资源之间的相互作用最为充分、最为复杂。

从修辞的角度看,时评作者有的时候会通过“认同”来达到对受众态度或行为的改变。伯克(Burke)指出:“只有当我们能够讲另外一个人的话,在言辞、姿势、声调、语序、形象、态度、思想等方面做到和他并无二致。也就是说,只有当我们认同于这个人的言谈方式时,我们才能说得动他。……通过遵从受众的‘意见’,我们就能显露出和他们一体(consubstantiality)的‘征象(signs)’。”[①] 网络时评作者为了赢取受众的善意就必须显露出为受众所认同的性格征象,遵从他们的许多意见可以为作者提供一个有利前提,使得他可以影响或改变受众的另外一些意见。Burke 认为说服是认同的结果,而认同这一概念是对传统修辞观的有益补充。除了以受众“喜闻乐见”的话语打动他们外,作者需要拥有说服潜能。作者如果仅满足于通过自己真实人格的自然流露形成修辞潜势,是不足以说动目标受众的。修辞潜势要求作者因时制宜,通过评议阶段的多声介入手段,为自己另行打造一个适合当下修辞形势需要的人格形象。但是,时评作者却又必须努力让其话语展示不留下任何造作的痕迹,使自己所说的一切听上去都像是直接源于所涉事物和人物的本质,并且都像是作者本人性格的不加掩饰的坦露。

5.4.5 结语部分的评价分析

结语部分表达判断数仅次于评议部分,而鉴赏减少;自言程度较高,但外言减少。所表达的正面判断远多于负面判断。正面的评价可以明确地表达而且能够自由地以自言的姿态介入,而负面的评价总是隐性、间接地表达或以外言的姿态介入。从介入的资源看,自言与外言的界限明显。这说明了在结论部分读者期望有

---

① 刘亚猛. 追求象征的力量——关于西方修辞思想的思考[M]. 北京:三联书店,2004.

明确的行为建议及作者对行为的评价。作者在这部分的交际目的是说服读者并唤起良性互动。作者借用正面判断以同时实现这双重交际目的，例如：

> 这不仅是对病人权益的侵犯，更是一种行业腐败！有关部门应该完善有关法规，堵塞各种漏洞，依法治医；同时，作为一种特殊性质的行业，医疗卫生部门也应当采取措施，制定各种行之有效的规章制度，对那些无视病人生死、职业道德低下者，进行严肃处理。对这类问题，仅靠思想教育，效果是有限的，关键还是在制度上下功夫，做到发现一例，查处一例，决不姑息！武汉儿童医院决定解聘这名责任医师，可以说是动了真格了！

从上面的结论可以发现，作者利用自言判断资源提出问题解决的方法，建议应该做什么、不应该做什么。一方面致力于说服读者的交际目的，运用判断资源帮助读者明辨是非，一方面置身其中，以自言形式使读者感受到评价者态度的主观倾斜性。结论阶段的相对主观性可以解释为作者运用不同的修辞策略实现该部分交际目的。

时评作者还可诉诸“施压”性介入手段。施压在此并非指以赤裸裸的暴力公然威胁受众就范，而是指通过话语手段剥夺或减少受众在相关形势中自由选择或决定的权力。施压通常并不形诸辞色，而仅稍微暗示。时评作者在施压时通常保持合情合理的外表，或将自己的话语描绘成是“不言自明的真理”，或是“惟一正确、惟一符合道义”的选择，或给自己的话语披上“普世性”的外衣，并宣扬或暗示如果不照他说的办将会有何等严重的社会、经济、政治后果，将会造成多么可怕的道德沦丧，进而通过运用策略性的介入资源，在心理上对受众施加最大限度的压力，迫使其就范。

马丁[①]指出，评价选择的模式以一种韵律般的(prosodic)方

---

① Martin J. R. & D. Rose. Working with Discourse: Meaning beyond the clause [M]. London: Continuum, 2003: 48.

式，时而增强，时而减弱，贯穿于整个语篇之间而相互共鸣。评价选择的韵律般模式构成了评价者的“姿态”或“声音”，网络时评通常是沿着相对客观到相对主观的渐变体展开讨论。主观和客观不再是对立的两极体(dichotomy)，而是一个渐变的连续体。网络时评作者的主体间立场在语类结构之间的转换有赖于评价价值受到挑战的程度，从而判断出自己与读者之间的潜在认同和质疑，不断调整自己的评价姿态。评价对于修辞就像连词对于逻辑，评价动态地展开，在不同的阶段和读者建立不同的关系，在策略的连续体中进行调整，与读者展开策略的交流来吸引读者、争取读者、联盟读者。网络时评语篇主体间立场的转换是一种策略，使其建立、协商和被接受成为可能，使互动良性展开，以最终实现改变意识形态的交际目的。

5.5 小　结

本节研究中的50个样本语篇是人民时评上随机抽取的，有一定的偶然性，但体现的也都是典型的主体间立场模型，而事实上，网络时评作者的主体间立场和语类结构可能会以不同的方式结合，会出现一些语类结构的变异形式，因此，网络时评的语类结构会因为网络时评作者的个人策略而与典型的模式不那么一致和统一。但是研究也表明，从人际意义的角度来看，网络时评语类基本上要求一种具有高度系统性和传统性的评价模式。我们将网络时评作者的主体间立场与该语类的结构结合起来分析，一方面证明了评价理论是解读语篇主体间立场在主客观连续体间策略调整的强有力的阐释工具，同时也丰富了我们对网络时评语类结构和修辞潜能的理解。

第六章　结语:网络时评语类的修辞潜势

6.1 引　言

对语类的讨论为我们更为全面和透彻地了解语类,拓宽语类研究的思路和角度有着重要的意义。我们认为,语类从本质上来说,是一种修辞活动,因为言语交际行为主义修辞观对修辞行为属性认定为:言语性、动机性和目的性、语境性、社会性、认知属性以及规律性(陈汝东, 2005)。这和我们之前讨论的语类特质是一致的。具体来说,第一,语类作为一个语境化了的概念,是在某些语境中有目的的实现意义的建构方式,包含了关于情景的期盼和可能的策略性的回应,因而完全可以被看成是一种修辞活动,应该放在修辞学的范畴中进行研究,或者说需要一种修辞性的研究模式。而这里所说的语境理应是涵盖具体情景和社会意识形态在内的广义的"修辞语境"。第二,语类的社会文化性和目的性,使得我们认识到,语类是一种具有社会意义的活动,对语类的研究应该突破就语篇具体交际功能而言的讨论模式。在社会的背景中,不仅是完成狭义的某个具体的交际目的,同时,还是在通过传达某种社会意义来帮助完成一种社会建构。所以,我们所说的修辞性质的语类研究应该同时具有批评的性质,或者说,试图用一种批评的方法探讨具有"社会意义"的语类,毕竟,修辞语境是具体情景和社会意识形态的综合。语类既不是超脱价值也不是中立的,通常它本身就暗指着等级性的社会关系,包含了社会态度、动机,是一种带有政治、文化暗示的行为。第三,修辞研究中的行为主体——

“人”——在社会历史中的能动性决定了语类的动态发展性和错综复杂性，但“人”是带有话语社团身份的“人”，具有一定的认知能力和模式，所以，人的认知能力在语类活动中的选择性作用又同时足以将由于交际目的和功能的无穷性和应社会需要而具有的发展进化性所导致的错综复杂的语类群整理成一个具有阶层性的体系，也就是说，语类的发展始终是在对满足作为社会的人的认知需要作出反应，是对因时因地不同的有效的交际进行的整合。当然，尽管语类关于语篇的生成和解释的动态过程有其规约性，但语类的相对规约性不能被看作是一种既定公式，毕竟，人具有“自主能动性”，在语类规定的框架内实现个人的多样的交际目的，成功完成修辞活动。第四，语类和语篇语言形式之间的体现关系，与修辞研究中主要以语言为主要媒介的界定是相符合的。从修辞学的角度来说，交际目的的达到、交际功能的实现，多取决于语言形式的恰当应用，所以，交际目的和语言形式之间、语境和语言形式之间本来就有着不可分离的关系，而且，通过对语类系统阶层性的利用，不同的标准和出发点同时使用在对语篇的类型的研究中是现实的。对语类特质的研究使我们看到了修辞视角的语类研究模式的可能性，拓宽了语类研究的思路和方法。

在分析部分，我们已经描述了网络时评的语篇结构和人际风格，也已经证明了网络时评独特的修辞策略以及作者与读者的主体间关系。在这一章，我们将概括两个方面——语篇结构策略和语言资源选择策略——以探索现代网络时评的修辞潜势。“修辞原是达意传情的手段。主要为着意和情，修辞不过是调整语词使达意传情能够适切的一种努力。……无论作文或说话，又无论华巧或质拙，总以‘意与言会，言随意遣’为极致。”[1]我们认为，网络时评的语篇结构和人际本质使语篇所传递的意识形态价值完完全全自然化了。也就是说，由意识形态决定的世界观影响了每一网

① 陈望道. 修辞学发凡(第四版)[M]. 上海：上海世纪出版集团，2006：3.

络时评语篇的生产。目前的网络时评同时又是一个潜在的修辞手段以支持和诠释这种世界观,“意与言会,言随意遣”,使它显得自然和普通。

为了解释这种修辞潜势,本章进一步强调了一些前文所提到的重要观点,特别是来自于网络时评的语类结构与评价体系,标题的作用,发表信息的作用,及物性结构、主题结构、逻辑连接等衔接手段的作用,以及评价理论视角下的作者的评价策略。

但是,在谈这些问题以前,我们需要简单地谈谈到现在为止较少涉及的一个概念——元功能维度,即语场。在本研究中,就是网络时评的主题——时评应该包含什么的问题。这里,我们受系统功能语言学的启发,如果要理解并解释交际,就有必要考虑意义的三种模式——概念、人际和语篇——的互动。

6.2 网络时评价值纵览

网络时评是明显的跨话语领域的典型,它涉及各种各样的话语,包括政治、法律、服务、经济、官僚、医药、宗教、社会科学和自然科学、人文学、教育等。但是,网络时评对这些专业领域本身并不感兴趣。网络时评对这些东西感兴趣只是因为它们提供了素材,新闻网站媒体希望能够把这些素材加以引申和发挥,发展成一种社会或道德秩序的理论。当然,这个理论不一定得到普遍认可。这种理论通过新闻行业操作以确定时评价值而得到表达,并影响着新闻行业的运行——在这个过程中,某些事件或议题被认为值得评议,某些不值得。被认为值得的,主题常常是对社会有意义的,但是需要被评估为对社会真正的有害或潜在有害、有威胁性、有社会角色和社会关系改变的可能性(因此常常包含有冲突)——所以首要的重心在于政治新闻(与权利相关的变动)或关于罪行(有失常或危害)和灾难(危害、因人类疏忽而失常)的报道与评议。这些主题在描写社会秩序模式时是有作用的,因为它们可以定位它的边界,认为某些社会领域处于风险或变化中。由此,网络时评模式主要关心的不是描写日常的社会角色、关系和社会状况，而是识别在某些地方，这种角色、关系、状况处于风险中。

应该注意，这里所提的时评模式不一定是一个非常明确的、一致的、静止的或单一的社会构造。这个模式一词是一个隐喻，包含了对这个社会的世界组构方式的假定、思想与期待，这在大众媒体，也许还包括一些受众，想法是多多少少一致的。正因为如此，这个模式总是处于变化或争议中，它们行使足够的权力来协商组成社会规范、可接受性和期待性的参数。

因此，网络时评主题，如果从大的意识形态角度看，它是在一个暗含和明示的水平上运行。在明示的水平上，它与材料相关，大多数材料都被诠释成具有挑战性的、具有社会危害性或改变性的、权力相关的或道德现状相关的。在暗含的水平上，通过讨论那些有可能是失常的、有危害性的新闻事件、新发展、新决定、新建议等来提示是加强或者改写既定规则。

6.3 网络时评与大众媒体

我们知道，大众媒体的主要目的之一就是通过识别对社会秩序有风险的关键问题发展一种独特的、受意识形态影响的社会秩序理论。但是，大众媒体，尤其是网站媒体还有一个更大的目的：为了经济利益，要使自己的声音越大越好。同样，为了赢得文化、意识和政治影响，它力图使自己的思想尽可能地被广为接受。这两个目的——发展一个社会秩序理论与赢得最广大的读者——不一定会完全合拍。正如前面所说的，媒体是通过识别它认为对社会秩序有风险的东西来塑造社会秩序的。但是，这样的估计当然有可能是多声争论之地。不同的社会地位会与不同社会秩序模式发生作用，因此也会与对新闻事件的不同估计发生作用，而正是这种新闻事件使社会秩序处于风险中。我们知道，当前的社会充满着各种各样的声音，我们可以期待对国情不稳定的估计会有抗议或反对。这种抗议的一个可能的结果就是潜在的受众会减低到只有那些在社会地位上与新闻的价值合拍的人，或者还有那些对观察自己对立面思想意识如何进展持有兴趣的人。因此，在这种情况下，社会性的网络媒体是不可能这样做的。

当今的媒体还是一个真正的大众机构，需要指出的是网络时评的修辞策略还是解决这两个目的冲突的一个关键因素。这种策略使媒体赢得巨大的多声社会，同时又通过有意识地识别国情不稳定的状况，发展了社会秩序模式。正如费厄克劳夫指出的："新闻媒体对人们知识、信仰、价值观念、社会关系和社会身份等具有巨大的影响力，而这种力量在很大程度上在于语言的使用。"①网络时评的这种修辞策略包含两个基本的内容：

首先，它就像一种政治制度，可以有选择地承认多声争议，因此也可以有选择地承认联盟处于风险中的情况。

其次，它是策略性地融合个人化和非个人化技巧，尽量使作者的主体间角色得到支持和互动。

包含上述两个内容的修辞策略对网络时评的迅速发展繁荣起到了决定性的作用，因此，我们需要在这里再次强调语篇的结构策略与语言资源利用策略。

6.4 网络时评语类的修辞潜势

西方修辞研究的主题有五大关系即修辞学与权力的关系、修辞学与真理的关系、修辞学与伦理学的关系、修辞学与听/读者的关系以及修辞学与社会的关系。其中，关于修辞学在发展和维护社会方面的作用问题是一个值得探究的广泛而深刻的问题，它探索在建立和维护一个社会时修辞学的特殊功能，探讨人类是否依靠修辞创造和谐，达到一个理性社会所需要的在工作和生活中的协作，最终取得同一性以及共同的社会价值取向。亚里士多德认为，"修辞是一门工具，是进步社会必不可少的一个部分，它帮助

① Fairclough Norman. Media Discourse [M]. London: Edward Arnold, 1995.

弘扬真理和正义，抵制谬误和邪恶”[1]。西方修辞学传统一直把修辞看作组织、规范人类思想和行为的重要工具。在我国，随着修辞研究视野的扩大，人们已经不满足于用传统的方法来归纳修辞方式与阐释修辞现象。人们开始借鉴哲学、社会学、人类学和认知科学等的理论方法，重新审视修辞现象，把修辞置于社会结构关系和社会人际互动的背景中进行考察，从更广泛的角度探讨修辞交际运作的动态心理机制，分析社会心理认知、话语认知与修辞行为的动态共变关系，揭示修辞的规律与目的，探讨修辞的本质与功能。当然，本研究的视角还是语言学修辞，通过前五章的分析，我们认为，网络时评的语篇结构策略和语言资源选择策略共同铸就了影响社会意识形态的修辞潜势。

6.4.1 语篇结构策略

系统功能语言学把语篇看作是社会成员之间进行社会意义交换的互动过程。语篇是一个由意义组成的语义单位，它产生于意义潜势网络之中；语篇既是语义选择的结果，同时又是语义功能实现的手段。因此，语篇被看作是具有功能的语言。也就是说，在交际过程中，说话者运用语言表达人们在现实世界中的各种经历和人与人之间的相互关系，并通过连贯的语篇将概念意义和人际意义现实化。马丁和马特森[2]认为，概念功能和人际功能用来反映语言之外的现象，而语篇功能则是语言本身的“使成(enabling)”功能，是为实现概念功能和人际功能服务的。所以说，一方面，语篇功能可以为概念功能和人际功能的实现服务；另一方面，概念功能和人际功能也具有语篇建构能力。在人际功能的层面上，交际

---

① 常昌富. 导论：20世纪修辞学概论[A]. 肯尼斯·伯克 等著. 当代西方修辞学：演讲与话语批评[M]. 北京：中国社会科学出版社，1998.

② Martin J. R. & Matthiessen C. M. I. M. Systemic Typology and Topology [A]. Christie, F. (ed.) Literacy in Social Processes: Papers From the Inaugural Australian Systemic Linguistics Conference [C]. Darwin, Australia, Centre for Studies in Language and Education. 1992.

参与者是通过人际意义潜势所提供的语法资源在互动中建构语篇的。

语言交际的一个重要目的是进行意义的交流，建立并保持适宜的社会联系。我们在进行语言交流的时候总是带着一定的目的，如影响他人的态度或行为、向他人提供信息，等等。语言所具有的表达人与人之间关系的功能就是系统功能语言学所说的人际功能。网络时评有其独特的语类特点。时评作者的交际目的是在第一时间对新闻作出解读，追求时评的强时效性、互动性、劝说性和导向性，采取各种修辞策略，联盟读者，并试图发展一种独特的受意识形态影响的社会秩序理论。

我们知道，实现语类目标的方式主要有两个层次：语类结构(generic structure)和实现方式(realization patterns)。为达到交际目的，一定的语类总有一系列约定俗成的步骤(steps, stages, moves)，这些步骤就是语类的纲要式结构。步骤之间的分界以及每个步骤的作用都是通过语言选择来实现的，这就是实现模式。

网络时评在最近几年逐渐从其他新闻媒体评论形式中诞生、发展并走向成熟，形成了独特的语篇结构：标题 ^(新闻背景)^ 新闻事件 ^[评议 ^(相关新闻评议$^{1-n}$)]$^{1-n}$^ 结语。网络时评语篇要按照相应的结构顺序发展，不能颠倒顺序，也不能跳跃过其中的必要步骤。特定的步骤选择特定的模式，才能实现该步骤的作用。时评语类不能与其他语类混用杂糅。通过语类结构与实现模式的有效结合实现语类的连贯。对于网络时评语类来说，有些特定信息是比较重要的，需要重点描述和评议，有些信息是次要的可以减少描述甚至忽略。

标题与发表信息作为必选成分出现在任何一则网络时评的最前面，它向读者提供网站机构信息与作者信息，其背后则隐含着人际关系，如网站本身的权威性、作者知名度、与读者的距离和可信度；其他发表信息及功能键则向读者暗示着网站联盟读者、并试图与读者开展互动的意愿。新闻背景是语篇语义结构中的可选元素，但是绝大部分的网络时评语篇中(100 篇语料中的 74 篇)都有新闻背景部分,形式上通常为一个段落。作者通过该部分向读者介绍新闻的相关情况,可以让更多的大众读者在没有事先读过新闻的前提下迅速了解新闻,并对话题感兴趣。新闻事件部分是每一则网络时评的必选元素,是时评语篇的评议对象。但这个部分又区别于正常的新闻报道。作者在这部分不需要向读者汇报所有的 WH 信息(when, where, what, why, who, how),只需要明确新闻的重点,指出问题所在,有的放矢。读者在了解了新闻背景和新闻事件后,就开始了比较认真的思考,带着期待,与作者共同走入下一个语义部分。评议是网络时评语篇最为重要的部分。作者对某一问题提出自己的观点,并从多方面进行论证。有的时候还需要插入相关的新闻作为佐证。这是一个单声、多声、对话性和互文性交融的部分,是实现语篇交际目的的关键部分。这一部分在形式上通常多于一个段落。语篇的最后部分是结语,表达了作者论证后的自然结论以及解决问题的具体建议。

这就是网络时评语类的宏观语义结构。语篇语类的宏观语义结构是凌驾于其他各种原则基础之上的,是在语类结构选择以后才选择其他实现这些结构的模式。这一结构是网络时评话语社团在长期的交流中根据交际目标逐步确立的,已经融入于社团成员的思维之中,成为了约定俗成的交际模式,不会轻易更改。作者以此为标准来创造,而读者也以此为标准在阅读中期待。任何改变都将使读者感到意外而无法接受。因此,纲要式语义结构是网络时评最根本的修辞手段,要求作者严格地按照该语义结构展开,这是产生无数连贯的时评语篇的首要保证。我们检索了 50 篇语料,发现它们都严格地执行了该原则,区别与变异仅在于选择成分的不同。

6.4.2 语言资源选择策略

在本书的第三章我们具体分析了网络时评语篇的单个样本,总结了该语篇的修辞策略。在第四章,我们分析了网络时评语类在语篇各语义结构部分的语言资源选择策略,如标题的语言特点,包括疑问句、祈使句的运用，标题内标点的运用，单声与多声的策略性介入方式等；我们还讨论了各部分的及物性结构特征，发现评议部分中关系过程占绝对优势，作者尽可能地以事实说话，使自己与语篇保持一定的距离，经过合乎逻辑的分析，旁征博引，逐步证明自己观点的正确。此外，我们还探讨了语篇的主要衔接手段与连贯特征等，认为网络时评语篇的连贯最根本的是语类结构各个部分之间的连贯，而话题结构衔接、逻辑连接、评价状语衔接是支持语篇连贯的主要手段。在第五章，我们从评价体系的视角出发详细讨论了介入、态度、级差三大子类的语言资源选择策略及其在语篇各部分的分布态势。我们从主体间立场的角度分析网络时评的语类结构，发现该语类结构对评价系统的选择产生制约，评价系统在不同语类结构里的系统性变化体现了语篇的修辞策略和篇章策略。我们的研究发现网络时评作者在不同语类结构部分所运用的评价资源的频率呈现系统性的变化。判断和鉴赏用来突出网络时评作者的主体间立场，从所面临的潜在的质疑和挑战的程度来讲，判断大于鉴赏，负面评价大于正面评价，显性的表达大于隐性的表达。因此，判断和鉴赏资源的频率分布可以说明网络时评作者的主体间立场在时评语篇四个阶段中受到的挑战程度依次为：弱——渐强——强——渐弱，就像一段抛物线，在评议处呈现高潮。我们的研究还发现，单声自言表达如影随形，伴随着判断与鉴赏抛物线共至高潮。自言表达多于外言表达。外言表达的走势并不与此并行。这说明网络时评作者采取的主体间立场随着语篇结构部分的进展越来越趋向于主观。也就是说，判断与鉴赏、正负面评价、显性与隐性评价、单声与多声、自言与外言的差别对于主体间立场的主、客观之间的倾向有重要启示。主观和客观不再是对立的两极体，而是一个渐变的连续体。网络时评作者的主体间立场在语类结构之间的转换有赖于评价价值受到挑战的程度，从而判断出自己与读者之间的潜在认同和质疑，不断调整自己的评价姿态。

总而言之，为了说服、影响受众进而实现成功干预意识形态的修辞潜势，网络时评作者要尽量消抹、掩盖自己的修辞动机和努力，让自己的话语呈现出“非修辞性”或超功利性。之所以如此，是因为修辞也是权力的一种专用工具和特殊表现形式。正如法国思想大师福柯所指出的那样，所有权力的运作都是“以将自己的真相掩盖起来为条件的。权力的成功率与它将自己的工作机制隐藏起来的能力成正比。……对权力来说，(自我)保密从本质上说不是一种非法行为，而是它发挥作用必不可少的一个条件”。另一思想家布迪厄也表达了类似的观点。他指出，“当各种行为与资源变得与其潜在的物质利益脱钩并因此被误识为代表超功利的行为与资源形式的时候，这些行为与资源就获得了符号权合法性”，因此“许多行为只有当它们的利益被误识的时候才能成功地实施”[①]。修辞因而也是“通过权力机制的自我隐蔽”，使得“权力在受其支配的人们中间产生了他们是在行使自由意志的错觉，从而使变得可以忍受和接受”。因此，网络时评作者和受众的关系可以被重新认识为一种“权力关系”，而作者藏巧示拙，极力掩盖自己的修辞图谋的一切努力，归根结底都是为了将这种关系维持在权力行使的对象，亦即受众，“可忍受”或“可接受”的范围内。

6.4.3　影响社会意识形态的修辞策略

众所周知，在语言使用中，意识形态无处不在，话语的主观性决定任何语篇都会体现某种意识形态。

人与外在世界相处，人在世界中生存，是通过语言确立自我、联系外物的。“如果最初人们是用语言来指称事物的，语言与事物之间有直接的对应关系，那么后来，人主要生活在语言之中，人们用语言来谈论语言，用语言来解释语言，正是因为运用语言，人的道德观念得以强化。”(常昌富 1998：16)。语言使人区别于动物，使人成为人，所以说，语言是人类的生存方式。可以毫不夸张

---

① 戴维·斯沃茨. 文化与权力：布尔迪厄的社会学[M]. 陶东风译. 上海：上海译文出版社，2006.

地说，修辞是人类任何一种发达语言的灵魂。从传统意义上说，修辞是人对语言的一种运用，是人对语言的一种积极主动的优化的运用过程。从这个意义上说，修辞是不可回避的，但它绝不仅仅是纯粹的文饰技巧，更是一种塑造思想认识的原初性活动。人极尽语言的一切可能性，处理自身与世界的种种关系。说到底，修辞是处理人与语言、主体与主体外客观世界的关系的问题，它是人的生存方式。人一旦使用语言，就不可避免地进入修辞环境。言语活动是人类行为的组成部分。修辞是人的本质属性，“不管是主动使用还是被动使用修辞，我们需要修辞”（Bryant 1998：94）。一切人类有意义的话语形式都是修辞性的。正如道格拉斯·埃宁格(Douglas Ehninger) 所说：“那种将修辞看作在话语的上面加上调料的观念被淘汰，取而代之的是这样的认知：修辞不仅蕴藏于人类的一切传播活动中，而且它组织和规范人类的思想和行为的各个方面。”（1972：8-9）。而修辞行为的本质也就是人性的，是人对现实的认知和创造。因此，哲人说世界是由语言构筑的，而我们进一步地认为，语言世界又是以修辞的方式完成的。正因为如此，早在先秦时期，人们就把修辞与修身修业看得同等重要，甚至把修辞与邦国的兴旺联系起来，正如古语所说“一言可以兴邦”、“一言可以毁国”。西方修辞学理论更把修辞看作组织、规范人类思想和行为的重要工具，是促进社会合作和实现人类自身价值的一种有效手段。因此，修辞不仅仅是人类运用符号进行交际的独特能力，更是一种用以协调社会行为的交际活动。西方当代修辞学理论认为修辞作为人与群体之间相互影响的一种语言使用形式，很自然地应该与改善人际关系、促进社会意识形态和谐联系起来。

所谓意识形态，就是指“人们理解世界、整理、归纳经验时所持的总的观点和看法。”[①]当我们说话或写作时，我们总是对“世界”

---

① Fowler R. Language in the News: Discourse and Ideology in the Press [M]. London/New York: Routledge, 1991: 90.

采取一个特定的看法[①]。

马克思在谈论语言的产生时就指出[②]:"'精神'从一开始就很倒霉,注定要受物质的'纠缠',物质在这里表现为震动着的空气层、声音,简言之,即语言。语言和意识具有同样长久的历史;语言是一种实践的、既为别人存在并仅仅因此也为我自己存在的、现实的意识。……意识一开始就是社会的产物,而且只要人们还存在着,它就仍然是这种产物。"马克思这里实际上深刻揭示了意识形态发挥职能所依赖的物质媒介,即意识形态的载体是语言,而且一定的意识形态总是用一定的语言和术语来表达自己的。马克思在《德意志意识形态》中还说过:"语言是思想的直接现实"。马克思主义所称为意识形态的东西,事实上是所有语言起作用的方式[③]。

弗莱指出:"上世纪最后二十五年语言与符号学领域的发展已经向我们表明,语言是怎样既表达我们的意识,又在空间和时间上结构我们的意识。"[④]语言对意识的结构功能,来自语言的集体性。爱德华·萨丕尔[⑤]在《语言论》中说:"每一种语言本身都是一种集体的表达艺术。其中隐藏着一些审美因素——语言的、节奏的、象征的、形态的——是不能和任何别的语言全部共有的。"

意识形态与语言、政治、权势不可分割。语言不仅是交流的手段,也是权势进行控制的工具,语言与政治有着密切的联系。网络时评语言是一种特殊的语言表现形式,不管语言发生怎样的变化,它总是反映和渗透着一定的社会意识形态。当网络时评语言与社

---

① Gee J. P. An Introduction to Discourse Analysis: Theory and Method [M]. Beijing: Foreign Language Teaching and Research Press, 2000: 2.

② 马克思,恩格斯. 马克思恩格斯全集(第 3 卷)[M]. 中共中央马克思恩格斯列宁斯大林著作编译局译. 北京:人民出版社,1972.

③ 马克思,恩格斯. 马克思恩格斯全集(第 3 卷)[M]. 中共中央马克思恩格斯列宁斯大林著作编译局译. 北京:人民出版社,1972.

④ Northrop Frye, Robert D. Denham. M yth and M etapho r: Selected Essays 1974 - 1988 [C]. Charlottesville and London: University Press of Virginia, 1990.

⑤ 爱德华·萨丕尔. 语言论[M]. 陆卓元译. 北京:商务印书馆,1997.

会政治生活相结合，参与了社会事物和社会关系的构成，它就成为一种社会实践，变成了社会过程的介入力量。

韩礼德的系统功能语法理论认为语言不仅仅是一种信息交换，也不仅仅是人际交流的一种工具，而是一种意识形态。语言由社会提供，参与储存与传递感知。这些通过语言而获得并通过使用语言而得到强化的感知过程是对客观存在的社会建构，它本质上就属于意识形态范畴。任何语篇都是在语言的外壳下起操纵作用的社会化意识形态。任何一种语义内容都有若干种语言形式可供选择，这便是功能主义的基本观点——语言功能决定语言形式。网络时评语言是意识形态的原因还在于它在为阶级利益服务的过程中参与对社会制度的反映、传递或扭曲，网络时评作者通过掌控语言形式使受话者能够被操纵和告知信息。当受话者相信自己正在被告知某种信息或观点时，实际上他就受到了控制，因此语言就不可避免地成为权力控制和信息交流的工具。从广义上说，意识形态是为权力服务的语义单位和符号形式，这些语言符号系统有助于建立、维护和巩固特定社会环境中的统治关系或权力的存在关系。从网络时评的本质来看，经过作者锤炼加工而写入作品中的策略性语言表达更是体现了语言与权力、意识形态之间所隐藏的这种关系，这是由时评舆论的阶级性、政治性所决定的，也是由网络时评的特殊性所决定的。正如自然语言是一个动态的符号系统，网络时评语言也是一个动态的符号系统，它总是反映着一定的社会意识形态，与社会政治需求相适应，并随社会政治生活的变化而变化，有什么样的时代特征，就有什么样的网络时评语言。网络时评语言是由时代需要和意识形态特点所决定的，也是为一定的意识形态服务的。

社会存在决定意识形态，意识形态对社会存在具有反作用，网络时评语言作为意识形态的表现形式，在大量网民参与社会政治生活的信息时代，它比自然语言更具说服力和号召力。网络时评语言一旦与社会政治生活相结合，参与社会事物和社会关系的构成，变成了社会过程的介入力量后，其威力与影响是显而易见的。

网络时评既是新闻事实的再现，又是新闻事实的重新解读，是一种特殊的社会意识形态。是在网络语言的外壳下起操纵作用的社会化意识形态。网络时评语篇只是形式，意识形态才是它的内容。内容决定形式，意识形态决定语言再现形式的选择。当网络时评与社会结构相联系，成为社会政治生活的一部分，成为社会意识形态的表现形式时，网络时评语言就成为一种社会实践活动，是社会秩序的一种永恒的介入力量。

由此，我们认为，网络时评的语类结构潜势和语言资源选择策略反映出现代网络时评的人际意义建构。作者针对有严重问题的社会现象，观点鲜明，立场坚定，力图说服读者。这是一种明显的社会行为。他们不惜笔墨，将非正常的社会现象或社会问题用策略性资源加以评价，引起读者关注，把读者联盟到自己的意识形态领域中来。网络时评语篇架起了一座人(作者)与人(读者)建立社会关系的桥梁，其语类结构潜势和人际本质使语篇所传递的意识形态价值逐渐走向自然化。我们的分析与修辞学理论基本一致。无论西方古典修辞学理论还是当代西方修辞学理论，它们都认为，修辞的终极目的并不仅仅在于更有效地传递信息。其实，当修辞在希腊诞生时，其价值就不仅在于准确表达观点，而是在公共言谈中，教化他人，达成共识。修辞是通过语言在听众或读者身上唤起情感，形成态度或改变态度并最终诱发行动。伯克的修辞哲学强调在建立和维护社团时修辞的巨大作用。修辞就是通过劝说调节人们之间的社会关系，修辞学的研究对象是劝说的符号行为，它涉及形成看法或态度，加强已有观点或态度和改变原先的观点或态度。伯克认为，要达到调节人们之间的社会关系，交际双方就要设法取得同一，同一几乎就是社交的代名词。修辞所扮演的角色是通过符号和劝说使人们克服“分”而达到“合”。修辞是沟通人类隔离状态的桥梁，是一种把“相隔绝的人们联系起来的工具”①。

---

① Burke Kenneth. A Rhetoric of Motives [M]. Gambridge: The University of Californis Press, 1969.

网络时评的修辞话语充满了价值观，它具有一种凝聚力，能把具有各色思想的网民团结起来形成社团或文化。时评作者通过运用评价资源对各种价值观进行阐释，试图影响人们在对一些急需处理的事情上作出正确的选择，有意识地在相对短的时间内取得预期的言语交际效果，运用语言符号指引人们朝某种最终的意识形态目标去努力奋斗，以营造一个进步的、有秩序的社会。

所以说，由意识形态决定的世界观不仅影响作者的修辞策略，也影响了读者的理解过程，那么目前的网络时评同时又是一个潜在的修辞手段以支持和诠释这种世界观，使它显得自然和普通。其修辞潜势的实现模式如下（图 26）：

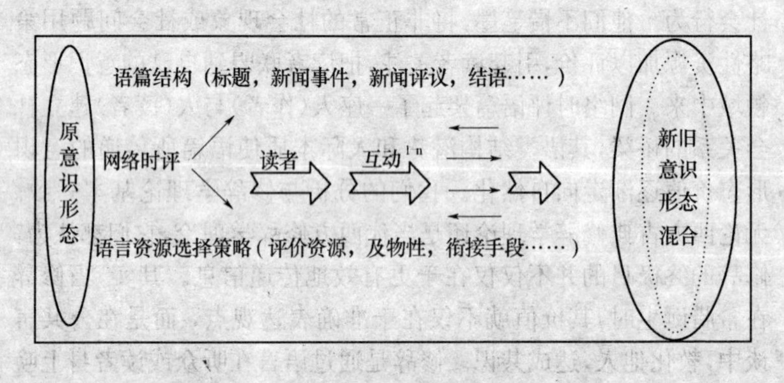

图 26　网络时评影响社会意识形态的修辞潜势

分析以上模式，我们需要提到语言的意识形态性和社会互动性。巴赫金所主张的语言唯物论是从意识形态、符号以及意识之间的关系来探讨语言哲学问题的。在他看来，意识形态在本质上就是符号。符号的意义属于整个意识形态。然而，在众多的意识形态符号中，任何符号都不能与语言相媲美，“话语是一种独特的意识形态现象”，话语的整个现实完全消融于它的符号功能之中。话语里没有任何东西与这一切功能无关，所有东西都是由它产生出来的。也就是说，语言符号是最有代表性的、纯粹的意识形态现象。另外，从意识形态的高度来反观语言，会让我们对语言符号获得一种更深刻的认识。巴赫金[①]认为，符号的理解关键在于把要被理解的符号纳入已经熟悉的符号群中，换句话说，理解就是要用熟悉的符号来弄清新符号。这一连串由符号到符号再到新符号的理解和意识形态的创作（ideological creativity），是一个连续不断的整体。这根意识形态的链条在单个意识之间伸展着，并把它们联系起来。意识，只有当它处于社会的相互作用的过程中才能成为意识形态。网络时评恰恰是利用意识的相互作用、相互传递，利用新闻背景和新闻事件的较为熟悉的语言符号，引导读者进入新闻评议和结语的新的符号，通过新旧符号的不断互动，加深读者印象，扩大受众面，修正原有的意识形态或构建新的意识形态。作为意识形态的基础之一，网络时评控制着语篇社团成员进行意识交往，同时又是社团成员个体意识构建整体意识形态的主要媒介。网络时评这种构建意识形态的媒介作用及其天生的社会互动的特性，是新近出现的一种新的语言社会实践活动热点。

鉴于网络时评的社会互动性，互动者主体间的人际关系尤为重要。网络时评作者为了实现自己的双重交际目的（发展一个社会秩序理论与赢得最广大的读者），在与读者的长期互动过程中，逐步发展了网络时评独特的语篇结构，以满足读者期待。时评语篇的成文是说话者对词汇、结构以及新闻来源的一系列选择的结果。人们选择以何种词语表述现实世界和内心世界的经验会反映出人们有意识或无意识的意识形态。语篇的各个层次和各种形式的选择，都离不开特定的意识形态意义。然而，由于网络时评的篇幅等多种因素限制，时评作者的思想再丰富，也不能写一本专著放在网络时评栏目上。作者在网络时评这个语类结构的限定下，在必要元素组成的框架中写作，在可选元素中拥有一定自由选择与自由发挥的空间。作者与读者是两个相互平等的独立的主体，需要相互统一，相互理解。作者为了联盟读者，需要合理地利用语言

---

① Bakhtin M. Speech genres and other late essays [M]. Austin: University of Texas Press, 1986.

资源，尽管他想发展自己的一家之言，但是他必须有选择地承认多声争议，策略性地融合个人化和非个人化技巧，尽量使作者的主体间角色得到支持和互动。这就是网络时评语篇结构与语言资源选择策略所构成的网络时评语类的修辞潜势。在这一宏观模式的指导下，网络时评作者与新闻网站机构逐步将自己的各种个体风险意识推向社会，与公众交流，赢得最大的读者群，在不断的互动交流中，相互区别的意识主体开始相互联系，相互接受，逐步扩大影响力，使一种新的社会秩序理论在社会意识形态中趋于自然化。

语言只是语篇的形式，而意识形态才是语篇的内容。通过分析，我们可以从一个新的视角来重新审视网络时评语篇，提高网民读者对权势操纵的敏感性，进行批评性阅读与目的性互动，警惕网络时评语篇的控制意识，提高互动质疑中的反控制能力。德国著名语言学家洪堡特曾说："语言活动是形成思想的强大力量。"①因此，我们还必须同时意识到网络时评修辞在发挥语言的效力方面的强大作用，使之更有效地服务于和谐的社会意识形态建设。

6.5 研究的局限性与今后研究展望

本研究讨论了网络时评语类的语篇结构与语言资源选择策略。在论证过程中借鉴了许多语言学的理论框架，引入了比较详细的数据分析。但是，语料的搜集范围还比较窄，与印刷媒体新闻评论的对比性分析不够完整。在今后的研究中，我们要扩大语料的搜集面，对网络时评语类评价资源分布进行标注，建立小型的评价资源检索数据系统，将分析研究深入到互动语篇中，期待发现主体间关系的变化过程，预测意识形态自然化的进程。

---

① 伍铁平．语言学是一门领先的科学[M]．北京：北京语言学院出版社，1994.

附录1　100篇人民网时评标题

人民时评:特大暴雨拷问大城市城建和管理 2007年07月23日11:21

人民时评:人们关注“副市长行政分工”的深层意义 2007年07月19日02:18

人民时评:从执法有望不再“随意发挥”说开去 2007年07月18日00:17

人民时评:郑筱萸案叫好声中的沉思 2007年07月17日01:16

人民时评:一个行贿者轻易拿下17个领导! 2007年07月16日00:59

人民时评:农民工进城就业之路,还靠政府来指! 2007年07月11日00:13

人民时评:惊悉赌徒围堵县委大门讨赌债 2007年07月11日00:03

人民时评:期待党和政府将反贿赂进行到底! 2007年07月10日00:15

人民时评:这样的政府“建议”实在太荒唐! 2007年07月03日00:08

人民时评:看“香港姊妹”学“香港精神” 2007年07月02日00:36

人民时评:香港 紫荆花开得更繁盛 2007年07月01日00:17

人民时评:从1997到2007,看香港十年 2007年06月30日00:08

人民时评:审计报告出了,机关“豪华风”能走吗? 2007年06月27日17:42

人民时评:省长道歉后,百姓最关心什么? 2007年06月27日07:45

人民时评:为何19年还未刹住“楼堂馆所”歪风? 2007年06月24日00:26

人民时评:对打击黑砖窑专项行动的期盼与忧虑 2007年06月20日16:58

人民时评:岂能纵容“公款不花白不花”? 2007年06月16日03:51

人民时评:多少贪官能“悬崖勒马”“主动交代”? 2007年06月14日00:14

人民时评:反渎职犯罪当从公权机关内部入手 2007年06月12日00:36

人民时评:从郝和平的手机看贪官的虚伪和贪婪 2007年06月10日

04:51

人民时评:国务院要求公务员退出行业协会的多重意义 2007 年 06 月 08 日 00:31

人民时评:有感副省长"晚上电话一响就心惊肉跳" 2007 年 06 月 07 日 00:31

人民时评:公务员不尽孝将被惩戒,好! 2007 年 06 月 06 日 00:20

人民时评:怎样看待"飞车抢劫当场击毙"…… 2007 年 06 月 05 日 00:18

人民时评:还有多少渎职官员逍遥法外? 2007 年 06 月 04 日 00:41

人民时评:郑筱萸可曾想过被判死刑? 2007 年 06 月 01 日 00:24

人民时评:谁说渎职不是"赤裸裸"的犯罪? 2007 年 05 月 30 日 00:50

人民时评:从牙防基金会乱花钱问谁来监督公权力? 2007 年 05 月 21 日 01:33

人民时评:"公款享乐"当上升至反腐败高度 2007 年 05 月 20 日 01:15

人民时评:领导,您愿意坐飞机经济舱和火车硬席吗? 2007 年 05 月 17 日 02:40

人民时评:468 人次出国被卡掉反映了什么? 2007 年 05 月 16 日 01:14

人民时评:对渎职犯罪,岂能暧昧地"宽容"? 2007 年 05 月 15 日 07:45

人民时评:长假制度"四个转变"值得期待 2007 年 05 月 11 日 00:31

人民时评:跟踪车房妻儿寻查贪官切实可行! 2007 年 05 月 08 日 01:17

人民时评:有感李毅中"利剑在握"与"非常振奋" 2007 年 05 月 06 日 02:06

人民时评:公务员有了"紧箍咒" 2007 年 04 月 29 日 10:03

人民时评:立法取向更贴近民生,好! 2007 年 04 月 26 日 00:15

人民时评:政府信息公开条例 公民知情权的后盾 2007 年 04 月 24 日 09:57

人民时评:有感青少年犯罪近 80%的人通过网络受到诱惑 2007 年 04 月 23 日 00:42

人民时评:突击提拔干部"犹如甩卖萝卜白菜"? 2007 年 04 月 22 日 00:30

人民时评:从北京户籍改革新举措说起…… 2007 年 04 月 21 日 00:07

人民时评:警惕杜湘成曾锦春那样的"两面人" 2007 年 04 月 20 日 00:16

人民时评:从贫困县的"文化遮羞墙"看里子 PK 面子 2007 年 04 月 19

日 00:17

人民时评:当地官场氛围与纪委书记敛财千万 2007 年 04 月 19 日 00:16

人民时评:拜包公宣誓,能威慑住贪官不伸手吗? 2007 年 04 月 17 日 02:14

人民时评:官官相评,当心官官相护! 2007 年 04 月 16 日 07:47

人民时评:纠风办已发禁令? 谁敢重金请明星 2007 年 04 月 15 日 02:04

人民时评:房地产市场"官商勾结"成重点打击对象,好! 2007 年 04 月 13 日 01:01

人民时评:"有事先从干部身上查起"好! 2007 年 04 月 11 日 00:23

人民时评:对舆论监督究竟该有个啥态度? 2007 年 04 月 11 日 00:21

人民时评:越是文明进步 越是奉行节俭 2007 年 04 月 08 日 02:01

人民时评:杨丽娟事件,媒体的盛宴? 2007 年 04 月 07 日 03:53

人民时评:贪官们为什么那么容易"自肥"? 2007 年 04 月 06 日 00:32

人民时评:领导干部需有"亮剑"精神,增强"三项意识" 2007 年 04 月 05 日 01:01

人民时评:春风正在融化城乡二元户口的坚冰 2007 年 04 月 04 日 01:01

人民时评:这样的"说情担保"行得通吗? 2007 年 03 月 31 日 02:02

人民时评:从广州市长推出七大措施抑制房价说起 2007 年 03 月 30 日 00:11

人民时评:从小小表格看管理思维的僵化落后 2007 年 03 月 29 日 00:37

人民时评:品读胡总书记复信,感受亲民魅力 2007 年 03 月 29 日 00:35

人民时评:有多少官员互联网里察民情? 2007 年 03 月 26 日 09:14

人民时评:从"罚款比赛""执法杀人"说从严治警 2007 年 03 月 23 日 00:33

人民时评:从市委书记"打的"挨宰谈起 2007 年 03 月 20 日 01:17

人民时评:总理的脑子里为何充满忧虑 2007 年 03 月 16 日 14:48

人民时评:有话问总理,为何这么热? 2007 年 03 月 16 日 00:26

人民时评:"农民工代表"选举令人瞩目 2007 年 03 月 15 日 00:39

人民时评:议案提案受重视凸现制度建设进步 2007 年 03 月 15 日 00:35

人民时评:捏紧"钱袋子",煞住"豪奢风" 2007 年 03 月 13 日 00:19

人民时评:请把总书记提的"实惠"记在心里 2007 年 03 月 09 日 00:27

人民时评:从女性官员看中国妇女的社会地位 2007 年 03 月 08 日 03:23

人民时评:总书记为何提倡“科学精神” 2007年03月06日00:43

人民时评:公务接待改革,必须严防“人情面子” 2007年03月01日00:10

人民时评:政府帮老职工“抢救”令人感动 2007年02月28日00:02

人民时评:从校长走人要过审计关看监管“空白带” 2007年02月26日00:22

人民时评:信访举报有人管,不怕贪官告不倒 2007年02月26日00:15

人民时评:从老外举报导致“铁三角”落马说起 2007年02月21日00:59

人民时评:“宽严相济”早出高墙好过年! 2007年02月16日00:17

人民时评:春节了,莫忘困难群众! 2007年02月16日00:13

人民时评:打掉黑社会 百姓好过年! 2007年02月15日00:26

人民时评:“领导干部管好家属”要有可操作性 2007年02月14日00:34

人民时评:豪华与腐败,剪不断理还乱! 2007年02月13日01:02

人民时评:女局长早算“七笔账”不至进“班房” 2007年02月10日16:34

人民时评:聂玉河的“受贿流水账”让人读出什么? 2007年02月08日22:34

人民时评:夫贵妻荣? 局长夫人竟然领4份钱! 2007年02月05日20:30

人民时评:从郑筱萸案看“拔出萝卜带出泥” 2007年02月03日15:16

人民时评:这十几年怎么没有管住邱晓华? 2007年01月31日20:48

人民时评:整饬“权力之手”,才能根治“千城一面” 2007年01月30日20:47

人民时评:从郑筱萸案看中央维护社会和公众利益的决心 2007年01月29日20:37

人民时评:官员的生活作风如何监管? 2007年01月28日16:00

人民时评:让反腐利剑直指“枕边风”“儿女情长” 2007年01月27日15:56

人民时评:领导干部们,不妨抽空坐坐公交车! 2007年01月26日20:29

人民时评:刚性法规文件为何使用“温柔”字眼? 2007年01月23日20:25

人民时评:两个角度理解“干部待遇已经很好” 2007年01月22日20:25

人民时评:干部进社区是“长效温暖”的开端 2007年01月19日20:03

人民时评:干部要谨防在办公室里栽跟头! 2007年01月16日20:35

人民时评:从中央提出要求看领导干部的“情趣”2007年01月13日16:40

人民时评:有利于群众的事不但要办,还要快办 2007 年 01 月 11 日 21:04

人民时评:领导干部的生活作风咋样? 2007 年 01 月 11 日 20:56

人民时评:党外人士应积极参与监督遏制腐败 2007 年 01 月 10 日 22:01

人民时评:新年反腐呼唤发力严打“民生大蠹” 2007 年 01 月 07 日 16:22

人民时评:清除犯罪者的“眼线”和腐败者的“帮凶” 2007 年 01 月 06 日 16:56

附录2　网络时评语类评价资源分析语料四篇

人民时评:病人成了“唐僧肉”?

作者:李忠春 2002年8月23日01:29

【字号大中小】打印 留言 论坛 网摘 手机 点评 纠错 E-mail 推荐:提交

中国人有句话常被挂在嘴边:有啥别有病,没啥别没钱。第一句话,除了对身体健康的祈祷和祝愿,还有一层,则是表现了病人生病后的无奈和苦恼,尤其是低收入者生病后的经济困窘和愁烦!在目前一些地区,在一些医院,病人被当成了任意宰割的“唐僧肉”,患者被当成了医院创收和医生发财的工具时,这句话便显得更有份量了。请看这样一件被新闻媒体揭露出来的真实的故事!

武昌的杨先生日前带着2岁的女儿到儿童医院看病,没想到一个“咳嗽”竟花去1000多元!此事一出,反响强烈!武汉市青山区一女士也说,今年7月,她3岁的女儿被一教授诊断为哮喘,开出1500多元的处方,但孩子的病不到一周就痊愈了,一大半药被浪费了。几名同一医院的同行也怒斥这种开“大处方”背后的“猫腻”,还揭出惊人内幕:眼下,儿童医院大厅每日都可看到一些身背药品推销包的药商串来串去攻关。据保守估计,各类药品的回扣率已达10%。这家医院一“大处方”高手,一个月竟累计开出10万元的药品,仅药品回扣每月就能拿到八九千元!

像这样的事例不胜枚举。病人之所以成为任人宰割的“唐僧肉”,就是因为在一些地方,医患关系扭曲,医疗市场无序,个别医护人员道德沦丧、见利忘义!现在,在一些医院、一些医护人员眼中,医生是掌握病人生死大权的

"特权者"！这种特权思想肇始于计划经济时期。当时，曾有一种说法，四种职业有特权，一是权，二是钱，三是听诊器，四是方向盘。现在，在计划经济成分还很浓厚的一些行业和部门，这种特权思想仍有很大的市场。

于是，也就出现了"红包"满天飞，有些人竟到了公然索要的地步！找专家，得托人；动手术，得表示一番；还有些职业道德低下、技术水平差强人意者，把病人的生死置之度外，对病人及其家属呼来唤去，使得病人及家属低三下四，无所适从，除病痛外还增添了诸多痛苦和负担！一家媒体曾这样报道，因为后门病人加塞频繁，一位六旬患者四个小时才等来B超结果！恐怕很多人都有类似的痛苦经历！现在，一些病人及家属视进医院为危途，因为这里有道道不好逾越的"关口"！

这不仅是对病人权益的侵犯，更是一种行业腐败！有关部门应该完善有关法规，堵塞各种漏洞，依法治医；同时，作为一种特殊性质的行业，医疗卫生部门也应当采取措施，制定各种行之有效的规章制度，对那些无视病人生死、职业道德低下者，进行严肃处理。对这类问题，仅靠思想教育，效果是有限的，关键还是在制度上下功夫，做到发现一例，查处一例，决不姑息！武汉儿童医院决定解聘这名责任医师，可以说是动了真格了！

人民时评：让"第一豪宅"受点儿冷落，好！

朽木 2007 年 07 月 15 日 16:27

【字号大中小】打印 留言 论坛 网摘 手机 点评 纠错 E－mail 推荐：提交

中国的有钱人越来越多了。比如步步高的段永平，拿 62.01 万美元去和天下大亨 PK，终于竞得与美国股神巴菲特共进午餐的机会。牛皮得很。似乎也很给中国人脸：中国人很有钱。段毕竟是特例。但这样的有钱人还是不少。标志便是豪宅。上海北京广州不去说它了，就是一些人均 GDP 一般般的地方，也常有豪宅问世，引起一阵阵人言风波。咋舌之余让人浩叹。

但这回的一则消息则稍稍有点让人意外。话说上海，有"第一豪宅"之誉的楼盘，200 多天中 74 套房子一套也未售出。传媒有报道称："据说每套的面积 400-1200 平米，每平米均价 11 万元"。

账是不难算的。就“每平米均价 11 万元”而论，贫民百姓就要吓得直伸舌头直跌跟头。难怪有人说，这真算得上是名副其实的黄金屋了。因为，以现在大涨后的金价算，每平米的价格也相当于大概 700 克黄金啊！

世有“寒舍”，就必有豪宅。古来如此。有钱人有有钱的生活方式，买房置地，千金买笑，如此等等。只要遵守法律，原本也属无可厚非。

而我们想说的是：在中国，这样的噱头不妨少些好。

一是中国不是欧美富国。富人有，但绝对比不上人家多。说句老实不客气的话，中国还是一个发展中国家。这类事，还是不张扬，不显摆为好，不要老是大张旗鼓，有意刺激、刺伤大多数国人的心。

二是中国的房地产的黑幕老是让国人不舒服。造这豪宅，动用的肯定是好的地皮、好的土地资源，但这样的资源之取得，又非人民群众所了解的，往往其中很有官商勾结权钱交易在内——这是就一般情况而言，非是特指。

其三，即便真的有钱人多了，一掷千金形成风气，老是大呼小叫，也不应该。看看这个世界的富人，比尔·盖茨富可敌国，也有自己的豪宅，但比尔·盖茨更是一个世界驰名、为人敬仰的大慈善家。相比之下，很多中国住了豪宅的富豪们，你们是不是应该惭愧呢？

就以上理由观之，我说：给这里那里的“第一豪宅”之类的“超高消费”，冷遇冷遇，甚至泼泼凉水，甚至去查查他们的老底，捅捅他们的黑幕，也好。

人民时评：捏紧“钱袋子”，煞住“豪奢风”

王淑军 2007 年 03 月 13 日 00:19

【字号 大 中 小】打印 留言 论坛 网摘 手机 点评 纠错 E-mail 推荐：提交

胡锦涛总书记参加重庆代表团审议时强调，“要进一步增强‘节俭’意识，始终发扬艰苦奋斗的精神，团结带领广大群众不断夺取改革开放和社会主义现代化建设的新胜利”。这引起代表、委员们的热烈反响，他们表示总书记提出的节俭意识针对性强，尽管财政收入宽裕了，但奢侈之风不可涨，尤其党政机关、领导干部更要树立节俭意识。

从重庆某镇政府举债400多万元修建豪华大楼，到河南某地政府花费1.2亿元建"世界最豪华区政府办公楼"，更有甚者还建成"小布达拉宫"、"小天安门"、"小白宫"。如今，在行政机关中间类似讲排场、比阔气的现象时有发生，花钱大手大脚，奢侈之风盛行，损害了党和政府的形象，群众反映强烈。

也许会有人说，相比1996年7000亿元的国家财政收入，10年后，这个数字已达近4万亿。过去，因为钱少捂得紧；现在，政府手里的钱多了，是不是"放开"一点？

山东团王全杰、常德传代表认为，推进科学发展，构建和谐社会，奢侈这个"口子"不能放，仍要捏紧政府的"钱袋子"，煞住行政机关的"豪奢风"。

因为这个"钱"来之不易，背后是党领导全国人民历经20余年改革开放的艰苦努力，是"辛苦"钱，不能乱花；还是公民的"纳税"钱，"取之于民，用之于民"，更要负责任。

这个"钱"与以往比，固然不少，但相对全国这么大的"一摊子"，手稍微捏得不紧，钱就出去一大笔。使用不当，控制不严，像一些地方那样大搞"面子工程"、"政绩工程"，财政资金使用严重低效和浪费。这样，持续不了多久，一样捉襟见肘，而且给党和政府以及人民的利益带来消极影响。

因此，一方面，正如温家宝总理在政府工作报告中所说，"这种不良风气必须坚决制止。要严格控制行政机关新建、扩建办公大楼，严禁建设豪华楼堂馆所，切实规范公务接待行为，堵塞管理漏洞，努力降低行政成本，建设节约型政府"。

另一方面，这个"钱"要用在"刀刃"上。代表、委员普遍认为，要重点花在解决人民群众最关心、最直接、最现实的"民生"问题上。随着上世纪末以来贫富差距拉大、劳动关系失衡以及城乡差距、区域差距等问题的暴露，让全体国民公平享有改革发展成果成为当务之急。"民生"问题是落实科学发展观、构建和谐社会的落脚点。

一些代表说，要以刚刚实施的《监督法》为契机，重点监督好财政收支，捏紧政府的“钱袋子”，保证优先用在促进就业、社会保障、教育卫生等关乎“民生”问题的事务上。让这个“钱”用得好、用得值，政府固然要堵塞管理漏洞，人大更要肩负起审查监督政府财政预算之责，包括将政府部门办公楼建设预算纳入人大审议范围。

人民时评：信访举报有人管，不怕贪官告不倒

李德民 2007 年 02 月 26 日 00:15

【字号大中小】打印 留言 论坛 网摘 手机 点评 纠错 E-mail 推荐：提交

对贪官的累累罪行，老百姓看在眼里，恨在心头，很想把他们扳倒，可又感到无可奈何。比如，想向领导机关或纪检、监察机关写信、打电话举报，可又担心“泥牛入海无消息”，还害怕“秦香莲告陈世美的状子落到陈世美手里”，遭到贪官的打击报复。这是一个认识上的误区。其实，举报信访是揭露贪官的有力武器，贪官很怕这一招。群众眼睛雪亮，群众监督有力，许多贪官正是栽在这上头。

前不久，中央纪委、监察部的领导同志在新闻发布会上指出，去年中国全国纪检监察机关查处的案件有 46.2%来源于信访举报。福建省委原常委、宣传部长荆福生案，安徽省原副省长何闽旭案等都是根据信访举报查清的。

查处的案件 46.2%来源于信访举报，这个数字鼓舞人心。这表明，信访举报不是没人管，没效果，而是有人管，也管得了，信访举报不会是“泥牛入海无消息”，也不会是“秦香莲”告“陈世美”的状落到“陈世美”手里，而是能够摆到“包拯”的案头。

尽管如此，谈起举报贪官，有人仍在摇头和叹息，仍有担心和害怕，而担心和害怕也是有一定原因的。在有些人眼里，贪官位高权重，树大根深，上面有神乎其神的“背景”，下面有盘根错节的“基础”，而且心黑手毒，岂是一纸举

报、一个电话就告得倒的？还有人以为，如今贪官为数不少，信访门庭若市，举报多如雪片，谁去受理？谁去查处？对此很没指望，很没信心。不错，确有这样屡告不倒的“不倒翁”，也有“打虎不成反被虎伤”的悲剧，但要看到，在老百姓和贪官这一对尖锐的矛盾中，在老百姓同贪官的激烈斗争中，看主流，看本质，老百姓处于强势地位，贪官处于弱势地位，不是百姓怕贪官，而是贪官怕百姓，因为贪官有“短”捏在群众手里，因为党纪国法神圣。无论是谁，官再大，权再大，谁也没有党纪国法大。

面对贪官，人们必须挺起胸，直起腰，勇于斗争，倘若前怕狼后怕虎，患得患失，倘若都指望别人斗争，自己却躲到一边，那将助长贪官之气焰，挫伤自己之威风。贪官其实很虚弱，老百姓群起举报之时，就是他们落马之时。在中央纪委、监察部发布的新闻中，指出查处的案件46.2%来源于信访举报，不是很说明问题吗？

告贪官当然也不是一件容易的事情，有时也要付出点代价，要吃点亏，但这代价和吃亏是值得的，最终是会取得胜利的。要看到，在今日之中国，没有告不倒的贪官。关键在于人们是不是勇敢地去告他们，只要出于公心，只要有事实，有证据，一告一个准。人们切不可被贪官貌似强大的假象唬住了，以为他们很了不起，真正了不起的是奋起与形形色色的腐败现象，与大大小小贪官作斗争的人民群众。

贪官怕告，清官是不怕告的。党纪国法对坚持原则、秉公办事、勇于创新的党员干部，坚决给予支持和保护。据中央纪委、监察部新闻发布会披露，去年，共为29379名受到诬告、错告的同志澄清了问题。清官与贪官泾渭分明，告和诬告、错告是两回事。

参 考 文 献

[1] Bakhtin M. The Dialogic Imagination: Four Essays [M]. edited by Holquist, M. translated Emerson, C. and Holquist, M. Austin: University of Texas Press, 1981.

[2] Bakhtin M. Speech genres and other late essays [M]. edited by Holquist M. , translated McGee, V. W. Austin: University of Texas Press, 1986.

[3] Barton E. L. Evidentials, argumentation, and epistemological stance [J]. College English ,1993,55(7):745-769.

[4] Bawarshi A. The Genre Function [J]. College English, 2000,62(3): 335-360.

[5] Bawarshi A. S. Genre and the invention of the writer: Reconsidering the place of invention. in composition [M]. Logan: Utah State University Press, 2003.

[6] Bazerman C. Systems of genres and the enactment of social intentions [A]. A Freedman and B. Medway (eds). Genres and the new rhetoric [C]. London: Taylor, 1994: 79-101.

[7] Berry M. Systemic linguistics and discourse analysis: A multi-layered approach to exchange structure [A]. M. C. Coulthard and M. Montogmery (eds.) Studies in discourse analysis[C]. London: Routledge and Kegan Paul. 1981: 120-145.

[8] Berry M. Introduction to Systemic Linguistics [M]. London: Batsford, 1994.

[9] Bhatia V. K. Analyzing genre: Language use in professional settings [M]. London: Longman. 1993.

[10] Biber D. Variation across Speech and Writing [M]. Cambridge: Cambridge University Press, 1988.

[11] Biber D. and S. Conrad. 'Register variation: A corpus approach' [A]. D. Schiffrin, D. Tannen and H. Hamilton (eds). The Handbook of Discourse Analysis [M]. M. A. : Blackwell. 2002: 175-196.
[12] Biber D. , S. Conrad and R. Reppen. Corpus linguistics: Investigating language structure and use [M]. Cambridge: Cambridge University Press. 1998.
[13] Biber D. and E. Finegan. Styles of stance in English: lexical and grammatical marking of evidentiality and affect [J]. 1989,9(1) : 93-124.
[14] Douglas Biber, Stig Johansson, Geoffrey Leech, et al. Longman Grammar of Spoken and Written English [M]. Beijing: Foreign Lanugage Teaching and Research Press, 2000.
[15] Bourdieu P. Language and Symbolic Power [M]. Cambridge: Polity Press, 1991.
[16] Brown G. and Yule G. Discourse Analysis [M]. Cambridge: Cambridge University Press, 1983.
[17] Brown P. & Levinson S. Politeness: Some Universals in Language Usage [M]. Cambridge, UK. , Cambridge University Press. 1987.
[18] Brown R. & Gilman A. The Pronouns of Power and Solidarity [A]. Style in Language [C]. Sebeok, T. A. (ed.), Cambridge Mass. : MIT Press. 1960.
[19] Bublitz W. Lenk U. & Ventda E. Coherence in Spoken and Written Discourse [M]. Giessen: Justus Liebig University Giessen. 1997.
[20] Campbell K . S . Coherence , Continuity and Cohesion : Theoretical Foundations of Document Design [M]. New Jersey: Lawrence Erlbaum Associations, 1995.
[21] Carter R. Front Pages: Lexis, Style and Newspaper Reports [A]. Ghadessy M. (ed). Registers of Written English - Situational Factors and Linguistic Features [C], London: Pinter Publishers. 1988.
[22] Chafe W. L. Integration and Involvement in Speaking, Writing and Oral Literature [A]. Tannen, D. (ed.), Spoken and Written Language: Exploring Orality and Literacy [C]. Norwood, New Jersey: Albex Publishing Corporation, 1982: 35-54.

[23] Chafe W. L. Evidentiality in English Conversation and Academic Writing [A] hafe W. L. & Nichols J. (eds). Evidentiality: the Linguistic Coding of Epistemology [C]. Norwood, New Jersey: Ablex Publishing Corporation. 1986.

[24] Channell J. Vague Language [M]. Oxford: Oxford University Press, 1994.

[25] Chao Yuenren. The Grammar of Spoken Chinese [M]. Berkeley/Los Angeles: University of California Press, 1968.

[26] Christie F. and J. R. Martin. Genres and Institutions: Social Processes in the Workplace and School [C]. London: Cassell, 1997.

[27] Coe R. An arousing and fulfilment of desires: The rhetoric of genre in the process era-and beyond [A]. Freedman, A. and P. Medway (eds). Genre and the new rhetoric[C]. London: Taylor and Francis, 1994: 181-190.

[28] Coe R., L. Lingard and T. Teslenko. The Rhetoric and Ideology of Genre [C]. Cresskill New Jersey: Hampton Press, 2002.

[29] Coffin C. History as Discourse: construals of time, cause and Appraisal [D]. Australia: University of New South Wales, 2000.

[30] Cohen R. An Incremental Model for Discourse Analysis [A]. Toronto: University of Waterloo, 1986.

[31] Conrad S. and D. Biber. Adverbial marking of stance in speech and writing [A]. S. Hunston and G. Thompson (eds). Evaluation in text: Authorial stance and the construction of discourse [C]. Oxford: Oxford University Press. 2000: 57-73.

[32] Cook G Discourse and Literature [M]. Oxford: Oxford University Press, 1995.

[33] Crystal D. & Davy D. Investigating English Style [M]. London: Longman. 1969.

[34] De Beaugrande R., R.-A. De Beaug rande. & Dressler W. U. Introduction to Text Linguistics [M]. London: Longman. 1981.

[35] Dudley-Evans T. Genre analysis: An approach to text analysis in ESP [A]. M. Coulthard (ed). Advances in Written Text Analysis [C]. London: Routledge, 1994: 219-228.

[36] Dudley-Evans T. Genre Analysis: An investigation of the introduction and discussion sections of MSc dissertation [A]. M. Coulthard (ed.). Talking about Text [C]. Birmingham: English Language Research. 1986, 128-145.

[37] Eggins S. An Introduction to Systemic Functional Linguistics [M]. London: Pinters, 1994.

[38] Fairclough N. Discourse and Social Change [M]. Cambridge: Polity Press, 1992.

[39] Fairclough N. Media Discourse [M]. London: Edward Arnold, 1995.

[40] Fairclough N. Analysing Discourse: Text Analysis for Social Research [M]. London: Routledge, 2003.

[41] Firth J. R. Papers in Linguistics 1934-1951 [M]. England: Oxford University Press, 1957.

[42] Foucault M. The Archaeology of Knowledge [M]. London: Tavistock Publications. 1972.

[43] Fowler R. Language in the News: Discourse and Ideology in the Press [M]. London/New York, Routledge, 1991.

[44] Freedman A. and P. Medway . Genre and the New Rhetoric [C]. London: Taylor and Francis, 1994.

[45] Fuller G. Engaging Cultures: Negotiating Discourse in Popular Science [D]. Sydney: University of Sydney, 1995.

[46] Fuller G. Cultivating Science: Negotiating Discourse in the Popular Texts of Stephen Jay Gould [A]. J. R. Martin & R. Veel. (eds). Critical and Functional Perspectives on Discourses of Science [C]. London: Routledge, 1998: 35-62.

[47] Gee J. P. Social Linguistics and Literacies: Ideology in Discourses [M]. London: Falmer Press, 1990.

[48] Gee J. P. An Introduction to Discourse Analysis: Theory and Method [M]. Beijing: Foreign Language Teaching and Research Press, 2000.

[49] Gee J. P. Literacies, identities and discourses [A]. M. J. Schleppegrell and M. C. Colombi (eds). Developing advanced literacy in first and second languages [C]. Mahwah, New Jersey: Erlbaum, 2002:

159-176.
[50] Gernsbacher M. A. & Givon T. Coherence in Spontaneous Text [M]. Armsterdam: John Benjamins Publishing Co. 1995.
[51] Grice H. P. Logic and Conversation[A]: Syntax and Semantics [C]. Speech Acts, Cole P. & Morgan J. L. (eds). New York: Academic Press1975: 41-58.
[52] Halliday M. A. K. Explorations in the Functions of Language [M]. London: Edward Arnold, 1973.
[53] Halliday M. A. K. and Hasan R. Cohesion in English [M]. London: Longman, 1976.
[54] Halliday M. A. K. Language as Social Semiotic: The Social Interpretation of Language and Meaning [M]. London: Edward Arnold, 1978.
[55] Halliday M. A. K. Modes of meaning and modes of expression: types of grammatical structure, and their determination by different semantic functions [A]. D. Allerton, E. Cartney and D. Holdcroft (eds). Functions and context in linguistic analysis: essays offered to William Haas [C]. Cambridge: Cambridge University Press, 1979: 57-79.
[56] Halliday M. A. K. & Hasan R. Language, Text, and Context: Aspects of language in a social-semiotic perspective [M]. Geelong: Deakin University Press, 1985/1989.
[57] Halliday M. A. K. Language in a changing world [A]. Australian Linguistics Association of Australia. Occasional Paper [C]. 1993: 13.
[58] Halliday M. A. K. An Introduction to Functional Grammar [M]. London: Edward Arnold, 1994.
[59] Halliday M. A. K. Things and Relations: Regrammaticising Experience As Technical Knowledge [A]. Martin J. R. & Veel R. (eds). Reading Science. Critical and Functional Perspectives on Discourses of Science [C]. London: Routledge, 1998.
[60] Halliday M. A. K. An Introduction to Functional Grammar [M]. Beijing: Foreign Language Teaching and Research Press, 2000.
[61] Halliday M. A. K. and C. M. I. M. Matthiessen. Construing experi-

ence through meaning: a language-based approach to cognition [M]. London: Cassell. 1999.

[62] Hasan R. The Nursery Tale As a Genre[J]. Nottingham Linguistic Circular, 1984.

[63] Halliday M. A. K, Hasan R. ,Christie F. Language, Context and Text: Aspects of Language in a Socio-Semiotic Perspective [M]. Geelong: Deakin University Press, 1985: 52-119.

[64] Hasan R. The Grammarian's Dream: Lexis As More Delicate Grammar [A]. Halliday, M. A. K. & Fawcett, R. P. (eds.). New Developments in Systemic Linguistics, Vol 1: Theory and Description [C]. London: Pinter, 1987: 184-211.

[65] Henry A., and R. Roseberry. An Investigation of the Functions, Strategies and Linguistic Features of the Introductions and Conclusions of Essays [J]. 1997 (4): 479-495.

[66] Hjelmslev L. Prolegomena to a Theory of Language [M]. Madison, Wisconsin: University of Wisconsin Press, 1961.

[67] Hoey M. Patterns of Lexis in Text [M]. Oxford: Oxford University Press, 1991.

[68] Hoey M. Signalling in Discourse: a Functional Analysis of a Common Discourse Pattern in Written and Spoken English [A]. Coulthard, M. (ed.). Advances in Written Text Analysis [M]. London: Routledge, 1994.

[69] Huang C. T. James. Logical Relations in Chinese and the Theory of Grammar [D]. Cambridge: MIT, 1982.

[70] Hunston S. A corpus study of some English verbs of attribution [J]. Functions of Language, 1995: 133-158.

[71] Hunston S. Evaluation and the planes of discourse: status and value in persuasive texts [A]. S. Hunston and G. Thompson (eds). Evaluation in Text: Authorial Stance and the Construction of Discourse [C]. Oxford: Oxford University Press, 2000: 176-207.

[72] Hunston S. and J. Sinclair. A local grammar of evaluation [A]. S. Hunston and G. Thompson (eds). Evaluation in Text: Authorial Stance and the Construction of Discourse [C]. Oxford: Oxford Uni-

versity Press, 2000: 74-101.
[73] Hunston S. and G. Thompson. Evaluation in Text: Authorial Stance and the Construction of Discourse [C]. Oxford: Oxford University Press, 2000.
[74] Hyland K. Genre: Language, context and literacy [J]. Annual Review of Applied Linguistics, Vol. 2002,22: 113-135.
[75] Hyon S. Genre in three traditions: implications for ESL [J]. TESOL Quarterly, 1996: 693-722.
[76] Iedema R. , S. Feez and P. R. R. White. Media literacy [A]. 'Write it Right' Literacy in Industry Research Project - Stage 3. Sydney Metropolitan East Disadvantaged Schools Program, NSW Department of School Education. 1994.
[77] Iedema R. Discourses of Post-bureaucratic Organization [M]. Amsterdam: John Benjamins, 2003.
[78] Jakobson Roman. Shifters, Verbal Categories and the Russian Verb [M]. Russian Language Project. Harvard: Dept of Slavic Languages and Literature. 1957.
[79] Jacobsen W. H. Jr. The Heterogeneity of Evidentials in Makah [A]. Chafe W. L. & Nichols J. (eds). Evidentialty: The Linguistic Coding of Epistemology [C]. Norwood, New Jersey: Ablex Publishing Corporation. 1986.
[80] Jucker A. H. Social Stylistics: Syntactic Variation in British Newspapers[M]. Berlin: Mouton de Gruyter. 1992.
[81] Kress G. Language in the Media: the Construction of the Domains of Public and Private [J]. Media, Culture and Society 8, 1986: 395-419.
[82] Kristeva J. Word, dialogue and novel [A]. T. Moi (ed.). The Kristeva Reader [C]. Oxford: Balckwell, 1986: 34-61.
[83] Labov W. The Transformation of Narrative Syntax [A]. Labov, W. (ed.)Language in the Inner City: Sutdies in Black English Vernacular [C]. Philadelphia: University of Pennsylvania Press. 1972.
[84] Labov W. Intensity [A]. Schiffrin D. (ed.). Meaning, Form and Use in Context: Linguistic Applications [C]. Washington D. C. : Georgetown University Press. 1984.

[85] Lakoff G. Hedges. A Study in Meaning Criteria and the Logic of Fuzzy Concepts[J]. Proceedings of the Chicago Linguistics Society 8, 1972: 183-228.

[86] Lakoff G. Hedges. A study in meaning criteria and the logic of fuzzy concepts [J]. Journal of Philosophical Logic, 1973 (2): 458-508.

[87] Leithch, Shieley & Juliet Roper. Genre Colonization as a Strategy: A framework for Research and Practice [J]. Public Relations Review, 1998, (2): 203-218.

[88] Lemke J. L. Interpersonal Meaning in Discourse: Value Orientations [A]. Davies M. & Ravelli L. (eds). Advances in Systemic Linguistics. Recent Theory and Practice[C]. London: Pinter Publishers, 1992.

[89] Lemke J. L. Textual Politics: Discourse and Social Dynamics [M]. London: Taylor and Francis, 1995.

[90] Lemke J. L. Resources for attitudinal meaning; Evaluative orientations in text semantics [J]. Functions of Language. 1998, 5(1): 33-56.

[91] Lemke J. L. Multimedia semiotics, Genres for science education and scientific literacy [A]. M. J. Schleppegrell and M. C. Colombi (eds). Developing Advanced Literacy in First and Second Languages [C]. Mahwah New Jersey: Erlbaum. 2002: 21-44.

[92] Li Zhanzi. Appraisal Resources as Knowledge in Cross-Cultural Autobiographes[A]. Knowledge & Discourse: Speculating on Disciplinary Futures [C]. 2nd International Conference, Hong Kong. 2002.

[93] Li C. N. and S. A. Thompson. Mandarin Chinese: A Functional Reference Grammar [M]. California: University of California Press, 1981.

[94] Li C. N. & S. A. Thompson. Subject and topic: a new typology of language [A]. C. N. Li (ed). Subject and Topic [C]. New York: Academic Press, 1976.

[95] Lyons J. Semantics [M]. Cambridge: Cambridge University Press, 1977.

[96] Macken-Horarik M. Appraisal and the special instructiveness of nar-

rative [J]. Text, 2003,32(2): 285-312.
[97] Macken-Horarik M. and J. R. Martin. Negotiating heteroglossia: social perspectives on evaluation [J]. Text, Special edition. 2003, 23 (2).
[98] Malinowski B. The Problem of Meaning in Primitive Languages [A]. Ogden, C. K. & Richards, I. A. (eds). The Meaning of Meaning [C]. International Library of Philosophy, Psychology and Scientific Method. London: Kegan Paul, 1923.
[99] Martin J. R. Intrinsic Functionality: Implications for Contextual Theory [J], Social Semiotics . 1991,1(1): 99-162.
[100] Martin J. R. Macro-Proposals: meaning by degree [A]. W. C. Mann, and S. A. Thompson (eds). Discourse Description: Diverse linguistic analyses of a fund-raising text [C]. Amsterdam: John Benjamins, 1992: 359-396.
[101] Martin J. R. English Text [M]. Beijing: Beijing University Press, 2004.
[102] Martin J. R. Macro-genres: the ecology of the page [J]. Network, 1994: 29-52.
[103] Martin J. R. Reading positions/positioning readers: Judgement in English [J]. 1995,10(2): 27-37.
[104] Martin J. R. Analysing genre: functional parameters [A]. F. Christie and J. R. Martin (eds). Genre and institutions: social processes in the workplace and school [C] . London: Cassell, 1997: 3-39.
[105] Martin J. R. Beyond exchange: Appraisal systems in English [A]. Evaluation in Text: Authorial Stance and the Construction of Discourse[C]. Oxford: Oxford University Press, 2000.
[106] Martin J. R. From little things big things grow: Ecogenesis [A]. R. Coe, L. Liingard and T. Teslenko (eds). The Rhetoric and the Ideology of Genre [C]. Cresskill, New Jersey: Hampton Press, 2002: 243-271.
[107] Martin J. R. Meaning beyond the clause: SFL perspectives [J]. Annual Review of Applied Linguistics, 2002,22: 52-74.
[108] Martin J. R. & D. Rose. Working with Discourse: Meaning beyond

the clause [M]. London: Continuum, 2003.

[109] Martin J. R. Invoking Attitude: The Play of Graduation in Appraising Discourse [A]. First International Conference on Appraisal System[C]. Henan: Henan University, 2005.

[110] Martin J. R. Negotiating Heteroglossia: Social Perspectives on Evaluation[A]. First International Conference on Appraisal System[C]. Henan: Henan University, 2005.

[111] Martin J. R. Sense and Sensibility: Texturing Evaluation [A]. First International Conference on Appraisal System[C]. Henan: Henan University, 2005.

[112] Martin J. R. & Matthiessen C. M. I. M. Systemic Typology and Topology [A]. Christie, F. (ed.). Literacy in Social Processes: Papers From the Inaugural Australian Systemic Linguistics Conference [C]. Darwin, Australia, Centre for Studies in Language and Education, 1992.

[113] Martin J. R. & White P. R. R. The Language of Evaluation [M]. New York: Palgrave Macmillan, 2005.

[114] Martinec R. Cohesion in action [J]. Semiotica, 1998, 120 (1/2), 161-180.

[115] Matthiessen C. Register in the Round: Diversity in a Unified Theory of Analysis [A]. Ghadessy, M. (ed.). Register Analysis-Theory and Practice [C]. London: Pinter Publishers, 1993.

[116] Matthiessen C. M. I. M. Lexicogrammatical Cartography: English Systems [M]. Tokyo: International Language Sciences Publishers, 1995.

[117] Miller C. Genre as social action [A]. A. Freedman and P. Medway (eds). Genre and the New Rhetoric [C]. London: Taylor and Francis. 1994: 23-42.

[118] Miller C. R. Genre as social action[J]. Quarterly Journal of Speech. 1984, (70): 151-167.

[119] Munday J. Register and Context [M]. Oxford: Oxford University Press, 2001.

[120] Nunan D. Introducing Discourse Analysis[M]. England: the Pen-

guin Group, 1993.

[121] O'Beebee T. The Ideology of Genre: A Comprehensive Study of Genetic Instability [M]. Pennsylvania: The Pennsylvania State University Press. 1994.

[122] Palmer F. R. Mood and Modality [M]. Cambridge: Cambridge University Press, 1986.

[123] Paltridge B. Genre, Frames and Writing in Research Settings [M]. Amsterdam: John Benjamins Publishing Company, 1997.

[124] Phillipson R. Linguistic Imperialism [M]. Oxford: Oxford University Press. 1992.

[125] Poynton C. Language and Gender: Making the Difference [M]. Geelong: Deakin University Press,1985.

[126] Poynton C. Address and the Semiotics of Social Relations: a Systemic-Functional Account of Address Forms and Practices in Australian English [D]. Sydney: University of Sydney, 1990.

[127] Poynton, C. Amplification as grammatical prosody: Attitudinal motivation in the nominal group [A]. M. Berry and M. A. K. Halliday (eds). Meaning and form: Systemic Functional interpretations [C]. Norwood, New Jersey: Ablex, 1996: 211-227.

[128] Quirk R., S. Greenbaum, G. Leech, and J. Svartivik. A Comprehensive Grammar of the English Language [M]. London: Longman, 1985.

[129] Rosch E. Natural Categories[J]. Cognitive Psychology, 1973 (4): 328-350.

[130] Scollon R. and S. Scollon. Intercultural Communication [M]. Oxford: Blackwell, 1995.

[131] Scollon R., Scollon S. W. & Kirkpatrick A. Contrastive Discourse in Chinese and English-A Critical Appraisal [M]. Beijing: Foreign Language Teaching and Research Press, 2000.

[132] Sinclair J. Planes of discourse [A]. S. N. A. Rizvi (ed). The Twofold Voice: essays in honour of Ramesh mohan [C]. Salzburg: University of Salzburg, 1981: 70-89.

[133] Stainton C. What is this thing called Genre? [A]. Working paper of

Nottingham [C]. Nottingham: University of Nottingham, 1996.

[134] Stillar G. F. Analyzing Everyday Texts: Discourse, rhetoric and social perspectives [M]. London: Sage, 1998.

[135] Stubbs M. W. Discourse Analysis: The Sociolinguistic Analysis of Natural Language [M]. Oxford: Blackwell, 1983.

[136] Swales J. Aspects of article introduction [M]. Birmingham, UK: The University of Aston, Language Studies Unit, 1981.

[137] Swales J. M. Genre Analysis [M]. Cambridge: Cambridge University Press, 1990.

[138] Swales J. Other floors, other voices: A textography of a small university building [M]. Mahwah, New Jersey: Erlbaum, 1998.

[139] Thompson G. Voices in a text: Discourse perspectives in language reports [J]. Applied Linguistics, 1996,17(4): 501-530.

[140] Thompson G. Resonance in text [A]. A. Sanchez-Mararro and R. Carter (eds). Linguistic choice across genres: Variation in spoken and written English [C]. Amsterdam: John Benjamins, 1998: 29-63.

[141] Thompson G. & Hunston S. Evaluation in Text: Authorial Stance and the Construction of Discourse [M]. Oxford: Oxford University Press, 2000.

[142] Thompson G. Introducing Functional Grammar [M]. Beijing: Foreign Language Teaching and Researching Press, 2000.

[143] Thompson G and J. Zhou. Evaluation and organisation in text: The structuring role of evaluative disjuncts [A]. Hunston, S. and G. Thompson (eds). Evaluation in text: Authorial stance and the construction of discourse [C]. Oxford: Oxford University Press, 2002: 121-141.

[144] Trew T. Theory and Ideology at Work [A]. Fowler R. , Hodge B. , Kress G. & Trew T. (eds). Language and Control[C] . London: Routledge & Kegan Paul. 1979.

[145] Trew T. What the Papers Say: Linguistic Variation and Ideological Difference [A]. Fowler R. (ed.). Language and Control [C]. London: Routledge & Keegan Paul. 1979.

[146] Van Dijk T. A. Text and Context: Explorations in the Semantics and Pragmatics of Discourse [M]. London: Longman, 1977.
[147] Van Dijk T. A. News As Discourse [M]. Hillsdale, New Jersey: Lawrence Erlbaum Associates, 1988.
[148] Van Leeuwen T. Generic Strategies in Press Journalism [J], Australian Review of Applied Linguistics, 1987, 10(2): 199-220.
[149] Ventola E. The Structure of Social Interaction [M]. London: Pinter, 1987.
[150] Volosinov V. N. Marxism and the Philosophy of Language [M]. Translated by Matejka L. and Titunik I. R. New York: Seminar Press, 1973.
[151] Wang Zhenhua. Engagement Systems: An Appraisal Approach [D]. Kaifeng: Faculty of Foreign Languages, Henan University, China, 2003.
[152] Wang Zhenhua. Mood and Engagement [A]. First International Conference on Appraisal System [C]. Henan: Henan University, 2005.
[153] Wersch J. The multi-voicedness of meaning [A]. M. Wetherell, S. Taylor, and S. J. Yates (eds). Discourse theory and practice: a reader [C]. London: Sage, 2001: 222-235.
[154] White P. R. R. Telling media tales: the news story as rhetoric [D]. Sydney: Department of Linguistics, Unviersity of Sydney, 1998.
[155] White P. R. R. An Overview [EB/OL]. http://www.grammatics.com/ appraisal, 2001.
[156] White P. R. R. Beyond modality and hedging: A dialogic view of the language of intersubjective stance [J]. Text, Special Edition on Appraisal, 2003.
[157] White P. R. R. Appraisal: the Language of Evaluation and Stance [A]. J. Verschueren, J-O Ostman, J. Blommaert and C. Bulcaen (eds). The Handbook of Pragmatics Online [C]. Amsterdam: John Benjamins, 2003.
[158] White P. R. R. Dialogistic Positions and Anticipated Audiences-A Framework for Stylistic Comparisons [A]. First International Con-

ference on Appraisal System [C]. Henan: Henan University, 2005.

[159] White P. R. R. Evaluative Semantics and Ideological Positioning in Journalistic Discourse-A New Framework for Analysis [A]. The First International Conference on Appraisal System[C]. Henan: Henan University, 2005.

[160] White P. R. R. Modality as Dialogue-A Bakhtinian Reanalysis of Epistemic Stance [A]. First International Conference on Appraisal System[C]. Henan: Henan University, 2005.

[161] Whitelaw C., Garg N. & Argamon S. Using Appraisal Taxonomies for Sentiment Analysis [DB/OL]. http://www.cs.rhul.ac.uk/home/alexc/year3/appraisal_sentiment.pdf, 2006.

[162] Widdowson H. Aspects of Language Teaching [M]. Oxford: Oxford University Press, 1990.

[163] Widdowson H. Teaching Language as Communication [M]. Oxford: Oxford University Press, 1978.

[164] Wierzbicka A. Human Emotions: Universal or Culture-Specific? [J]. American Anthropologist 1986,88 (3): 584-94.

[165] Winter E. Towards a Contextual Grammar of English [M]. Tubingen: Max Nimeyer Verlag, 1982.

[166] Winter E. Clause relations as information structure: two basic text structures in English [A]. M. Coulthard (ed.). Advance in Written Text Analysis [C]. London and New York: Routledge, 1994.

[167] Yule G. The Study of Language [M]. Shanghai: Shanghai Foreign Language Education Press, 1995.

[168] Zadeh L. Fuzzy Sets [J]. Information and Control. 1963: 338-353.

[169] 毕耕. 网络传播学新论 [M]. 湖北：武汉大学出版社，2007.

[170] 曹逢甫. 主题在汉语中的功能研究 —— 迈向语段分析的第一步 [M]. 谢天蔚译. 北京：语文出版社，1995.

[171] 陈家兴. 快速反应中坚守理性 [A]. http://opinion.people.com.cn/GB/8213/50661/3535488.html. 2005.

[172] 陈明瑶. 论语篇连贯与话语标记语的汉译 [J]. 上海翻译，2005，(4).

[173] 陈明瑶. 新闻语篇态度资源的评价性分析及其翻译 [J]. 上海翻译, 2007 ,(1).
[174] 陈淑芳. 评价系统与词汇产出 [J]. 山东外语教学, 2002, (6).
[175] 陈望道. 修辞学发凡(第四版)[M]. 上海: 上海世纪出版集团, 2006.
[176] 程晓堂, 王琦. 语篇的语域连贯和语类连贯 [J]. 山东外语教学, 2003, (5).
[177] 方琰. Hasan 的"语体结构潜势"理论及其对语篇分析的贡献 [J]. 外语学刊, 1995 ,(1).
[178] 方琰. 浅谈语类 [J]. 外国语,1998 ,(1).
[179] 方琰. 语篇语类研究 [J]. 清华大学学报 (哲学社会科学版), 2002 增 1.
[180] 方琰. 系统功能语法与语篇分析 [J]. 外语教学, 2005,(6).
[181] 戴凡. 格律论和评价系统在语篇中的文体意义[J]. 中山大学学报 (社会科学版), 2002, (5).
[182] 丁法章. 新闻评论学 [M]. 上海: 复旦大学出版社, 1997.
[183] 范荣康. 新闻评论学 [M]. 北京: 人民日报出版社, 1988.
[184] 胡文龙, 秦珪, 涂光晋. 新闻评论教程 [M]. 北京: 中国人民大学出版社, 1998.
[185] 胡雪英. 不确定还是协商——对"布什夫妇答记者问"的分析 [J]. 浙江师范大学学报(社会科学版), 2004 ,(6).
[186] 胡壮麟. 语篇的衔接与连贯 [M]. 上海: 上海外语教育出版社, 1994.
[187] 胡壮麟, 朱永生, 张德禄. 系统功能语言学[M]. 长沙: 湖南教育出版社, 1989.
[188] 胡壮麟, 朱永生, 张德禄, 等. 系统功能语言学概论 [M]. 北京: 北京大学出版社,2005.
[189] 黄国文. 语篇分析概要 [M]. 长沙: 湖南教育出版社, 1988.
[190] 黄国文, 徐珺. 语篇分析与话语分析 [J]. 外语与外语教学, 2006, (10).
[191] 黄国文. 语篇分析的理论与实践 [M]. 上海: 上海外语教育出版社, 2001.
[192] 黄国文, 功能语篇分析纵横谈 [J]. 外语与外语教学, 2001 ,(12).

[193] 黄敏. 新闻话语的互文性研究 [J]. 中文自学指导，2006，(2).
[194] 金梦玉. 网络新闻实务 [M]. 北京：北京广播学院出版社，2001.
[195] 李法宝. 新闻评论：发现与表现 [M]. 北京：中国传媒大学出版社，2005.
[196] 李经伟. 英汉书评中的礼貌策略比较 [J]. 解放军外语学院学报，1996，(3).
[197] 李荣娟. 英语专栏语篇中态度意义的评价理论视角[J]. 山东外语教学，2005，(4).
[198] 李荣娟. 虚拟语气的评价意义 [J]. 忻州师范学院学报，2005，(4).
[199] 李战子. 评价与文化模式 [J]. 山东外语教学，2004，(2).
[200] 李战子. 话语的人际意义研究 [M]. 上海：上海外语教育出版社，2002.
[201] 李战子. 评价理论：在话语分析中的应用和问题[J]. 外语研究，2004，(5).
[202] 李更春. 评价理论及其对阅读教学的启示[DB/OL]. http://www.paper.edu.cn.
[203] 李临定. 主语的语法地位 [J]. 中国语文，1985，(1)：62-70.
[204] 廖秋忠. 现代汉语篇章中的连接成分[J]. 中国语文，1986，(6)：413-427。
[205] 廖秋忠. 廖秋忠文集 [M]. 北京：北京语言学院出版社，1992.
[206] 廖艳君. 新闻报道的语言学研究：消息语篇的衔接和连贯 [D]. 长沙：湖南师范大学，2004.
[207] 林大椿. 新闻评论学 [M]. 台湾：台湾学生书局，1979.
[208] 林芳. 评价状语语篇组织功能的底层机制 [J]. 四川外语学院学报，2003，(5).
[209] 刘辰诞. 教学篇章语言学 [M]. 上海：上海外语教育出版社，1999.
[210] 刘承宇. 英语报刊语篇评价系统与批评性阅读[J]. 山东师大外国语学院学报，2002，(4).
[211] 刘丹青. 深度和广度：21 世纪中国语言学的追求 [A]. 21 世纪的中国语言学(一)[C]. 北京：商务印书馆，2004.
[212] 刘世铸，韩金龙. 新闻话语的评价系统[J]. 外语电化教学，2004，(4).
[213] 吕凤霞. 国内网络新闻评论初探[J]. 新闻爱好者，2005，(1).

[214] 吕叔湘. 吕叔湘全集[M]. 辽宁：辽宁教育出版社，2002.
[215] 罗选民. 话语分析的英汉语比较研究 [M]. 长沙：湖南人民出版社，2001.
[216] 马少华. 新闻评论[M]. 长沙：中南大学出版社，2005.
[217] 苗兴伟. 论衔接与连贯的关系 [J]. 外国语，1998 ,(4).
[218] 苗兴伟. 人际意义与语篇的建构 [J]. 山东外语教学，2004 ,(1).
[219] 南 帆. 文本生产与意识形态 [M]. 广州：暨南大学出版社，2002.
[220] 庞继贤. "语篇体裁分析"理论评析 [J]. 浙江大学学报，1993 ,(6).
[221] 庞继贤，陈明瑶. 电视访谈中介入标记语的人际功能[J]. 浙江大学学报，2006，(6).
[222] 庞继贤，陈明瑶. 英语研究论文的及物性结构与论文交际目标的实现[J]. 外国语，2007 ,(5).
[223] 戚健. 浅析英语书评中的评价[J]. 东莞理工学院学报，2005 ,(2).
[224] 秦秀白. "体裁分析"概说 [J]. 外国语，1997,(6).
[225] 秦州. 网络新闻编辑学[M]. 上海:复旦大学出版社，2007.
[226] 任芳. 新闻语篇句式模型的批判性分析 [J]. 解放军外国语学院学报，2002,(5).
[227] 任绍曾. 语篇的多维分析[J]. 外国语，2003，(3).
[228] 任绍曾. 概念隐喻和语篇连贯[J]. 外语教学与研究，2006,(2).
[229] 任绍曾. 语篇中语言型式化的意义[J]. 外语教学与研究，2000，(2).
[230] 唐丽萍. 学术书评语类结构的评价分析[J]. 外国语，2004,(3).
[231] 唐丽萍. 英语学术书评的评价策略——从对话视角的介入分析[J]. 外语学刊，2005，(4).
[232] 涂光晋. 广播电视评论学 [M]. 北京：新华出版社，1998.
[233] 王福祥. 汉语话语语言学初探 [M]. 北京：商务印书馆，1989.
[234] 王力. 王力语言学词典[M]. 济南：山东教育出版社，1995.
[235] 王力. 中国现代语法[M]. 北京：中华书局，1954.
[236] 王力. 中国语法理论[M]. 北京：商务印书馆，1951.
[237] 王兴华. 新闻评论学[M]. 杭州：浙江大学出版社，1998.
[238] 王振华. 评价系统及其运作——系统功能语言学的新发展[J]. 外国语，2001，(6).
[239] 王振华. 杂文作者的介入[J]. 暨南大学华文学院学报,2002，(1).

[240] 王振华．“硬新闻”的态度研究——“评价系统”应用研究之二[J]．外语教学，2004，(5).
[241] 王振华．“物质过程”的评价价值——以分析小说人物形象为例[J]．外国语，2004，(5).
[242] 沃尔克．网络新闻导论[M]．彭兰等译．北京：中国人民大学出版社，2003.
[243] 伍铁平．模糊语言学[M]．上海：上海外语教育出版社，1999.
[244] 辛斌．批评性语篇分析：问题与讨论[J]．外国语，2004，(5).
[245] 辛斌．批评性语篇分析方法论[J]．外国语，2002，(6).
[246] 辛斌．批评语言学与英语新闻语篇的批评性分析[J]．外语教学，2000，(4).
[247] 辛斌．语言 语篇 权力[J]．外语学刊，2003，(4).
[248] 许余龙．语篇回指的认知语言学探索[J]．外国语，2002，(1).
[249] 薛中军．新闻评论[M]．上海：上海大学出版社，2003.
[250] 闫翠萍．媒体议程设置的几个误区[EB/OL]．http://media.people.com.cn/GB/22114/52789/78787/5429579.html．2007.
[251] 杨才英．论语篇人际意义的连贯[J]．中国海洋大学学报，2005，(2).
[252] 杨新敏．新闻评论学[M]．苏州：苏州大学出版社，1998.
[253] 杨信彰．语篇中的评价性手段[J]．外语与外语教学，2003，(1).
[254] 杨信彰．英语学术语篇中的评论附加语[J]．外语与外语教学，2006，(10).
[255] 杨雪燕．社论英语的文体研究[J]．外语教学与研究，2001，(5).
[256] 姚喜双，郭龙生．媒体语言大家谈[M]．北京：经济科学出版社，2004.
[257] 叶斯帕森．语法哲学[M]．北京：语文出版社，1988.
[258] 于晖．语篇体裁、语篇类型与外语教学[J]．解放军外国语学院学报，2003，(5).
[259] 张伯江，方梅．汉语功能语法研究[M]．南昌：江西教育出版社，1996.
[260] 张德禄．语类研究概览[J]．外国语，2002，(4).
[261] 张德禄．语类研究的范围及其对外语教学的启示[J]．外语电化教学，2002，(4).

[262] 张德禄. 语类研究理论框架探索[J]. 外语教学与研究,2002,(5).
[263] 张德禄. 语言的功能与文体[M]. 北京：高等教育出版社，2005.
[264] 张德禄，语篇连贯的宏观原则研究[J]，外语与外语教学，2006，(10).
[265] 张德禄,刘汝山. 语篇连贯与衔接理论的发展及应用[M]. 上海：上海外语教育出版社，2003.
[266] 张美芳. 语言的评价意义与译者的价值取向[J]. 外语与外语教学，2002，(7).
[267] 张跃伟. 从评价理论的介入观点看学术语篇中的互动特性[J]. 辽宁工程技术大学学报(社会科学版)，2005 ,(5).
[268] 钟莉莉. 从评价系统看政治演说语篇中词汇的选择[J]. 绍兴文理学院学报，2005 ,(1).
[269] 朱永生，严世清. 系统功能语言学多维思考[M]. 上海：上海外语教育出版社，2001.
[270] 朱永生，郑立信，苗兴伟. 英汉语篇衔接手段对比研究[M]. 上海：上海外语教育出版社，2001.

后　记

2005年3月，我怀着欣喜的心情再次踏进了我曾经完成本科和研究生学业的浙江大学之门，攻读语言学及应用语言学专业的博士学位。

庞继贤教授是我十分尊敬的学者。他治学严谨，知识渊博，可由于我深知自己才疏学浅，从未企想过能在他的指导下攻读博士学位。幸运的是，2004年5月，我参加了由浙江省教育厅组织的语言教学研究会，这一偶然的机会使我第一次见到了庞继贤教授。交谈中我发现庞教授为人平易亲切，工作一丝不苟，于是，我下定决心报考他的博士。2004年夏天，我找来了考试用书及许多相关资料，开始复习迎考。我经历了笔试、口试、加试等重重关口后，终于在2005年3月接到了浙江大学研究生院的录取通知书，如愿以偿。今天回想这一段往事，我庆幸自己当初的决定，更庆幸自己遇到了一位良师。在接下来的三年多时间里，每一次聆听庞教授的教导，都给我留下深刻的印象。他敏锐的学术眼光以及对学术前沿的深度把握令我由衷地叹服。

论著所探讨的主要内容是关于网络时评的语类研究。我在研究生时代主修的是英国文学专业，最早接触到语言学理论是在英国南安普敦大学，经一年的进修学习，我对语言学的历史及各流派的发展有了初步的印象。回国以后，在繁忙的教学和行政工作之余，我开始从事语言学及应用语言学的研究，负责主持了一些省、市级基础型和应用型课题，也在核心刊物上发表了一些文章，但我的主攻方向始终不甚明确。进入浙大以后，我在庞教授的指导下把自己读博期间的研究方向定为话语语言学，关注点是系统功能语言学的最新发展——评价理论以及在此框架下展开的网络时评的语类分析。在本论著的撰写过程中，我系统学习了相关理论，并在导师的帮助下学会了多维思考和分析。在庞教授的启发下，我真正觉悟到语言学家的理论也并不是一成不变的真理，它们在应用的过程中需要我们不断地质疑、补充与扩展。若没有庞教授真切的鼓励和悉心的指导，以我个人浅陋的知识和见解，现在的这本论著是难以完稿的。借此机会，让我真诚地说一声："庞老师，谢谢您！祝您在未来的岁月里一切顺利！"

在读博期间，我还接受过黄华新教授、任绍曾教授、王维贤教授等的教导。他们所传授的知识和学问，会让我终生受益；他们所表现的严谨的治学态度以及对学生无微不至的关心，将不断激励我在科研和教学领域中更加刻苦努力，为人师表。对此，我深表谢忱！

另外，在论著撰写期间，我曾给著名学者 Van Dijk 教授写过电子邮件，索要他十几年前的一篇论文。他为我翻遍了阁楼，没有找到刊物，最后跑到图书馆付费下载了电子文档，及时通过网络发送给我。他的慷慨的助学助研精神，将会影响我一辈子。请接受我深切的谢意！

我衷心感谢在本文参考文献中提到的所有学者！是他们的学术灼见给我以灵感和启发。我还要感谢评审博士学位论文的老师和答辩委员会的老师，他们的鼓励和建议使我更加认真地对待学术研究的每一个环节，修改每一处细小的问题。

在浙江大学读书的这段时间里，我有幸结识了很多同专业或相近专业的博士研究生与硕士研究生。与他们的每一次学术交谈，都让我受益匪浅。每当我需要帮助的时候，他们始终是那么的毫不犹豫。同窗之情在人生中往往是弥足珍贵的，在此特别值得一提的是吴恩锋、王小潞、叶宁、李天贤等。

我还要特别感谢的是远在美国的老同学李晓燕老师和英国的应雁博士。她们有求必应，帮我搜集了许多我所需要的研究文献。

我感谢我的母亲！她在每天读完《光明日报》后，为我导读国学、语言学、文学研究等相关精彩文章；她在看完电视新闻评论节目后，与我讨论新闻评论的语言特色或央视名嘴的主持特点。她还是我每一篇论文的第一读者、第一批评者。而且，她还天天为我操持家务，热饭热菜，嘘寒问暖。我要说的是：“母亲，等我完成学业以后，让我好好伺候您，陪您重温故居，陪您游遍杭州。”我还要感谢我的儿子！他始终理解我的追求、我的事业。他很好地培养了自己的独立生活和独立学习能力。他的自律自强是对我博士阶段学习的最大的支持！

最后，作为浙江工商大学的教授，我感谢我们外国语学院专著基金的支持，感谢我的领导、同事和研究生，你们对我工作上的支持和科研上的辅助，使我能够顺利完成本书的撰写与出版。

路漫漫其修远兮，吾将上下而求索。你们的帮助，就是推动我继续前行的动力！

陈明瑶

浙江工商大学

2008 年 10 月